Himmelstürmer Verlag

Nick Zachries:
„Nick wohnt im Alten Land vor den Toren Hamburgs (ist aber nicht hier geboren) und hat die Nase gestrichen voll von diversen Studiumsirrtümern (Germanistik, Lehramt an Grund- und Hauptschule! Man stelle sich das vor! Wer mich kennt, tippt sich an den Kopf ... Psychologie und Erziehungswissenschaft ...).
Aus lauter Verzweiflung mit dem Schreiben begonnen.
(Gar nicht wahr ... Nick schrieb schon immer!)
Weitere Lieblingsbeschäftigungen: Laufen, lesen, lange im Bett liegen, Fußball gucken, ins Kino gehen, Uni-Hockey (übrigens nicht halb so verletzungsträchtig wie Fußball!) und Badminton spielen und sich ansonsten um zwei Teenager und eine kleine Nervensäge kümmern ... Nee, ehrlich, ist echt toll.“

ISBN 3-934825-32-x
Himmelstürmer Verlag,
20099 Hamburg Kirchenweg 12
www.himmelstuermer-verlag.de
E-mail: info@himmelstuermer-verlag.de
Originalausgabe, März 2004

Lektorat: Uwe Richard Johannsen
Foto: Thorsten Hodapp, http:www.male-appeal.de
Umschlaggestaltung: hplusp, Hamburg

Nick Zachries

Zweite Halbzeit

Himmelstürmer Verlag

Meinem ersten Leser gewidmet und allen schrägen Vögeln.

Inhalt

Teil 1

Urlaubsplanungen 9

- Ein fremder Typ im Bett
- Die Ehefrau klinkt sich aus
- „... aber bitte keine Pariser!“

Frankreich 18

- Café au lait
- Ein schwedischer Austauschschüler
- Ausnahmsweise Nutella

Urlaubsbekanntschaften 26

- Sportliche Aktivitäten
- Wie Timo Hildebrand
- Ein ziemlich mieser Vorschlag

Veränderungen 46

- Ein kaputtes Zelt
- Zeichnungen am Strand
- Ein Spaziergang am späten Abend

Wieder zurück 67

- Zwei Männer im Ehebett
- Eine fremde Ehefrau
- Erster Abschied

Verabredungen 81

- Ein Funken Hoffnung
- WG-Zimmer
- Training Mittwochs um halb Acht

Ein spezielles Wochenende 98

- Aufmerksame Nachbarn
- Gemüse liegt nicht schwer im Magen
- „... hast du noch Nutella?"

Zukunftspläne 103

- Bis Mitte Oktober
- Die „Ex" und „Jacque Tati"
- Besuch beim Kinderarzt

Zweifel 119

- Völlig undenkbar
- Diverse Lügen
- Rote Bettwäsche

Es geht nicht 128

- Kunst im Kinderzimmer
- Heimlicher Besuch in der Nacht
- „...Bettgeschichten sind tabu!"

Coming out 142

- Zwischenfall im Umkleideraum
- Heidepark statt Schule
- Ein cooler Typ

Teil 2

Die erste Zeit 161

- Katerstimmung
- Nächtlicher Besuch einer jungen Dame
- Ein verständnisloser Vater

Unverhofftes Wiedersehen 187

- Jeff Goldblum im Alten Land?
- Ein italienischer Schwede
- Nudeln mit Pesto

Schlechte Nachrichten 227
- Eiszeit in Eckernförde
- Schwedische Belagerung
- Wo ist der Sunset Boulevard?

Schwarzer Freitag 244
- Meryl Streep und Nicolas Cage?
- Keine Chance gegen vier
- Ein Dackel zur rechten Zeit

Winter in Dänemark 263
- Tierische Verstärkung
- Trikots als Nachthemden?
- Auf uns!

Urlaubsplanungen

- Ein fremder Typ im Bett - Die Ehefrau klinkt sich aus - „... aber bitte keine Pariser!“

Nick

Gestern Nacht ist es wieder spät geworden ... Gott sei Dank hab' ich nicht so viel gesoffen wie Uli, der wird heute Morgen 'n Kran brauchen, um seinen Kopf zu heben ...
Er ist ein echter Idiot, kann's nicht lassen.
Ich komme aus dem Bad in mein Zimmer und reiße erst mal das Fenster auf. Widerlich, dieser abgestandene Zigarettenrauch!

Wie hieß er doch?
Ich war auch ganz schön zu. Jetzt bei Tageslicht sieht er gar nicht mehr so aus wie Keanu Reeves, stelle ich fest.
Ganz und gar nicht.
Vor dem Bett unsere Klamotten. Ich sehe auch ein benutztes Kondom ... na, wenigstens hab' ich meinen Geist nicht vollends ausgeschaltet ...
Ich muss raus. Sofort.
Ziehe Trainingsshorts, Socken und ein T-Shirt an, nehme meine Laufschuhe und gehe. Auf dem Flur zieh' ich sie an.
Die drei Treppen runter, noch ungefähr 200 m, dann geht s in den Stadtpark.
Ich trabe los. Meine Strecke zum Meditieren und Nachdenken. 'ne Stunde ungefähr. Vielleicht lauf' ich heute auch länger.

Jan

Ich hab' also alles auf'm Tisch ausgebreitet, die Karten, die Frankreich-Bücher und den ADAC-Campingführer und beuge mich mit Christoph über den Tisch, da sagt Renate plötzlich:
„Ich hab' keinen Bock ...Wenn ich's mir genau überlege ... nein! Diese verdammte Enge im Zelt und überall liegen Klamotten und ich keife rum, weil ich den ganzen Scheiß wieder wegräumen

muss ... nein! Es soll doch Urlaub sein, oder nicht? Auch für mich, oder? Das ist aber kein Urlaub, wenn ich den ganzen Tag am Wirbeln bin, weil ihr euch nämlich alle wieder verpisst!"
Sie hat sich richtig in Rage geredet. Mir steht der Mund offen, glaube ich.
„Reni", beginne ich vorsichtig und da fährt sie mich an und zischt: „Renate. Ich heiße Renate, ja?" Und sie geht aus dem Wohnzimmer und knallt die Tür hinter sich zu.
Die Kinder schweigen betreten.
Was sollen sie auch machen?
„Wartet mal", sage ich und gehe hinterher.
Sie ist im Schlafzimmer und sitzt auf dem Bett.
Ich mache die Tür hinter mir zu.
„Ich hab's satt", sagt sie, ohne sich umzudrehen, „ich hab's echt satt ... weißt du, dass Katharina mich heute vor ihren Freundinnen zur Sau gemacht hat, weil ich ihr nicht die Jeans gewaschen habe, die sie unbedingt anziehen wollte? Kannst du dir vorstellen, was das für'n Gefühl ist? Ich hab' mich wie 'ne Putze gefühlt ... Ja, Madame, entschuldigen Sie bitte ... und Christoph vergisst ständig, dass er auch mal mit anpacken soll ... ich habe echt keinen Bock mehr, weißt du? Und je mehr ich darüber nachdenke, desto klarer wird's mir. Ich will nicht mit in den Urlaub. Ich bleib hier ... ich muss nachdenken."
Sie meint es ernst. Ich kenne sie.
'Verdammt', denke ich, 'das ist ein echter Schlag in die Magenkuhle ...' Die Kinder freuen sich, ich hab' schon Urlaub genommen im Geschäft, die Zeltausrüstung ist auch endlich fertig und neulich war ich doch extra noch mal los, um neue Gaskartouchen für den Kocher zu besorgen und dann habe ich auch noch einen Schrank gekauft, aus Alu und Stoff mit Reißverschluss, damit wir unsere Klamotten da reinpacken können. Damit nicht so viel rumliegt.
„Sag' mal, fällt dir nichts dazu ein?", ranzt sie mich an. „Hat dich das so sprachlos gemacht?"
„Ja ... irgendwie schon", sage ich, „aber ich vermute, dass du's durchziehst, oder? Ich meine, du wirst tatsächlich nicht mitkommen ... und ich glaube auch nicht, dass du dir das erst heute überlegt hast."

Sie sieht mich so eigenartig an.
„Ich will ausziehen, Jan", sagt sie leise, „ich hab auch schon ein Zimmer. In 'ner WG."
Ich starre sie an. „Du hast 'n anderen Kerl", sage ich. Sie lacht freudlos auf.
„Das wär' *die* Erklärung, was? Nein, hab' ich nicht", sagt sie, „ich will bloß nicht mehr ... Ich will mein Abi nachholen und studieren."

Nick

Als ich zurückkomme, ist „Keanu" verschwunden. Auch gut. Ich gehe ins Bad, dusche ausgiebig. Danach fühle ich mich schon sehr viel besser. Ich hab' heute wahnsinnig geschwitzt ... wahrscheinlich ist mir der Restalkohol noch aus sämtlichen Poren gedrungen.
Stelle mich auf die Waage. 64 kg. Ich hatte schon mal 68, da war ich echt stolz. Ich bin 1,78 m – okay, nicht der Größte, aber eindeutig zu dünn. Josy und Uli könnten mir ruhig was abtreten von ihren Gewichtsklassen. Besonders Uli. Je fetter er wird, desto tuntenhafter verhält er sich.
Ich kann dieses Getue nicht ab. Ich weiß ja, dass Uli echt in Ordnung ist, aber ... muss man wirklich in Frauenfummeln auf den CSD, nur weil man schwul ist? Er und Dietlinde.
„Ich heiße Dieter. Dieter Linde, kannst Dietlinde zu mir sagen!" Die Vorstellung wurde begleitet von einem feuchten, schlaffen Händedruck. Mir fielen damals fast die Augen raus, als ich Ulis ‚beste Freundin' das erste Mal sah. Weit ausgestellte Jeans und so'n Polyesterblüschen in pink mit lila Blümchen rundeten den Gesamteindruck ab. Das Ganze wurstpelleneng. Zwei Nummern zu klein, aber mindestens. Ziemlich viel Puder, um den Bartschatten zu tarnen und 'ne Frisur, wie sie meine Oma auch nicht scheußlicher hingekriegt hätte.
Ich muss wohl ziemlich dämlich geguckt haben, denn Uli kam aus seinem Zimmer und sagte: „Oh, Nick! Ich hab' dir ja noch gar

nichts von Dietlinde erzählt – äh, ist dir nicht gut? Willst'n Schnaps oder so? Du bist so blass!"
„Ist das der Neue? Der Kleine, der auch lieber mit Jungs spielt?", fragte die rosa Wurst entzückt und sah mich von oben bis unten an. „Uli, der ist doch süß!" Und zu mir gewandt: „Also wenn ich dich schminken würde, tät'ste sofort als Mädchen durchgehen ... musst du dich überhaupt schon rasieren?"
„Ja! Jeden Tag!", fauchte ich und freute mich über meine tiefe Stimme.
Die wenigstens ist echt männlich.
Ich fön mir kurz die Haare und mach' noch'n bisschen Gel rein.
„Hi, Nick!", sage ich zu dem Typen, der mich aus dem Spiegel anstarrt.
Er streckt mir die Zunge raus. Ich muss grinsen.

Aus Ulis Zimmer höre ich Robbie Williams. Er ist also schon aus dem Koma erwacht. Ich klopfe an.
„Ja", höre ich seine gequälte Stimme und gehe rein.
„Oh Mann, mach's Fenster auf", sage ich und halt mir die Nase zu. „Was kokelst du denn hier? Weihrauch? Myrrhe?"
„Orientalischer Zauber", stöhnt der Berg im Bett, der völlig mit Decken und Tüchern getarnt ist. Er arbeitet sich jetzt heraus. „Oh, mein Kopf ..." Er sieht mich mit zusammengekniffenen Augen an. „Du bist ja widerlich sauber und frisch ...."
„Ich bin schon gelaufen", sage ich und atme tief die Luft von draußen ein. Autoabgase riechen allemal besser als diese exotische Mischung hier.
„Ist der hübsche Kerl noch da, mit dem du gestern Abend hier aufgekreuzt bist?", fragt er mich neugierig.
„Du musst dich abschminken, bevor du ins Bett gehst", sage ich ihm, „Himmel, wie du wieder aussiehst!"
„Lenk' nicht ab ... sag', wie war's?" Uli sieht mich erwartungsvoll an. Ich kratze mich am Kopf.
„Ehrlich gesagt, ich weiß nicht's mehr ... ich war wohl auch ziemlich blau", gestehe ich.
„Blau? Echt? Hat man dir nicht angemerkt ... du wirktest ganz cool ... ihr kamt hier rein und alle starrten euch an und du nahmst den Dunklen an die Hand und sagtest: 'Hier geht's lang – wir

haben ja noch was vor, oder?' Und er hat dich verliebt angesehen und ihr seid raus ... Hach! War's schön?"
Bei mir dämmert's langsam.
Wir waren in meinem Zimmer und ich machte die Tür zu, lehnte mich dagegen und alles drehte sich auf einmal.
„Ich bin total blau", sagte ich. Der Typ – wie hieß er bloß? – stand schwankend vor mir und kicherte und sagte: „Ich doch auch ... ehrlich gesagt, ich bin zu nichts mehr fähig ..." Und ich musste auch kichern und dann stolperten wir zum Bett und ließen uns rückwärts fallen.
„Boah, alles dreht sich", sagte der Typ, „gib' mir deine Hand, ich muss mich festhalten!"
Mir ging's genauso. Ich schloss die Augen und dachte 'Hauptsache, wir müssen nicht kotzen ...' ich hasse es nämlich.
Dann war ich weg.
Ich wachte auf, weil mich einer küsste.
„Hey, du", sagte der fremde Mund, „geht's dir jetzt besser?"
Ich sah in zwei dunkle Augen, die in einem hübschen Gesicht saßen, das von schwarzen Haaren umgeben war.
„Geht so", murmelte ich, „ich muss erst mal was trinken ... ich hab tierischen Durst!"
Der Dunkle griff neben's Bett und stellte mir gleich darauf eine Flasche Wasser auf die Brust. Danach ging's mir bedeutend besser. Und nach 'ner weiteren halben Stunde noch viel mehr ...
Laurent!
Stimmt ja, er hatte mir von seiner französischen Mutter erzählt, die kürzlich wieder nach Paris gezogen war!

„Äh, ja ... war nett", sag' ich zu Uli, der mich enttäuscht ansieht, weil's nicht meine Art ist, über Bettgeschichten zu plaudern.
Es klingelt.
„Hat Josy schon wieder seinen Schlüssel verschlampt?", frage ich, zur Tür gehend. Seitdem St. Pauli abgestiegen ist, hat Josy Ausfälle...
Uli gibt unartikulierte Laute von sich.
Ich öffne.

Draußen steht Laurent mit 'ner Tüte Brötchen. Er scheint auch frisch geduscht zu sein. Irgendwie hat er jetzt auch wieder fatale Ähnlichkeit mit Keanu Reeves.
„Haste Hunger? Woll'n wir zusammen frühstücken?", fragt er und grinst.
Himmel, Grübchen hat er auch ...!
„Klar", sage ich mit meiner einschmeichelndsten Stimme, „ich hab' dich schon vermisst, Laurent!"

Jan

Sie hat den Abi-Kurs schon angefangen.
Und für das Zimmer in Hamburg zahlt sie die Miete bereits seit einem Monat!
Ich trinke den letzten Rest Kaffee aus der Thermoskanne.
Seit zehn Stunden sind wir unterwegs. Um sechs Uhr abends sind wir dann endlich losgekommen ... Eigentlich wollte ich spätestens mittags losfahren, aber Christoph hatte sein verdammtes Meerschweinchen noch nirgends untergekriegt und wir mussten erst diverse Leute anrufen .... wir? Ich musste herumtelefonieren!
Eine frühere Arbeitskollegin war mir schließlich eingefallen. Die hatte immer von ihrem Hund geschwärmt. Also tierlieb war sie ja, die Marlene!
Sie wohnte bloß 50 km in der falschen Richtung. Sie war umgezogen.
Nein, alles kein Problem – herzlich gern! Und wenn wir mal wieder ...? Und wirklich keinen Kaffee?
50 km zurück. Stau vor'm Elbtunnel. Stau im Elbtunnel und Stau hinterm Elbtunnel.
Und Lily musste mal – „gaaaanz nötig, Papa, ich kann nicht mehr!" Christoph fand 'ne Plastiktüte. Zuhause ist Lily reingetreten, als sie ausstieg ...
Katharina half mir beim Saubermachen.

„Trennt ihr euch?", fragt mich Katharina, als ich vom Pinkeln zurückkomme. Christoph und Lily schlafen.

Katharina ist fast 16, ihr kann ich nichts vormachen.
„Ich weiß es nicht", sage ich wahrheitsgemäß. „Auf jeden Fall braucht Renate 'ne Auszeit."
Katharina nickt.

Nick

Verrückt ist es ja, ich weiß. Da fahr ich also mit Laurent in den Urlaub, obwohl wir uns erst seit drei Tagen kennen ...
Diese drei Tage hatten es in sich.
Zwischendurch sind wir immer in die Küche, um was zu essen zu holen.
Wenn ich Uli auf dem Flur traf, starrte er mich an, als hätte er mich noch nie gesehen.
„Äh, dieses Müsli hier, das isst du doch nicht mehr, oder? Ich glaub, das ist auch schon abgelaufen", sagte ich, als ich ihm bei einem meiner Raubzüge auf der Suche nach was Essbarem von der Küche in mein Zimmer über den Weg lief.
„Ich glaub's nicht", sagte er nur. „Ich glaub's einfach nicht ..."
War mir völlig egal. Ich balancierte vorsichtig die Milch und die Müslipackung nebst Schüsseln auf dem Tablett in mein Zimmer, stieß die Tür mit dem Hintern zu.
„Kleine Stärkung gefällig?", fragte ich Laurent, der schlapp im Bett auf dem Rücken lag und lachte.
„Oh, oui monsieur", sagte er, „je vous aime ..."
„ Moi non plus", gab ich zurück. Das Tablett stand neben dem Bett.
Die Milch wurde warm.

Irgendwann kam er auf die verrückte Idee, seine Mutter zu besuchen. Mit mir.
„Erst Paris, danach ein bisschen im Atlantik baden, wie wär's?"
Klar, warum nicht? Schließlich muss ich mein sauer verdientes Geld auch mal ausgeben.
Zelt? Hat er. Nagelneu. Erst zweimal an gute Freunde ausgeliehen.

„Und alles dabei ... also Kocher und Töpfe und all den Kram, den man so braucht ... hat mir‘n guter Kumpel überlassen, der Schulden bei mir hatte ...“
Er hat total schöne braune Augen und irre lange Wimpern.
Hab’ ich schon gesagt, dass er wie Keanu Reeves aussieht?

Ich bin dann noch am Nachmittag vor der Abreise zu Franziska gefahren. Sie war gerade aufgestanden. Sie arbeitet als Nachtwache in ‘nem Altersheim. Ach ja, meine Mutter übrigens.
Sie machte sich gerade ‘nen Kaffee.
„Willst du auch einen?“, fragte sie mich. Och ja, und ich guckte auch gleich in ihren Kühlschrank.
„Mmh, Chaumes ... lecker ... darf ich?“
Sie sah mich fragend an.
„Was ist?“, fragte sie. Sie kennt mich gut.
„Kannst du mir ein bisschen Geld leihen?“, fragte ich sie, als ich in mein Käsebrot biss.
Sie seufzte. „Was willst du dir zulegen?“, fragte sie mich. „Oder ist dein Auto kaputt?“
Mein Auto. Ach Gott ... wann hab’ ich das überhaupt das letzte Mal gesehen? Josy hat ein Dauerabo drauf.
„Nein, nein ...ich wollte bloß ein paar Tage Urlaub machen”, sagte ich und schielte auf den Joghurt, der vor ihr stand. Genau die Marke, die ich mag. Sie sah meinen Blick und schob ihn rüber. „Iss ihn”, seufzte sie.
„Mit wem?“, fragte sie dann.
Ich löffelte den Joghurt mit diesen kleinen Knusperstückchen, die man da reinschütten muss und nuschelte: „Laurent ...“ „Wer?“ fragte sie.
Ich erzählte ihr alles.
Gott sei Dank ist Franziska alles andere als prüde.
„Drei Tage”, war ihr Kommentar, „dann seid ihr ja so gut wie verlobt!“

„Das ist aber auch mit dein Geburtstagsgeld”, sagte sie mir noch an der Tür, „Capicce?“
Ich umarmte und küsste sie. „Du bist echt ‘n Schatz”, sagte ich.

„Weiß ich doch", grinste sie, „und keine Pariser, hörst du?" Wir guckten uns verdutzt an und lachten los.
„Ach, Mann", sagte sie, „du weißt schon, wie ich's meine ... komm gesund wieder, verstanden?"

Ist ja irgendwie peinlich, so was zuzugeben, aber meine Mutter ist schwer in Ordnung.

That's me: Nick!

Frankreich

Café au lait und frische Croissants – Ein schwedischer Austauschschüler – Ausnahmsweise Nutella

Jan

Gerädert bin ich, als wir am nächsten Morgen in Le Mans sind.
Le Mans! Eigentlich wollte ich um diese Zeit schon längst am Atlantik sein.
Ist ganz schön anstrengend, die ganze Zeit allein zu fahren.
Renate und ich haben uns halt immer abgewechselt.
Meine Gefühle fahren Achterbahn mit mir ... Mal bin ich verzweifelt, dass sie einfach so für sich entschieden hat, dann wieder stocksauer, dass sie mich so hängen lässt.
Sie hat schon seit Februar das Zimmer gesucht!
Seit fünf Monaten schon!
Und nie hat sie was gesagt!
Hätten wir doch bloß geredet.
Doch, sie hat‘s versucht, muss ich mir eingestehen. Oft sogar. Und ich? Lag k.o. auf dem Sofa. Die Vergrößerung des Geschäfts hatte mich ganz schön beansprucht.
Ich musste früher weg und kam dafür später – haha.
Diverse Male hatte ich sie abgeblockt. „Ach, Reni ... ich bin so müde ...“ Sie hatte rumgedruckst und jetzt, im Nachhinein, da seh’ ich‘s ganz deutlich, ich hätte mit ihr reden sollen ...
Sie war auch oft genervt in der Zeit und ich hatte angenommen, es hätte daran gelegen, dass ich immer so spät nach Hause kam.
‘Wenn der Umbau fertig ist’, dachte ich damals, ‘und wenn Urlaub ist ... dann haben wir wieder Zeit.’

Jetzt ist Urlaub.
Mann, bin ich kaputt. Am liebsten würd’ ich jetzt nur noch schlafen, schlafen ...
„Papa! Vorsicht! Der Laster!“ Katharina hatte aufgepasst. Ich wär’ stur geradeaus gefahren. Diesen verflixten LKW auf der Einfädelspur hätte ich fast übersehen.
„Wir suchen erst mal ‘nen Campingplatz”, beschließe ich.

Nach noch einmal anderthalb Stunden Sucherei finden wir einen. An 'ner großen Straße gelegen. Katharina macht ein langes Gesicht, Christoph reißt sich zusammen, um sich seine Enttäuschung nicht anmerken zu lassen und Lily heult nur noch. Sie schwitzt und ist völlig fertig.
„Nur eine Nacht", tröste ich sie, „morgen geht's ans Meer!"

Es dauert ewig lange, bis wir das Zelt endlich aufgestellt haben, dann noch den Wagen ausräumen, alles reinstellen, ich lege die Matratzen hin und die Schlafsäcke und plötzlich bin ich weg ... einfach eingeschlafen.
Ich hab' den ganzen Tag gepennt. Wie im Koma.
Als ich aufwache, geht's mir besser. Dann denke ich 'Lily?' und springe auf. Die Großen werden sie doch nicht alleingelassen haben?
Ich stehe vorm Zelt. Sehe Christoph, der mit einem Jungen in seinem Alter ein bisschen Fußball spielt. Und da ist Katharina, die mit Lily neben einer kleinen, dunkelhaarigen Frau steht. Sie sehen rüber. Lily läuft auf mich zu. Ich breite meine Arme aus und fange sie auf. Sie jauchzt auf, als ich sie herumschleudere.
Ihr Mund ist rot verschmiert. „Wir haben Spaghetti gegessen", sagt sie, „bei der netten Frau!"
Na, wunderbar. Der Alte pennt, die Kinder fressen sich bei den Nachbarn durch. Der Urlaubsstart ist gelungen.

Nick

Also, ich bin ja wirklich nicht empfindlich oder so, aber Laurent fährt echt wie'n Henker. Nervös sehe ich immer wieder auf den Tacho. 150 ? Und das mit 'nem Opel Corsa?
Der röhrt ziemlich laut, Laurent dreht dafür die Anlage voll auf.
Aber Robbie Williams?
Ich trau' mich nicht, meinen Discman auszupacken. Wäre unhöflich, oder? Trotzdem sehn' ich mich nach Sting ...
Eigentlich hätten wir durchfahren können, aber ...

„Du bist total süß, Nick", flüstert mir Laurent ins Ohr, als wir im Zelt liegen.
Hat was, so im Zelt. Man ist irgendwie draußen und doch so abgeschlossen und für sich. Gemütlich.

Am nächsten Morgen packen wir alles zusammen und fahren nach Charleroi zum Frühstücken.
Café au lait, frische Croissants und Laurent, der französisch spricht. Wow! Er turnt mich echt an!

Nachmittags sind wir da. Seine Mutter ist begeistert und redet irrwitzig schnell. Okay, Französisch war eh noch nie meine Stärke. Zumindest was die Sprache angeht ... Ich lächle freundlich und lasse mich von ihr auf die Wangen küssen. Sie sagt was zu Laurent über mich, der lacht.
„Was hat sie gesagt?“, frage ich ihn auf unserem Zimmer.
„Ein hübscher, schüchterner Deutscher", sagt er lachend und wir küssen uns gutgelaunt.
Ich bin in Paris! Mit Laurent! Und ganz schön verknallt in den ...!

Jan

Ich wecke die Kinder früh am nächsten Morgen. Will heute den Rest der Strecke schaffen.
Auf dem Weg zum Waschhaus treffe ich die nette Französin, die meine Kinder gestern durchgefüttert hat. Sie fragt mich was. Ich verstehe nur Bahnhof, nehme aber an, dass sie fragt, ob wir abreisen. „Oui, oui", antworte ich. Sie sieht mich bestürzt an und schüttelt mitleidig den Kopf.
Als ich es Katharina erzähle, runzelt sie die Stirn. „Wöff?“, fragt sie.
„Ja, so hat‘s geklungen", sage ich.
„Veuf heißt Witwer", sagt sie.

Am frühen Nachmittag sind wir mit allem fertig. Das Zelt steht, eingekauft haben wir auch und am Meer sind wir ebenfalls schon

gewesen. Es ist ungefähr drei Kilometer entfernt, es gibt genügend Parkplätze da und der Strand ist herrlich. Die Kinder sind restlos begeistert!
Zufrieden essen wir frisches Baguette, Käse und Salat und ich bin schon nach dem zweiten Glas Rotwein blau, weil ich das erste schon vorm Essen getrunken habe. ‘Ne Schachtel Zigaretten habe ich mir auch gekauft, obwohl mich Katharina misstrauisch angesehen hat.
„Fängst du jetzt wieder damit an?“, fragt sie mich.
„Nur im Urlaub”, sage ich ihr.
Das wird auch meine einzige Sünde sein.
Urlaub mit drei Kindern.
Was soll da schon passieren?

Nick

Den ersten Abend bekocht uns seine Mama, ich schlage zu, in der Hoffnung, die 68 Kilo wieder zu erreichen, aber als wir spät abends in der Disco tanzen, weiß ich, dass ich mich eher wieder davon entferne ...
Ich liebe es, zu tanzen!
Überhaupt bin ich gern in Bewegung!
Zuhause laufe ich regelmäßig, dann spiele ich Badminton und neuerdings sogar wieder Fußball.
Josy hat mich dazu überredet.
Okay, ich hab’ schon als Sechsjähriger damit angefangen, aber mit sechzehn wieder aufgehört.
Wurde mir zu blöd, dieses doofe Gequatsche über Mädchen. Das war die Zeit, als ich meine erste Liebe erlebte.
Mats war schwedischer Austauschschüler und wohnte bei Patrick, einem aus meiner Klasse.
Irgendwie war mir schon klar, dass bei mir was anders tickte, weil ich all die Bilder und Zeitungen, die da so bei uns Jungs in der Klasse die Runde machten, nur nervig fand. Eigentlich mehr komisch, diese Frauen mit den abartig riesigen Brüsten!

Unseren jungen Sportlehrer dagegen fand ich unheimlich toll. Der hatte eine klasse Figur! Total durchtrainiert, kein Gramm Fett, Muskeln an den richtigen Stellen ... dunkles Haar und Dreitagebart. Und so schön braun war er!
Alle Mädchen aus der Klasse waren in ihn verschossen.
Auf irgend so 'nem Ausflug spielten ein paar Jungs mit ihm Volleyball und er zog sich irgendwann sein T-Shirt aus.
Ich saß am Rand und sah zu und ich starrte ihn an. Mein Blick fiel auf seinen Nabel. Ganz viele schwarze Haare hatte er darunter und ich spürte plötzlich, dass mein kleiner Freund in der Hose verrückt spielte ...
Da war ich vielleicht vierzehn oder so.
Und wenn ich abends im Bett lag, dachte ich an Herrn Beyer.
Sebastian Beyer ...! Meine Güte, es war ganz schön schwierig, die Sportstunden zu überstehen, ohne mich zu verraten. Gott sei Dank haben's die anderen nie mitgekriegt, damals hätte ich noch nicht das nötige Selbstbewusstsein gehabt.
Dann kam Mats und bei mir machte es „peng"!
Bei ihm übrigens auch.
Es war total schön.
Patrick kam mit ihm am Montag Morgen zur Schule und wir starrten uns an, als ob wir allein auf der Welt wären. Patrick stand daneben und raffte überhaupt nichts.
„Ist was?", fragte er blöde, weil wir uns die ganze Zeit angrinsten.
„Nö", sagte ich und wir gingen zusammen in die Klasse.
In der Zeit gingen meine Noten ein bisschen in den Keller, weil ich pausenlos irgendwelche Liebesbriefchen schrieb.
Mats hat, glaube ich, zumindest eine gewaltige Palette an Koseworten auf Deutsch gelernt...
Wir trafen uns jeden Nachmittag.
Erst rannte er zu dem Treffpunkt mit den anderen Schweden, danach zu mir.
Meine Mutter arbeitete manchmal auch tagsüber und war oft nicht da. Deutschland, beziehungsweise Hamburg, das war für Mats nur mein Zimmer.
Ich ging wie auf Wolken in der Zeit, machte einen Schuss in die Höhe von 1,68m auf 1,74m und stellte fest, dass ich mich häufiger rasieren musste.

Sechs Wochen war er da.
Wir probierten echt alles aus und es war klar, dass wir unvorsichtig wurden.
Eines Nachmittags kamen wir zu uns und wir fingen schon im Flur an, miteinander rumzumachen ... nichts Schlimmes, bloß so Geknutsche ... kann auch sein, dass ich meine Hand vielleicht schon in seine Hose geschoben habe aus lauter Vorfreude – na, jedenfalls ging plötzlich die Wohnzimmertür auf und meine Oma stand da. Wir haben alle drei blöde geguckt, dann sagte Oma ganz fassungslos „mein Gott ...“ und sie hielt sich am Türrahmen fest und dann tauchte auch schon meine Mutter hinter ihr auf. Sie sah erst mich an, dann Mats und sagte bloß:
„Ist er das? Dein Schwede?“ Ich starrte sie entgeistert an und wusste in dem Moment, dass sie es die ganze Zeit vorher schon geahnt hatte.

Nee, ehrlich, mir ist‘s nicht peinlich, ich sag‘s noch mal: Meine Mutter ist wirklich super nett.
Am gleichen Abend, als Mats und Oma weg waren, haben wir geredet.
Ich konnte ihr sogar von Herrn Beyer erzählen und sie fragte: „War das nicht dieser knackige junge Referendar, den ihr mal in Sport hattet?“ Echt, meine Mutter.
Und als wir auf diesem Familientreffen waren, irgendso ‘ne entfernte Cousine wurde 40 oder so, und Oma hatte was durchsickern lassen von wegen „der arme Junge ... hat ja auch keinen Vater ... kein Wunder“, da sagte sie „Na und? Und wenn schon! Nick bleibt trotzdem Nick und mir ist es wichtig, dass er glücklich wird, egal mit wem!“
Sie meint das wirklich so. Und dafür liebe ich sie.

Jan

Ich hab’ den Rasierapparat vergessen ... lass’ ich mir halt ‘nen Bart stehen.
Ist ja Urlaub.

Aus dem Grunde weigere ich mich übrigens auch, über Renate und mich nachzugrübeln, das klammere ich jetzt erst einmal aus. Wenn wir wieder zurück sind ...
Christoph hat schon die Gegend erkundet und heute Morgen frische Baguettes geholt, ein kleines Dörfchen liegt zwischen dem Campingplatz und dem Meer. Vielleicht kann ich morgen früh ja mal laufen, wenn's noch nicht so heiß ist?
Täte mir gut, in letzter Zeit habe ich zugenommen.
Überhaupt sollte ich wieder mehr Sport treiben ... vielleicht mich auch mal wieder zum Tennis verabreden?
Früher war ich richtig aktiv, da habe ich auch Fußball gespielt. Zweimal wöchentlich zum Training. Aber als dann die Kinder da waren, wollte Renate nicht mehr, dass ich abends so oft weg war. Dann musste ich länger arbeiten, meine Zeit wurde knapper.
Früher ... das hört sich an, als wäre ich schon alt. Dabei werde ich doch erst vierzig. Und so schlecht gehalten hab' ich mich nicht, denk' ich.

Wir verbringen den ganzen Tag am Strand und abends fahren wir essen. Die Kinder trinken Cola, ich habe ein schlechtes Gewissen, weil ich weiß, dass Renate es nicht erlaubt hätte.

Sie hatte dieses Wochenendseminar an der Volkshochschule mitgemacht und danach gab's bei uns nur noch Vollkornsachen ...
Okay, Vollkornbrot aßen wir sowieso, aber Vollkornnudeln und Vollkornpizza?
Renate wollte es 'richtig' machen und ständig hörte ich sie die Kinder ermahnen.
Morgens gab's auch keine Brötchen mehr, sondern Frischkornbrei.
Schmeckt ja gar nicht schlecht, aber irgendwie fehlte mir der richtige Kaffee (es gab nur noch Getreidekaffee) und das Käsebrötchen.
Als ich einmal diesbezüglich eine Bemerkung machte, fuhr sie mich heftig an.
„Du, hör' mal, ich hab' mich da echt informiert und weiß, dass es unheimlich gut ist – für uns alle – es ist wirklich ein richtig

wertvoller Beitrag zur Gesundheit! Weißt du, was sich alles positiv verändert, wenn man die Ernährung umstellt?“
Sie hielt mir einen Vortrag und ich in Zukunft den Mund.
Im Geschäft gab‘s ja richtigen Kaffee ...

Wir fahren einkaufen. Weißmehlnudeln und Ketchup wandern in den Einkaufswagen. Lily steht vor den Nutella-Gläsern. Sie sieht mich groß an, als ich eins davon einpacke. „Ausnahmsweise”, sage ich und sie strahlt.

Am Nachmittag sind wir wieder am Strand. Wir spielen Fußball und albern herum. Eine junge Frau sieht uns amüsiert zu. Ich grinse sie an. Sie sieht errötend weg.
So alt bin ich also doch noch nicht.

Urlaubsbekanntschaften

Sportliche Aktivitäten – Wie Timo Hildebrand – Ein ziemlich mieser Vorschlag

Nick

Eiffelturm, Mont Matre, Sacre Coeur, dann ist's genug. Wahnsinn, diese vielen Leute! In der Stadt ist es heiß und der Weg hoch zum Sacre Coeur ist ziemlich zugeschifft. Es stank widerwärtig!
Am Vormittag des dritten Tages fahren wir ab, Richtung Nantes.
Ich ärgere mich, dass Laurent mir nicht sagt, wo er gestern Abend noch gewesen ist.
„Ich geh' noch mal kurz weg", hat er mir bloß gesagt und schon war er verschwunden. Blödes Gefühl. Ich packte meine Sachen zusammen und bin dann auch noch mal los. Nur so'n bisschen spazieren, ich wollte nicht lange wegbleiben, da ich ja auch keinen Schlüssel hatte. Irgendwann nachts kam er dann nach Hause.

Ich fahre das letzte Stück Richtung Küste. „Hey, wach auf!", sage ich zu ihm, der neben mir pennt, „guck' mal in den Camping-Führer, wir sind gleich da!"

Wir finden einen 'Municipal'. Die sind nicht so teuer und haben dafür keine besonderen Attraktionen. Aber auf 'nem Zeltplatz steh' ich sowieso nicht auf Disco.
Wir packen aus, bauen das Zelt auf, danach fahren wir noch zum Meer. Klasse!
Ich liebe die Brandung, könnte stundenlang nur dasitzen und zuhören, aber Laurent will schon bald zurück.
Wir fahren in einen Ort und essen. Er ist schweigsam heute. Als wir wieder am Zelt sind, geht er gleich rein.
„Bin müde, heute nicht, okay?"
Kein Problem, schließlich bin ich auch nicht Supermann.
In der letzten Woche hab' ich so oft gevögelt wie in den letzten sechs Monaten nicht ...

Eine kleine Pause schadet nicht.
Ich hocke mich mit meinem Krimi nach draußen.
Nebenan haust eine deutsche Familie. Bisher hab' ich nur den Vater und die drei Kinder zu Gesicht bekommen, vielleicht liegt Mama ja mit Sonnenbrand und Gurkenmaske im Zelt?

Jan

Heute Morgen hab' ich tatsächlich die Lauf-Klamotten angezogen und bin losgejoggt. Christoph und Katharina wollen Frühstück machen – ich habe ihnen eingeschärft, auf Lily aufzupassen. Geld hab' ich auch mitgenommen, auf dem Rückweg will ich gleich Baguettes kaufen.

Es tat richtig gut! Verschwitzt komme ich zum Zelt zurück.
„Ich geh' erst mal duschen", sage ich, „aber ich beeile mich!"
Als ich losziehe, sehe ich einen der beiden Jungs, die gestern Nachmittag ihr Zelt neben uns aufgeschlagen haben, ebenfalls losgehen.
„Na, schon sportlich gewesen?", fragt er mich grinsend und geht neben mir her. Ein Deutscher. Stimmt ja, die hatten ja Hamburger Kennzeichen.
„Ja", sage ich, „aber ich bin ganz schön aus der Übung!"
„Kann man hier gut laufen?", fragt er danach.
„Ja ... es gibt einen netten kleinen geschlängelten Weg zum Strand durch den Pinienwald – ich bin jetzt nur hin und zurück gelaufen, aber der geht da noch weiter!"
„Aha ... na ja, dann lauf ich vielleicht auch mal", sagt er freundlich, „morgens ist es von der Temperatur wahrscheinlich noch am günstigsten, was?"
Wir sind gleichzeitig fertig und treffen uns auf dem Rückweg wieder.
„Ihre Frau ist wohl Langschläferin, wie?", fragt er mich, als er die Kinder am Tisch sitzen sieht.
„Nein ... ich bin mit den Kindern allein hier", sage ich.
Er sieht mich mit hochgezogenen Augenbrauen an.

„Respekt”, sagt er, „geschieden?“
Ich hole Luft.
„Sorry”, grinst er, „das geht mich nichts an.“
„Nein”, antworte ich dennoch, „wir brauchen ‘ne Pause.“
Warum erzähl’ ich dem das?

Nick

Der Vater von nebenan sieht aus wie ein ganz schlanker Russell Crowe.
Täte Russell auch mal gut, ein bisschen abzuspecken.
Er ist allein mit drei Kindern da. Alle Achtung.
Ob er sich erholen wird?
Heute morgen ist er gelaufen, wir sind uns auf dem Weg zum Waschhaus begegnet und ich habe ihn angesprochen. Er kommt aus Stade oder der Gegend, zumindest hat er ein Stader Kennzeichen auf seinem VW-Bus.

Laurent schläft ewig lange. Ich habe Zeit, in Ruhe zum Bäcker zu gehen und Kaffee zu kochen, bis Monsieur geruht, sich endlich zu erheben und zur Morgentoilette das Waschhaus aufzusuchen.
Melone, Äpfel und Kirschen habe ich auch erstanden, ich ess’ total gern Obst.
Ich sitze also an unserem kleinen Tisch, warte auf ihn und esse Kirschen, wobei ich die Kerne ins Gebüsch spucke, da steht auf einmal dieses kleine Mädchen da, guckt mich an und schielt auf meine Kirschen.
„Na? Willste auch welche?“, frage ich sie und sie kommt sofort an.
Ich gebe ihr eine Handvoll. Sie will los. „Warte”, sage ich, „wir machen dich noch fein!“, und hänge ihr jeweils ein Kirschenpärchen über die Ohren. Sie kichert. „Très chique, Mademoiselle”, sage ich, „pass auf, dass die Ohrringe nicht runterfallen!“ Sie geht hocherhobenen Hauptes zu ihren Leuten zurück.

Der Vater sieht sie erstaunt an. „Lily!“, sagt er, „sag’ mal, woher hast du die denn?“ Sie zeigt auf mich, ich grinse ihn an. Er lacht und schüttelt den Kopf.
‘Himmel, was für ein Lachen’, denke ich.
Bin ich bescheuert? Das ist der totale Hetero!
‘Vergiss’ es, Nick.’

Irgendwas ist mit Laurent. Er sieht ständig auf die Uhr und wirkt nervös.
Er will auch nicht mit zum Strand.
„Geh’ ruhig , kannst auch den Wagen nehmen, wenn du willst. Ich brauch’ mal ein Tag Ruhe.“

Na gut, ich hab schon kapiert, dass er mit der Sprache nicht rausrücken will. Also geh’ ich tatsächlich los. Aber zu Fuß. Rucksack mit Krimi, was zu trinken, ein paar Äpfel, zwei Handtücher, ein T-Shirt und die Sonnenmilch. Die Badeshorts habe ich schon an.
Ich bin vielleicht einen Kilometer gegangen, direkt neben der Straße ist noch ein schmaler Fußweg (der Jogging-Weg durch den Wald erschien mir in seinen Schlangenlinien zu lang), da hält neben mir der rote VW-Bus.
Das große Mädchen kurbelt die Scheibe runter. Der Vater beugt sich vor.
„Willst du mit?“, fragt er mich. Du? Na gut, brauch ich ihn auch nicht mehr siezen.
„Gern!“, sage ich und steige ein. Die Kleine grinst mich an. „Wo sind deine Ohrringe?“, frage ich . „Aufgegessen”, sagt sie.

Jan

Er heißt Nick.
Wir haben ihn auf dem Weg zum Meer getroffen und mitgenommen.
Lily war so dreist gewesen und hatte ihn heute morgen um Kirschen angebettelt.

Er ist mit ‘nem Freund unterwegs, aber der hatte wohl keine Lust, an den Strand zu gehen.
Wir packen unsere Sachen gemeinsam hin.
„Ich heiße Jan”, sage ich und er sagt: „ Ach, ehrlich? Soll ich dir was gestehen? Du könntest echt als Russell-Crowe-Double durchgehen! Äh ... ich heiße übrigens Nick!“
Ich muss lachen und zwinkere Katharina zu, die mich groß ansieht.
‘Halt bloß den Mund!’ bedeutet ihr Blick. Beim Frühstück hatte sie sich zu mir rübergelehnt und gesagt: „Der Typ von nebenan, mit dem du vom Waschhaus gekommen bist ... findste nicht auch, dass der so ’n bisschen wie Timo Hildebrand aussieht?“
Katharina ist Fußball-Fan. Und steht auf den Keeper vom VFB Stuttgart.
Ich hatte sie angegrinst. „Ja, das dachte ich auch sofort ... schade, dass er‘s nicht ist, was?“ Sie gab’ mir einen Klaps auf den Arm. „Wehe, du machst ‘ne Bemerkung”, drohte sie mir noch.

Lily zieht mit Eimerchen und Schaufel los. „Warte, erst die Schwimmflügel!“, rufe ich sie zurück..
Christoph hat seinen Fußball mitgenommen und wirft Nick verstohlene Blicke zu. Der packt seine Sonnenbrille weg und steht auf. „Na? Ein bisschen kicken?“, fragt er ihn und Christoph strahlt.
Katharina sieht uns zu. „Ey, mach’ doch auch mit!“ ruft Nick, „dann sind wir schon vier! Los – komm!“
Ich fass’ es nicht, sie kommt tatsächlich! Hätte ich das gewagt, sie hätte mir‘n Vogel gezeigt ...!

Wir jagen uns gegenseitig den Ball ab, es macht unglaublichen Spaß!
„Du spielst Fußball”, stelle ich ziemlich außer Atem fest, als wir uns auf die Decken fallen lassen und was trinken.
Er lacht. „Ja, jetzt wieder, nach ‘ner längeren Pause ... ich steh’ im Tor!“
Katharina wird rot und sieht weg.
„Nimm’ mir das nicht übel”, sage ich, „aber bist du nicht ein bisschen klein als Torwart?“

Er grinst mich an – verlegen, wie mir scheint.
„Soll ich euch was verraten?" Er sieht in die Runde. „Ich hasse Kopfbälle."
Wir lachen, bis uns fast die Tränen kommen.

Nick

Das war ein netter Vormittag!
Die Große heißt Katharina, sie wird sechzehn, Christoph ist vierzehn und Lily vier.
Und Jan?
Ist verdammt nett. Und sieht echt aus wie Russell Crowe.
Vielleicht sogar noch ein bisschen besser …

Wie Russel Crowe, oder?

Wir haben Fußball gespielt und anschließend waren wir schwimmen.
Also Jan und ich. Die Großen waren vorn am Strand, wo sich die Wellen brechen. Ich wollte schwimmen. Jan kam mit.

„Ich liebe das Meer", rief ich begeistert, als wir rausgeschwommen waren, „total!"
„Ich auch", sagte Jan und dann drehte er sich plötzlich um zu mir und tauchte mich. Ich ging verblüfft unter, kam prustend wieder hoch und stieß hervor: „Na warte!" Aber er war schon lachend davongekrault.
Schnell schwimmen ist nicht so mein Ding, aber laufen!

Ich sitze danach auf meinem Handtuch und lasse mich von der Sonne trocknen, da sehe ich Laurent. Er ist nicht allein.
'Moment', denke ich, 'das ist doch der Typ aus der Disco von neulich in Paris?' „Ein alter Bekannter", hatte mir Laurent danach gesagt.
Aha. So'n Zufall aber auch. Jetzt kann ich mir auch denken, wo er den letzten Abend in Paris gesteckt hat ... wie doppeldeutig übrigens.
Ein echtes Strohfeuer also.
Ich meine, irgendwo war's ja schon klar, dass das mit Laurent und mir nicht für die Ewigkeit geplant war ... aber ich hatte angenommen, wir hätten wenigstens einen netten Urlaub zusammen. Zwei oder drei Wochen ... nur wir zwei. Irrtum meinerseits. Anscheinend hab' ich ihm nicht gereicht.
Ich hab' keinen Bock auf den Typ an seiner Seite. Der war mir schon in der Disco unsympathisch. Geleckter Affe.
Sie bleiben da stehen und sehen sich um. Laurent entdeckt mich. Ich stehe auf und gehe ihm entgegen. Er sieht mich verlegen an.
„Hi, Cherie", sagt er scheißfreundlich und ich denke 'du verlogenes Stück'.
„Das ist Armand", sagt er, „stell' dir vor ..." Ich habe keine Ahnung, was ich mir vorstellen soll, ich unterbreche ihn sofort.
„Mir egal", sage ich patzig, „schon klar, du brauchst 'ne Abwechslung ... und jetzt?"
Laurent sieht mich erschrocken an. „Nick ... hör' mal, es ist nur ... Armand bleibt nur drei Tage ..."
„Aha. Was heißt das? Soll ich abends spazieren gehen, damit ihr es ungestört treiben könnt?" Armand ist nähergekommen und sieht Laurent fragend an. Der redet schnell auf französisch auf ihn ein und Armand sieht mich ängstlich an und geht dann den Weg

zurück. Was denkt der? Dass ich ihn gleich zusammenschlage oder was?
„Ich nehm' ein Zimmer mit ihm ... okay? Es sind nur drei Tage, Nick! Drei Tage!“ Er sieht mich beschwörend an, dann legt er seine Hand auf meinen Arm. Ich schüttle ihn ärgerlich ab.
„Nick”, sagt er zärtlich, „in drei Tagen bin ich zurück. Ehrenwort.“ Und er geht.
Was soll ich machen? Er hat das Auto.

Jan

Irgendwas ist vorgefallen zwischen Nick und seinem Freund. Der kam am Nachmittag an den Strand mit noch einem Typen, sie standen ‘ne Weile zusammen und redeten, dann gingen die beiden wieder und Nick spazierte zum Wasser. Er blieb lange da stehen.

Lily schläft in der Strandmuschel. Christoph ist losgegangen, um Baguettes zu kaufen, Katharina will Eis holen.
Nick kommt angeschlendert. Er wirkt nachdenklich. Setzt sich auf sein Handtuch.
„Deine Schultern werden rot”, sage ich. Er betrachtet sich. „Stimmt”, sagt er, „ich hab' vergessen, mich einzucremen.“
Er kramt in seinem Rucksack und holt Sonnenmilch heraus. „Ist ja eigentlich‘n bisschen spät”, sagt er.
„Soll ich dir helfen?“, frage ich ihn, als ich sehe, wie er sich abmüht, halbwegs seinen Rücken einzucremen.
„Würdest du?“, fragt er. Ich stehe auf und gehe zu ihm.
„Warte, ich leg' mich hin”, sagt er und ich schütte ihm was auf den Rücken. Er schüttelt sich und lacht. „Ich krieg ‘ne Gänsehaut”, sagt er. Ich verreibe die heiße Sonnenmilch auf seinem warmen Rücken, kann seine Rippen dabei fühlen. Er ist schmal.
‘Der wird nie Gewichtsprobleme kriegen’, denke ich.
Er seufzt zufrieden. „Weiter”, murmelt er genießerisch, „das tut echt gut ...“ Ich lache und gebe ihm einen Klaps auf den Po.
„Na hör' mal”, sage ich, „was bist‘n du für einer?“

Er setzt sich auf und sieht mich an.
„Ich bin tatsächlich so einer", sagt er, „ich bin schwul."
Im ersten Moment denke ich, er macht'n Witz, weil es so seine Art wäre, doch sein Gesichtsausdruck ist vollkommen ernst. Er sieht weg.
Ich bin verblüfft, überrascht. Er guckt mich wieder an. „Geschockt?", fragt er. Ich knie noch immer neben ihm, jetzt setze ich mich hin und drehe den Verschluss der Sonnenmilch zu.
„Geschockt? Ach nein", sage ich, „ es ist nur ... ungewöhnlich ... du wirkst so normal, weißt du."
Das ist mir einfach so rausgerutscht, ich hoffe, dass er es als Kompliment auffasst.
Er tut's.
„Danke", sagt er, „ich steh' auch nicht auf Männer in Frauenkleidern."
„Der andere ..."
„Laurent?"
„Ja ... ist er dein Freund?", frage ich ihn. Er zuckt mit den Schultern.
„Wohl mehr 'ne Urlaubsbekanntschaft", seufzt er, „nee, wir sind zusammen losgefahren ... kennen uns noch nicht lange .... aber jetzt hat er einen Bekannten wieder getroffen ..."
Er sieht plötzlich traurig aus und ich stelle fest, dass er mir leid tut.
Ich sehe Christoph und Katharina wiederkommen und verspüre auf einmal das Bedürfnis, ihm noch irgendetwas zu sagen ... etwas Tröstendes.
„Tut mir leid für dich", sage ich. Er lächelt mich an.
„Schon okay", sagt er.

Nick

Jan ist total nett.
Er hat's einfach so akzeptiert und ist danach genauso gewesen wie vorher, oh Wunder!

Nicht dieses „Ach, wie interessant!“ - Getue, als wäre ich ein exotisches Tierchen. Manche wissen echt nicht, wie sie damit umgehen sollen.
Jan ist in Ordnung.

„Soll‘n wir dich wieder mit zurücknehmen?“, fragt er mich am Abend. Ich habe auf meinem Handtuch gedöst. „Au ja”, sage ich und gähne, „ das wäre nett ... ich glaub’, ich muss erst mal duschen, ich bin voller Sand. Sogar in den Ohren.“ Katharina lacht. „Ich auch”, sagt sie, „ eklig, was?“

Auf dem Platz begebe ich mich gleich ins Waschhaus. Als ich zurückgehe, kommt Christoph mir entgegen. „Willst du mit uns essen?“, fragt er, „Papa macht Spaghetti!“
Jan kommt aus dem Zelt und sieht mich fragend an. „Gibt aber nur Ketchup”, sagt er entschuldigend.
Ich grinse. „Ich kann ‘ne tolle Tomatensoße”, sage ich, „soll ich?“
Er hat alles da, was ich dazu brauche. Oregano leih’ ich mir von den Stuttgartern aus, die auf der anderen Wegseite campieren.
Wir essen.
„Schmeckt echt gut, deine Soße”, sagt Katharina und Christoph nickt begeistert.
Jan schenkt uns Wein nach. „Ja, toll ... und äußerst geschickt von mir: Ich lade dich zum Essen ein und du kochst!“ Er lacht. Ich auch.
Wir trinken die Flasche beim Essen aus. Jan steckt sich danach ‘ne Zigarette an.
„Willst du auch eine?“, fragt er und hält mir die Schachtel hin. Ich bediene mich.
„Rauchst du?“, frage ich ihn.
„Er war Raucher”, sagt Katharina, „war, nicht wahr?“
Jan seufzt. „Nur in diesem Urlaub, Kitty”, sagt er.
„Katharina bitte, ja?“, sagt sie und steht auf. „Rauch nicht so viel!“
„Sei nicht so streng mit mir ... äh, könntet ihr heute mal den Abwasch machen?“ Ein schneller Blick in meine Richtung, „ich hab’ gekocht!“ Er lacht mich verschwörerisch an und zwinkert.
Dieses Lachen!

Ich spüre eine erhöhte Herzschlagsfrequenz. ‘Lass’ es’, ermahne ich mich.
Murrend ziehen sie ab. „Ich komm’ gleich nach”, ruft Jan.
Vergisst er aber. Weil er mir von sich und Renate erzählt.
„Wie das nach dem Urlaub laufen soll, kann ich mir noch gar nicht vorstellen ...“
„Habt ihr keine Oma in der Nähe?“, frage ich ihn. Er rümpft die Nase.
„Damit würd’ ich den Kindern keinen Gefallen tun”, meint er, „und mir auch nicht.“

Jan

Hab’ ich vorher schon mal was mit Schwulen zu tun gehabt?
Eigentlich nicht.
Blöde Sprüche von irgendwelchen Sportskameraden fallen mir bloß in dem Zusammenhang ein.
„Diese verdammte Schwuchtel kann doch nichts ab!“
„Schwule Sau!“
„Warmduscher!“
Allesamt abfällige Redensarten, im Grunde nur Abwertendes.
Ich dachte immer: ‘Was für Idioten!’
Aber gesagt habe ich auch nichts.
Oliver fällt mir ein, unser kleiner schüchterner Linksaußen. Nach dem Duschen war er immer gleich verschwunden. Zu Vereinsfeiern kam er nie. Einmal hab’ ich gesehen, dass ihn so‘n Typ abgeholt hat.
Ob Oliver schwul war?

Bin ich jetzt anders zu Nick, seit ich es weiß?
Ich mochte ihn von Anfang an. Er hat so eine offene, sympathische Art und manchmal können wir uns gemeinsam ausschütten vor Lachen. Er bemerkt auch die komischen Dinge, die mir manchmal so auffallen.
Wie der Typ am Strand, der versuchte, sich unauffällig die Badehose auszuziehen.

„Guck' mal", sagte er zu mir, als wir nach dem Schwimmen nebeneinander saßen und den verzweifelten Bemühungen des prüden Herrns zusahen. Es wär halb so schlimm gewesen, wenn er sich die nasse Hose einfach runtergezogen hätte, so wie wir es immer machen – was ist schon dabei?
Aber seine verklemmten Versuche, sie unter dem (wegen seiner Körperfülle) viel zu kleinem Handtuch abzustreifen, schlugen alle fehl. Nick und ich kicherten wie zwei Schüler.
Es kam natürlich, wie es kommen musste, alles rutschte runter und er stand schließlich nackt da. (Was im übrigen niemand weiter tangierte!)
Nick ließ sich rückwärts in den Sand fallen vor Lachen.
„Und für das bisschen hat er sich so abgemüht?" Wir lachten noch auf dem Weg zurück zum Auto.

Nach dem Essen sitzen wir den ganzen Abend zusammen.
Die Soße, die er gekocht hat, schmeckte wirklich fantastisch. Katharina und Christoph spielen Federball, es ist absolut windstill und warm. Lily hat einen kleinen Verehrer gefunden aus der Stuttgarter Familie, mit dem sie kichernd um die Zelte läuft.
Nick und ich sitzen lang ausgestreckt in den Stühlen und nippen ab und zu an unserem Wein. Die zweite Flasche.
„Was machst du, wenn du nicht gerade mit deinen drei Kindern im Urlaub bist?", fragt er mich.
„Ich leite einen Baumarkt", sage ich.
„Bohrmaschinen und so'n Kram?"
„Genau. Und Winkelschleifer und Schrauben und Nägel ... und du?"
„Ich studiere Grafik-Design ... mit Ausfällen, weil ich mir mein Geld selbst verdienen muss ... nein, will", korrigiert er sich, „meine Mutter verdient gerade genug für sich selbst. Ich will ihr nicht auch noch auf der Tasche liegen."
„Wie alt bist'n eigentlich?" frage ich ihn.
„Fünfundzwanzig", sagt er.
„Schon?" sage ich überrascht, „siehst jünger aus. Ich hab' erst gedacht, du wärst Abiturient."Er setzt sich auf. „Hab' ich mich echt so gut gehalten?", fragt er kokett und plinkert mit den Wimpern. Ich muss lachen. Nick ist wirklich'n witziger Typ!

Nick

Als es dunkel ist, bringt Jan die Kleine ins Bett. Katharina sitzt am Tisch, trinkt auch ein Glas Wein („ich werde sechzehn, Papa!“).
‘Ob sie ihrer Mutter ähnelt?’, frage ich mich. Christoph sieht aus wie Jan. Zumindest kann ich mir vorstellen, dass Jan als Jugendlicher so ausgesehen haben könnte.
„Woll’n wir noch mal über‘n Platz gehen?“, fragt er sie. Katharina schüttelt den Kopf. „Och, warum nicht? Los, komm’ doch!“, drängelt er.
„Lass’ mich ... ich will nicht”, sagt sie genervt und sieht mich an.
Ich hebe die Schultern. „Tja, ich weiß auch nicht, was man da tut ... ich hatte keine Geschwister ... aber wenn, dann wären wir meiner Mutter bestimmt tierisch auf den Keks gegangen ... ich glaube, ich habe ihr schon gereicht!“ Christoph lacht, Katharina lächelt.
„Und dein Vater?“, fragt sie.
„Der ist abgehauen, als ich noch gar nicht geboren war”, sage ich, „den kenn’ ich nur vom Foto!“
Sie schweigen beide betreten. ‘Scheiße’, denk’ ich, ‘das war wohl voll der Fettnapf.’
Jan kommt aus dem Zelt.
„Na? Was ist los?“, fragt er seine beiden Großen, „hattet ihr Streit?“ Er setzt sich.
„Wollt ihr euch noch ein Eis kaufen?“, fragt er dann ziemlich unvermittelt.
Christoph grinst. „Kriegen wir in Zukunft immer eins, wenn wir uns streiten?“, und guckt Katharina an. Die grinst jetzt auch.
„Dann werde ich tierisch fett”, sagt sie und erhebt sich, hält dabei die Hand auf.
„Na, dann rück’ mal die Knete raus, Dad!“ Jan pult ächzend sein Portemonnaie aus der hinteren rechten Gesäßtasche. Einträchtig ziehen sie ab.
„War das jetzt pädagogisch wertvoll?“, frage ich ihn. Er streckt sich aus.
„Bestimmt nicht, aber Balsam für meine Nerven!“

Jan

Seltsam ist das mit Nick. Wir kennen ihn erst seit drei Tagen, aber die Kinder benehmen sich, als wäre er schon immer Teil unserer Urlaubsgesellschaft. Mir geht's übrigens genauso. Ich finde seine Gegenwart außerordentlich bereichernd und bin gern mit ihm zusammen.

Heute ist sein Freund wiedergekommen.

Wir kamen gerade vom Strand zurück und Nick wollte zum Waschhaus gehen, da fuhr der kleine Opel Corsa vor.

Nick sah mich groß an. „Na, denn", sagte er und ging zu dem großen Dunkelhaarigen, der ausstieg und ihn anlachte.

Nick sagte irgendwas zu ihm, der Dunkle lachte und nahm ihn in den Arm.

Und dann küssten sie sich ganz ungeniert.

Katharina, die sich gerade ihre Kulturtasche aus dem Zelt geholt hat, erstarrt förmlich neben mir.

Ich rufe nach Lily.

„Hast du das gerade gesehen?" fragt mich Katharina aufgeregt auf dem Weg zum Waschhaus.

„Was?", stelle ich mich dumm.

Sie druckst herum. „Na, eben! Nick ... und ... sein Freund", stammelt sie.

„Ach so, das! Ja, Nick ist schwul", sage ich und wundere mich selbst, dass mir das so leicht über die Lippen kommt.

„Das weißt du? Hat er ... habt ihr ...?"

„Wir haben darüber geredet ... er hat's mir erzählt", sage ich.

Sie sieht nachdenklich vor sich hin und wirkt enttäuscht, wie ich finde.

Als ich mit Lily zurückgehe, sehe ich Christoph kommen. Er ist ziemlich rot im Gesicht und kickt wütend Pinienzapfen durch die Gegend.

„Hey, was ist?", frage ich ihn. Er sieht mich zornig an.

„Die ... küssen sich", sagt er abfällig. „Das ist vielleicht eklig!"

Er will an mir vorbei.

„Moment", sage ich und halte ihn fest, „geht's um Nick? Das ist seine Sache, okay? Deswegen brauchst du ihn doch nicht

verurteilen ... was soll das überhaupt? Was ist'n so schlimm daran?"
Er starrt mich an. „Er ist schwul", sagt er angewidert und verzieht das Gesicht, „dabei spielt er Fußball!"
Oh, oh ... in was für einer Gesellschaft wächst Christoph eigentlich auf?
„Sag' mal, von wem hast du denn diese Vorurteile? Du hast Nick doch kennen gelernt und magst ihn? Ich finde ihn auch nett, obwohl ich's wusste. Er hat's mir nämlich gesagt. Na und? Er hat eben einen Freund!"
„Aber die knutschen", sagt Christoph verlegen, „das sieht komisch aus, wenn das zwei Männer tun."
Für mich wär's genau so ungewohnt, muss ich gestehen. Ich würde nur amüsiert grinsen, wenn ich ein 'normales' Pärchen sehen würde. Wir sind an unserem Zelt angelangt. Nick und sein Freund sind nicht zu sehen.
Irgendwie bin ich erleichtert.

Nick

Ich mag sie alle vier!
Obwohl 'Russell' mir ganz besonders am Herzen liegt ...
Er ist genau richtig. Optisch, mein ich. Ich mag Männer, die so kräftig sind. Er ist so sehnig und muskulös und er ist schon total braun überall.
Weil er dunkle Haare hat. Ich hab' schon immer 'ne Schwäche für dunkelhaarige Typen gehabt.
Wir kickten wieder herum und ich führte ihn ganz schön an der Nase herum, bis es ihm zuviel wurde mit meinen Dribblings und er mich einfach an der Taille packte und zur Seite riss.
„Ey – Foul!", rief ich und tat empört. Er lief lachend mit dem Ball weg. „Mehr essen, Junge!", rief er über seine Schulter.
Ich starrte ihm nach und fühlte noch genau den Griff seiner Hände.

„Das war gemein vorhin”, sagte ich kauend, als wir eine Pause machten, „so trennt man niemanden vom Ball!“
„Wieviel wiegst‘n?“, fragte er stattdessen.
„Zu wenig”, sagte ich trotzig. Er hielt mir sein Brot hin.
„Na komm’, nimm’ es”, grinste er, „sonst fliegst du samt Zelt davon!“
„Pah”, sagte ich mit erhobener Nase, „dafür laufe ich schneller!“
„Wetten nicht?“ Seine Augen funkelten.
„Wetten doch?“, sagte ich und wir fixierten uns, bis ich verlegen weg sah.
Die Kinder wollten den Beweis. Auf der Stelle.
Christoph maß eine Strecke ab. Katharina stand am Startpunkt, Christoph am Ziel.
Wir standen nebeneinander und guckten uns wieder an. Ich war richtig aufgeregt. Nicht nur wegen des Laufs ...
„Auf die Plätze – fertig – los!“, rief Katharina und ich schoss los.
Barfuss auf Sand läuft es sich natürlich nicht so toll wie mit Schuhen auf ‘ner Aschenbahn, aber ich kriegte dennoch Fahrt. Ich hörte Jan hinter mir keuchen und das gab mir noch mehr Ansporn.
Als erster lief ich an Christoph vorbei, Jan mehr als eine Schrittlänge hinter mir. Ein paar Leute applaudierten.
Er lachte und schnaufte. Ich auch. „Okay, okay”, sagte er, „du hast gewonnen, Fliegengewicht ... gratuliere!“ Er streckte mir die Hand hin und ich nahm sie. Da zog er mich plötzlich kurz an sich.
„Bist schon ‘n verrückter Typ”, sagte er ganz dicht vor mir, noch immer atemlos und dann strubbelte er mir durch die Haare.
‘Huch! Was war das denn?’, dachte ich, ‘und das, obwohl er‘s weiß?’
Ich ging zwischen Katharina und Christoph zurück, Jan hatte sich Lily auf die Schultern gesetzt und lief im Zickzackkurs mit ihr zu unserem Strandlager. Sie juchzte und schrie vor Freude.
Mir war genauso zumute.
Ich fasste Christoph und Katharina an die Hand und rief: „Los!“ Und wir rannten an Jan und Lily vorbei. Katharina sah mich strahlend an, als wir bei den Decken ankamen.

Wir fahren zurück. Ich sitze vorn neben ihm und mustere ihn verstohlen. Er hat kleine Lachfältchen um die Augen und eine

ganz gerade Nase. Ich mag seinen Mund ... wie er wohl küsst? Er hat überall Sand in den Haaren an seinen braunen Beinen.
'Mit ihm duschen', denke ich und mir wird ganz heiß ...
Ich kurbele die Seitenscheibe herunter und spüre den Fahrtwind. Er bringt mir keine Abkühlung.
'Sei kein Idiot', rufe ich mich innerlich zur Ordnung.
'Hör' bloß auf, von Jan zu träumen ...'

Auf dem Platz will ich gerade zum Waschhaus gehen, da kommt Laurent. Ich weiß nicht, was ich davon halten soll, aber er steigt aus und grinst mich frech an und da ist's um mich geschehen ... ich bin noch ganz schön angeheizt von meinen verbotenen Gedanken an Jan und freue mich auf die kommende Nacht, die ich nicht allein mit mir verbringen muss.
„Kannst du überhaupt noch?", frage ich ihn zur Begrüßung.
„Eifersüchtig?", fragt er mich und dann küssen wir uns und ich will nur noch mit ihm ins Bett ...

Jan

Die Kinder sind enttäuscht, weil Nick offenbar mit seinem Typen weggefahren ist. Ich beschließe, mit ihnen einen Ausflug nach La Rochelle zu machen.
Erst spät kommen wir wieder, auf der Rückfahrt waren wir unterwegs auch noch essen. Der Corsa ist immer noch nicht da oder schon wieder weg.
Ich ertappe mich dabei, enttäuscht zu sein.
Lily ist im Bus eingeschlafen, ich trage sie ins Zelt, sie wacht nicht auf. Christoph stolpert auch müde hinein und Katharina geht gähnend zum Waschhaus.
„Na? Wieder zurück? Kann ich dich noch auf 'n Wein einladen?"
„Nick!" Ich wirbele herum. Nick steht neben unserem Bus, die Hände in den Taschen seiner Jeans.
„Wo ist dein Freund?", frage ich ihn, als ich mit zu ihm gehe.
„Äh, wart' mal, ich hol' eben den Wein – vielleicht sollten wir bei euch sitzen – bei mir geht's nur auf dem Boden!"

Jetzt fällt es mir auch auf: der kleine Tisch und die beiden Stühle sind weg. Der Opel Corsa ist auch nicht zu sehen.
Wir schlendern zu uns. Katharina kommt zurück.
„Hi!“, sagt sie freundlich zu Nick und „Gute Nacht, Paps!“ zu mir. Sie küsst mich auf die Wange. Verblüfft sehe ich ihr hinterher. Das hat sie schon ewig lange nicht mehr gemacht.

Nick entkorkt die Flasche.
„Fanden sie‘s arg schlimm?“, fragt er. Ich weiß sofort, was er meint.
„Katharina war überrascht ... Christoph musste ich erst mal den Kopf geraderücken ... ich weiß auch nicht, woher er diese Vorurteile hatte ...“
Wir trinken. Ich biete ihm ‘ne Zigarette an. Er nimmt sie. Ich gebe ihm Feuer.
Er nimmt einen Zug und streicht sich die Haare zurück.
„Könntest du mich irgendwann in den nächsten Tagen nach Nantes fahren?“, fragt er. „Ich glaube, von da hab’ ich Anbindung zu jeder Stadt ... äh, bahnmäßig, weißt du?“
Ich verstehe.
„Ist Schluss?“, frage ich. Er seufzt und nickt.
„Ja, Schluss, Ende!“, sagt er „Er ist ein Arsch ... Ein hübscher zwar, aber was soll‘s.“

Nick

Er ist also wieder da. Aber er hat keine Lust mehr auf‘s Zelten, weil er doch jetzt drei Tage lang im Bettchen schlief und überhaupt, Zelten wäre total out.
Eben nur was für Spießer.
„Und was für Leute!“, sagt er geringschätzig, als er aus dem Zelt kriecht. Ich ziehe meine Klamotten an und gehe auch raus.
„Wieso?“, frage ich, „welche Leute?“ Er rümpft die Nase.
„Na, guck’ dich doch um hier ... ach, übrigens, wer war denn das, mit dem du vorhin palavert hast?“, fragt er.
„Der hat doch Kinder, oder? Ist der bi?“

Oh, Mann! Konnte man sich nicht einfach nur so mit Leuten anfreunden? Ohne Hintergedanken? Wer‘s glaubt, Nick ...
Mein schlechtes Gewissen diesbezüglich lässt mich ihn dementsprechend anfahren.
„Ey, Nick, mach’ mal halblang, ja? Ich wusste ja nicht, dass du die näher kennst ... komm’ schon, sei nicht so ...“ Er umarmt und küsst mich wieder und ich denke an gerade eben im Zelt ...
Es war schön mit ihm und ich küsse zurück und da sehe ich im Augenwinkel Christoph. Der bleibt stehen und starrt uns mit offenem Mund an, dann dreht er sich um und läuft weg.
‘Scheiße’, denke ich frustriert.
An diesem Abend fahren wir essen und anschließend in ‘ne Disco, wo wir bis zum frühen Morgen tanzen.

Am nächsten Tag will er mir was zeigen.
„Komm schon, steig ein, lass’ dich überraschen, Nick.“
Er fährt mit mir in einen kleinen Ort und da auf einen Hinterhof. Wir gehen die Treppe hoch, er schließt auf.
„Nett”, sage ich, als ich mich umdrehe, „hier hast du also gewohnt?“
Die andere Tür geht auf. Armand.
Er ist also immer noch da.
Ich sehe Laurent an, der bedeutungsvolle Blicke mit Armand wechselt.
„Soll ich dir was verraten, Nick? Hier”, er zieht sein Portemonnaie aus der Tasche. Es ist voller Scheine.
„Nur für‘n paar Nummern ... neben der Disco ist‘n Strich ... die meisten sind Touris, die bezahlen echt jeden Preis! Und du bist auch noch so irre blond! Die stehen da drauf, ich hab‘s beobachtet...Und hier ist‘s gemütlich, nicht? Kann auch nichts passieren, weil wir ja nicht allein sind. Einer von uns ist immer im Nebenzimmer ... was ist?“
Ich muss ihn angestarrt haben wie ein Mondkalb.
„Das ist nicht dein Ernst”, sage ich. Ich glaube immer noch an einen – zugegebenermaßen – schlechten Witz.
„Doch, natürlich! Da – guck’! 1500 Euro in drei Tagen – ist das etwa nichts?“ Laurent wedelt mit den Scheinen vor meiner Nase herum.

„Du bist ja wohl voll bescheuert, was?“, schreie ich, „ich bin doch kein Stricher!“
„Ach, komm, stell’ dich nicht so an, Nick”, sagt er mit einem widerwärtigen kleinen Lächeln und dann packt er sein Geld wieder ein, „du hast es doch gern, wenn‘s dir einer besorgt ...“
Ich hab‘ mich echt noch nie geprügelt, aber jetzt lang ich ihm eine. Die war nicht von schlechten Eltern, denn sein Kopf fliegt ganz schön und seine Wange ist knallrot hinterher. Entsetzt starrt er mich an.
„Jetzt fährst du mich zurück”, zische ich ihn an, „dann sagst du mir, wieviel du für dein verficktes Zelt haben willst und dann sind wir geschiedene Leute!“

Veränderungen

Ein kaputtes Zelt – Zeichnungen am Strand –Ein Spaziergang am späten Abend

Jan

Ich soll ihn also nach Nantes fahren.
'Ob er schon zurück muss?', denke ich im Zelt und wälze mich hin und her, 'oder ob er noch Urlaub hat?'
'Ist doch erst Anfang August ... Studenten hatten doch drei Monate Semesterferien ... vielleicht muss er wieder arbeiten?', denke ich.
Irgendwas war passiert. Er hat nichts weiter gesagt, aber er wirkte ziemlich fertig.
Mir ist warm, ich krieche aus dem Schlafsack, aus dem Schlafzelt und suche Mineralwasser. Trinke. Bin überhaupt noch nicht müde. Ich ziehe meine Jeans über und gehe raus. Stecke mir noch eine Zigarette an. Hoffentlich wird das nicht wieder zur Gewohnheit.
Eine schmale vertraute Gestalt mit hellblonden Haaren kommt langsam aus der Richtung der sanitären Anlagen.
Wortlos halte ich ihm die Zigaretten hin. Er nimmt eine und wir rauchen.
„Manchmal ist alles scheiße, hm?", frage ich. Er sieht mich lange an und dann seufzt er.
„Wie lange hast'n noch Urlaub?", frage ich ihn.
„Noch zehn Tage", sagt er leise. Wie ich also.
„Willst du nicht hier bleiben?", frage ich ihn und bin erstaunt über meine plötzliche spontane Eingebung, „wir nehmen dich dann mit zurück!"
Er starrt mich überrascht an. „Meinst du das im Ernst?", fragt er, „ich hätte mich das nie zu fragen getraut ..."
Ich grinse. „Ich muss dich ein bisschen durchfüttern, damit du nicht vom Fleisch fällst!"

Nick

Er hat mich gefragt, ob ich dableiben will ... was für eine Frage! Wir verabreden, am nächsten Morgen gemeinsam zu laufen und ich stelle fest, dass wir das gleiche Tempo haben. Als wir vom Duschen zurückkommen, hat Katharina schon Kaffee gekocht.
„Nick isst mit bei uns", sagt Jan und er erzählt, dass ich den Rest des Urlaubs mit ihnen zusammen verbringen werde und sie mich auch mit nach Hause nehmen wollen. Lily freut sich und ruft: „Au ja!" Katharina lächelt mich schüchtern an, nur Christoph sieht demonstrativ an mir vorbei.
Am Nachmittag am Strand kicken wir wieder und da gibt er seine Reserviertheit auf.
Wir rennen beide dem Ball hinterher und lachen und schubsen uns. Plötzlich bleibt er stehen und sieht mich an.
„Trägst du auch Frauenkleider?", fragt er auf einmal. Ich möchte lachen, aber ich verkneif es mir, weil er ganz ernst ist.
„Nein", sage ich, „niemals!"
Er wirkt zufrieden danach.

Am Abend gibt's ein mörderisches Gewitter und wir sitzen alle im VW-Bus, weil Lily Angst hat im Zelt. Es ist ihr zu laut.
„So geht's doch", sagt Jan, entspannt in den Sitz gelehnt und wir beide trinken schon wieder Rotwein. Ich sehe zu meinem Zelt rüber und setze mich abrupt auf, als ich sehe, was da passiert.
„Ach, du Kacke!", entfährt es mir. Eine Riesenpfütze hat sich in meiner kleinen Senke gebildet und ein paar Heringe sind schon weggespült. Im nächsten Augenblick gibt es einen kräftigen Windstoss und mein Zelt sinkt traurig in sich zusammen.
Jan lacht sich fast kaputt.
„Du lachst?", frage ich ihn fassungslos. „Meine Klamotten! Mein Discman! Und meine Schokolade! Ich hatte mir gerade fünf Tafeln gekauft!"
„Fünf Tafeln?" Katharina sieht mich empört an, „das war ja ganz schön gierig, was?"
„Ich hätte euch ja was angeboten", sage ich kleinlaut und jetzt bricht auch sie in Gelächter aus.

Alles ist nass. Die einzigen trockenen Sachen habe ich an. Überall hängen meine Klamotten rum.
Im Zelt kann ich auch erst mal nicht pennen.
„Bei uns ist noch Platz", sagt Christoph großzügig. „Schnarchst du?"
„Ich glaube nicht", sage ich, „hat mir zumindest noch keiner gesagt."
„Papa schnarcht manchmal", sagt er und ich muss über Jans Gesichtsausdruck lachen. Wir holen Pizza und drängeln uns in den Vorraum. Lily will unbedingt auf meinem Schoß sitzen.
„Lass' Nick doch mal in Ruhe", sagt Jan zu seiner Jüngsten.
„Ach, mich stört's nicht", sage ich ihm und ich mein es wirklich so. Die Kleine ist echt süß.
Und er kann verdammt lieb lächeln.
Draußen regnet es immer noch, aber im Zelt ist es gemütlich und trocken.
Wir essen meine Schokolade (drei Tafeln!) und spielen Karten. Ich kenn' das Spiel nicht und muss mich erst einfuchsen. Katharina und Christoph lachen sich schlapp, weil ich so schlecht bin.
„Ideal, wenn ich der Dumme bin, braucht ihr euch ja nicht zu streiten", sage ich zu den beiden.
Jan lacht und klopft mir auf die Schulter.
Um zehn klart es auf und wir sitzen wieder draußen und trinken da weiter.
„Ich bin ganz schön blau", gesteht mir Jan, als wir zum Waschhaus wanken. Einträchtig pinkeln wir Seite an Seite und ich bin zu betrunken, um lüsterne Gedanken zu kriegen.
Im Zelt liege ich zwischen Christoph und Jan.
Lily schnarcht leise.
Dann höre ich Christophs regelmäßige Atemzüge.
Ich liege wach. Neben mir Jan. Ich spüre seine Wärme, obwohl wir uns nicht berühren.
„Gute Nacht", flüstert er, „schlaf gut!"
„Du auch", sage ich leise und denke 'er riecht so gut ...'

Jan

Nicks Zelt ist kaputt.
„Hat nichts getaugt – genau wie sein Besitzer", sagt er, als wir es gemeinsam in den Container verfrachten.
Er ist jetzt mit seinen Sachen zu uns gezogen und schläft auch bei uns im Zelt.
Ich wache am Morgen auf und sehe Christoph und Katharina hinausgehen. Lily schläft noch. Nick ebenfalls. Er liegt neben mir und ich betrachte ihn. Er hat ein junges Gesicht und einen feingezeichneten Mund, der auch einem Mädchen gehören könnte. Seine weißblonden Haare bilden einen eigentümlichen Kontrast zu seinen schwarzen Augenbrauen und den dunklen Wimpern.
'Es ist die Frisur', denke ich, 'daher die Ähnlichkeit mit Timo Hildebrand'.
Seine Haare sind zerwühlt. Irgendwie sieht er ... rührend klein aus, wie er da neben mir liegt, in zusammengekrümmter Embryonalhaltung.
'Ich mag ihn', denke ich.
Warum habe ich eigentlich plötzlich Herzklopfen?

Nick

Ich wache auf und sehe Russell neben mir aufgestützt.
Er isst einen Apfel.
„Au ja", sage ich und er macht „Pscht ... Lily schläft noch."
Ich sehe sie in ihrer Ecke liegen. Die beiden Großen sind nicht da.
Er hält mir den Apfel hin, ich lege meine Hand um seine, um den Apfel festzuhalten beim Reinbeißen. Er sieht mich seltsam an – ganz kurz nur – dann guckt er wieder weg.
„Danke", nuschle ich.
Himmel, bin ich geil!
„Sag' mal ... wie machst'n das eigentlich ... mit drei Kindern im Zelt?", frage ich ihn und sein Blick verrät mir, dass er sofort weiß, wovon ich rede.

Er beißt wieder in den Apfel. „ Ich geh' z.B. alleine duschen", sagt er.
„Stimmt ... unter der Dusche ist's gut", seufze ich und wir lachen.
Ich beiße nochmals ab.
„A propos, ich sollte jetzt auch 'mal ganz schnell duschen gehen", sage ich, „aber ehrlich gesagt, ich trau' mich noch nicht aufzustehen ... ich reiß' sonst was um."
Jan lacht laut los. „Nick, du bist unmöglich!", sagt er, „oh, guten Morgen, Lily!"

Jan

Nick ist unglaublich offen. Habe ich jemals Renate gesagt, wann und wo ich wichse? Unvorstellbar.
Er dagegen hat keine Hemmungen. Er ist ja auch ein Mann, obwohl er ...
'Was er wohl von mir hält?', denke ich unter der Dusche. Danach.
'Ob er mich ... anziehend findet?'
Ich bin verwirrt.
'Was denk' ich hier eigentlich? Bin ich vollkommen verdreht?'
Langsam gehe ich zurück. Katharina grinst mich an, als sie mich kommen sieht.
„Dauert noch, bis wir frühstücken können", sagt sie, „Lily lässt Nick nicht aufstehen!"
Ich höre Lilys Gekicher und seine Stimme, die erstaunlich tief ist.
„... und hier auch nicht ... WO ist Papa? Ja, er sitzt in der Küche und liest Zeitung, noch immer! Dabei ist Willi schon angezogen und fix und fertig."
'Aha, Willi Wiberg ...! Lilys Lieblingslektüre. Wie er betont!', denke ich belustigt und gehe ins Zelt. Nick sieht kurz auf, grinst und liest weiter.
Er liegt auf dem Bauch und Lily sitzt rittlings auf seinem nackten Rücken und sieht ihm über die Schulter.
„ Nun lacht Papa", liest Nick und grinst mich wieder an.
„Klar gehen wir. Wir wollen nur noch ..."

„'Was nur noch?', fragt Willi" Nick verstellt seine Stimme als 'Willi'.
„'...zu Ende lachen!, sagt Papa'", liest Nick und klappt das Buch zu.
„Schluss!", ruft er nach hinten.
„Nein!", schreit Lily.
„Genug gelesen", sagt Nick gutgelaunt, „drei Bücher hab' ich ihr vorgelesen!"
Er sieht mich an und zwinkert.
„Na? Wie war die Dusche?"
Ich gehe zu den beiden und packe Lily. „Du Quälgeist", sage ich und klemme sie mir unter den Arm. Sie strampelt und wehrt sich.
„Tat gut", sage ich und grinse ihn an. Er schält sich aus seiner Decke und sieht an sich runter.
„*Jetzt* kann ich auch duschen gehen", sagt er leise und als er an mir vorbeigeht, raunt er mir zu: „Ich beeil mich ... nur'n Quickie!"
Verrückt. Total verrückt.

Nick

Wir sind einkaufen gefahren und ich hab mir einen Zeichenblock und Tuschestifte gekauft. Vielleicht krieg ich ja noch'n schönes Bild von Russell hin. Als Erinnerung ...
Die Gelegenheit ergibt sich bereits am Nachmittag.
Die beiden Großen toben in der Brandung, Lily sitzt in einer kleinen Pfütze und baut einen Sandkuchen neben dem anderen, der sofort wieder zerfließt und ich packe meinen Block aus.
„Darf ich dich zeichnen?", frage ich ihn. Er liegt auf dem Bauch und liest.
Sieht mich an mit einem Blick, den ich nicht deuten kann.
„Mich?", fragt er, „ausgerechnet! Gibt doch Schönere ..."
Ich habe schon begonnen. „Du hast 'ne klasse Figur", sage ich, „halt, bleib so ... die Muskeln an den Waden sind so am besten ..."
Ich finde Zeichnen wunderbar. Einerseits ist es eine Heraus - forderung, die ganzen Proportionen richtig hinzukriegen,

andererseits erlaubt und erfordert es geradezu die schamlose Betrachtung eines attraktiven Körpers. So wie jetzt.
Er seufzt und stützt sein Kinn auf die Arme.
„Und sonst?", fragt er. Ich verstehe nicht. „Wie?", frage ich.
Er räuspert sich.
„Also, ich hab 'ne klasse Figur", sagt er, „deiner Meinung nach ... ich find' übrigens, dass ich mindestens vier Kilo abnehmen könnte ... was sonst noch?"
Mein Herz klopft plötzlich wie wild und ich stelle fest, dass ich Mühe habe, meine Hand ruhig zu halten.
'Will er wirklich wissen, was ich von ihm halte? Oh, Gott ...'
„Das sage ich dir, wenn ich blau bin", sage ich und zwinge mich dazu, ein heiteres und unverfängliches Lachen zustande zu bringen, „denn du weißt ja: Kinder und Betrunkene sagen die Wahrheit!"

Jan

Ich versteh' mich nicht.
Was ist bloß los mit mir?
Ich habe Nick tatsächlich gefragt, was er von mir hält, als wäre ich ein geltungssüchtiger Teenager ... ich kam mir richtig albern vor hinterher.
Er war so wie sonst auch.
Seine Zeichnungen von mir wollte er mir nicht zeigen, das fand ich sehr schade. Ich hätte sie gern gesehen.
„Das sind Skizzen ... ich muss sie erst überarbeiten", sagt er, als er alles wegpackt.
'Ob wir uns mal treffen?', frage ich mich, 'nach dem Urlaub, wenn wir zu Hause sind?'
Es irritiert mich, dass ich ein Gefühl der Trauer und des Verlustes verspüre, wenn ich darüber nachdenke, ihn nach unseren Ferien nie mehr wiederzusehen.
Ist er nicht bereits ein Freund geworden?
Ob er mich auch vermissen wird?

Am Abend kochen wir zusammen und es gelingt ganz leidlich. Zufrieden sitzen wir nach unserer Kreation „bunte Gemüseplatte“ (Nicks Werk) und „gebratener Putenbrust mit Sauce Choron“ (ich habe gebraten, die Soße kam aus dem Super-Mercado) vorm Zelt und trinken den favorisierten Rotwein unseres speziellen Weinguts.
Die beiden Großen sind mit Lily losgezogen, um für sich und sie ein Eis zu kaufen.
„Krieg' ich noch'n Wein?“, fragt mich Nick und stützt sich auf dem Tisch auf, „dann sag' ich dir auch nachher, was ich von dir halte!“
Ich sehe ihn an und erschrecke. Ich kann's lesen in seinem Blick ... Er hat sich gleich darauf aber schon wieder unter Kontrolle.
Ich schütte prompt etwas daneben, weil meine Hand zittert, als ich ihm einschenke.
'Ob er's gesehen hat?', denke ich verstört.
Mit Erleichterung bemerke ich, dass die Kinder zurückkommen.

Nick

Ich blöder Arsch hab' mich verraten. Ich hab' ihn so begehrlich angestarrt, dass er förmlich zusammengezuckt ist.
So 'ne Scheiße!
Ich will ihn doch nicht in die Flucht schlagen!
Nachher sollte ich mich dezent zurückhalten ... am besten, ich leg' mich früh hin.

Jan

Er will schon ins Zelt, obwohl die Großen auch gerade erst verschwunden sind. „Bleib' doch noch“, bitte ich ihn und er sieht mich an, als hätte ich ihn total aus dem Konzept gebracht. Er setzt sich wieder hin.
Wir schweigen.

Ich bin voller Gedanken und Gefühle, die sich um ihn ranken.
Was will ich bloß? Bin ich neugierig? Auf was?
Denke an heute Morgen, als er neben mir lag ... an das Gefühl der Zärtlichkeit, das mich überkam...
'Wie es wohl ist, ihn zu küssen?', denke ich aufgeregt.
„Was denkst du?", fragt er ausgerechnet in dem Moment.

Nick

Echt ... ich kann's nicht lassen. „Was denkst du?", frage ich ihn, als ob er mein langjähriger Lover wäre.
Er sieht mich an und atmet auf einmal so schnell.
Räuspert sich.
„Ich habe mich gerade gefragt, wie es wohl wäre ... dich zu ... küssen." Das Letzte sagt er ganz leise.
Ich fühle ein Kribbeln im ganzen Körper, im Magen wird mir flau.
„Oh, Mann", stoße ich aufgeregt hervor, „sofort! Wo?"
Ich springe auf.

Jan

Spiel mit dem Feuer...
Ich hab's tatsächlich gesagt ... und er schnellt augenblicklich vom Stuhl hoch. Er steht vor mir und hält mir seine Hand hin. Ich nehme sie und als wir uns berühren, fühle ich einen elektrischen Schlag.
Ging's ihm auch so?
Hat's jetzt gefunkt zwischen uns?
Wir sehen uns atemlos an.
Der Reißverschluss von unserem Zelt geht auf, Nick macht sofort einen Schritt zur Seite und ich lasse ihn los. Ich sehe Christophs Kopf.
„Kannst du mir mal das Mineralwasser geben?"

„Ja, klar", sage ich und denke, 'ich bin total durch'n Wind.' Reiche ihm die Flasche. Mein Herz rast. Christoph zieht den Reißverschluss wieder zu. Ich spreche durch die Zeltwand. „Wir gehen noch mal über'n Platz, ja?" Meine Stimme klingt so fremd.
„Ja", höre ich Katharina müde antworten.

Nick

Ist das irre!
Er will's auch!
Wir gehen los.
Nebeneinander. Schweigend.
Unsere nackten Arme berühren sich. Unabsichtlich.
Ach, wirklich?
Wie abgesprochen verlassen wir das Gelände, gehen ein Stück in den Wald. Er bleibt stehen und legt den Arm um mich.
„Nick", flüstert er aufgeregt und sieht mich auf eine Weise an, die mich unheimlich anmacht, „was ist los mit mir?"
Ich stehe vor ihm. Er ist größer als ich. Spüre seinen Körper dicht an meinem – seine Erektion. Ich bin wahnsinnig scharf und muss mich zwingen, jetzt ruhig zu bleiben.
„Du bist bloß neugierig", sage ich und umarme ihn. Mein Herz klopft wie verrückt.
Er beugt sich zu mir und unsere Lippen berühren sich … das erste Mal. Sofort reißt er mich an sich und ich bin total erstaunt, wie heftig er dann ist. Wir küssen und küssen und werden immer geiler. Ich habe meine Hände unter sein T-Shirt geschoben und er bei mir auch. Ich weiß, dass er es will ... Ich dränge ihn an einen Baum und öffne seine Hose. Dann gehe ich in die Knie ...

Jan

Ich habe zittrige Beine und bin irrsinnig aufgeregt.Fühle mich wie beim allerersten Mal, als wir im Wäldchen stehen bleiben und uns endlich küssen.

'Es ist genauso wie mit 'nem Mädchen und doch wieder ganz anders.' Eigentlich bescheuert, dass ich das denke, aber ich bin vollkommen durcheinander, weil ich diese Situation noch nie zuvor erlebt habe.

Ich küsse einen Mann.

Und dieser Mann hält mich ganz dicht an sich gepresst und das macht mich unwahrscheinlich an. Sein Körper ist so fest und ich denke, 'er fühlt sich kräftiger an, als er aussieht.'

Seine Hände streicheln mich unter meinem T-Shirt und ich mach' es genauso. Seine Haut ist feucht, ich schwitze auch, vor Aufregung und Lust ...

Wir können gar nicht mit Küssen aufhören, es erregt mich unglaublich. Er schiebt mich zurück, ich stolpere, hinter mir ist ein Baum, gegen den ich stoße. Er löst sich von mir und während er mich heftig atmend ansieht, spüre ich seine Hände an meinem Reißverschluss.

Ich könnte es jetzt noch beenden, aber ich will's gar nicht ... kann nicht mehr klar denken, nur noch fühlen.

'Renate hat's noch nie so gemacht', schießt es mir durch den Kopf und dann denke ich nur noch 'Nick' und halte seinen Kopf, wühle in seinen Haaren, während er ...

Mein Gott!

Danach sitzen wir nebeneinander an den Baum gelehnt.

Nick hat seinen Kopf auf meine Schulter gelegt. Ich beuge mich zu ihm und küsse ihn. Nehme einen fremden Geschmack wahr ... meinen.

Ich kann nichts sagen, finde keine Worte, will ihn nur spüren. Anfassen, festhalten, seine Blondhaare zerzausen und ihn immer wieder küssen.

„Willst du mich ficken?", fragt er plötzlich.

Ehrlich gesagt, ich bin ziemlich geschockt.

„Nick ... oh mein Gott ... ich weiß nicht ... ich glaube, ich trau' mich nicht", höre ich mich verlegen stottern.
„Ach du", sagt Nick zärtlich, „du bist so toll ... ich hab' mich sofort in dich verliebt!"

Nick

Verdammt, ich darf nichts übereilen ... manchmal bin ich echt zu schnell ... aber ich bin so verrückt nach ihm und kann's noch gar nicht richtig fassen, was eben zwischen uns passiert ist!
Jan!
Ich hätte nie gedacht, dass er mich mag .... also, auf diese Weise. Natürlich hab' ich's mir die ganze Zeit ausgemalt ... jeden Tag! Besonders beim Duschen ... aber ich hätte doch nie angenommen, dass er mich wirklich will ... und er will mich!
Ich spüre es ganz deutlich ... wie er mich berührt und ansieht und immer wieder und wieder küsst.

Jan

„Wir müssen zurück."
Ich muss mich förmlich von ihm losreißen und ehrlich gesagt, es fällt mir unheimlich schwer.
Er steht sofort auf. Wieder stehen wir voreinander und küssen uns und ich kann mich nicht erinnern, dass Renate und ich uns jemals so intensiv geküsst haben. So unglaublich intensiv und aufwühlend, so wahnsinnig ... geil.
„Hör' auf", murmle ich, „sonst ..."
„Was?", flüstert Nick, „sonst was?"
„Ich weiß nicht", sage ich leise, aber ich glaube, er spürt dennoch, was ich ihm damit sagen will ...
Kann man so verrückt nach jemandem sein?
Ich schiebe ihn sanft zurück.
„Ich brauch ein bisschen Zeit, ja?" Er sieht mich erschrocken an.

„Ja ... ja, natürlich", sagt er und ist verlegen.
Ach, Nick!

Nick

Wenn ich erst mal in Fahrt bin, kann mich kaum einer bremsen ... beinah wär' ich zu weit gegangen ... Es war auch Scheiße, ihn zu fragen, ob er mich ficken will.
Verdammte Geilheit! Wenn das Blut erst mal die Gehirnregion verlassen hat und sich woanders aufhält, sind Denkprozesse schlechthin unmöglich ...
Aber ich war so kurz davor und dann traute ich mich nicht, in seiner Gegenwart Hand an mich zu legen ...
Ich hab' nur an ihn gedacht und meine Bedürfnisse ganz zurückgestellt.
Ist mir auch noch nie passiert.
Aber ich habe auch noch nie so was erlebt.
Bisher war's immer ganz klar, weil die Typen alle selbst schwul waren ... mit Jan ist alles anders.

Wir gehen dann zurück und ich bin erleichtert, dass er den Arm um mich legt und kurz bevor wir den Platz erreichen, zieht er mich noch mal an sich und küsst mich.
„Nick", sagt er ganz lieb, „ich glaub', hier müssen wir uns wieder benehmen!"
„Ja", seufze ich, „aber es wird mir nicht leicht fallen!"
„Meinst du etwa mir?", fragt er.
Er hat so schöne Augen mit ganz dichten schwarzen Wimpern und kann unheimlich verführerisch lächeln.
Gemeinsam gehen wir zum Waschhaus. Er sieht mich immer wieder an und grinst. Ja – er grinst!
Und ich hab' die ganze Zeit Angst davor gehabt, dass er es bereut und mich nicht mehr angucken kann ...
„Bis gleich", sagt er unglaublich zärtlich, als ich zurück zum Zelt gehe.
Die Kinder schlafen.

Ich krieche nur in Boxershorts in meinen Schlafsack.
'Wie geht's weiter?', denke ich und habe schon wieder Herzklopfen, als ich ihn höre.

Jan

Beim Waschhaus musste ich ihn ständig angucken.
Ist mir vorher überhaupt nicht aufgefallen, wie verdammt hübsch er ist?
Ich beeile mich und gehe zurück.
Heute habe ich keinen Bock mehr auf die Abendzigarette.
Ich will nur noch zu ihm, kann's gar nicht abwarten, ihn wieder anzufassen ...
Er liegt verpackt in seinem Schlafsack, ich komm' gar nicht an ihn ran.
„Warte", flüstert er und macht sofort den Reißverschluss auf.
Ich beginne ihn gleich wieder zu küssen und schiebe mich auf ihn, obwohl ich weiß, dass es Wahnsinn ist, hier im Zelt mit ihm rumzumachen ... wenn die Kinder das mitkriegen würden!
Sie schlafen, da bin ich mir sicher, ihre regelmäßigen Atemzüge sind zu hören, Lily schnarcht wieder einmal.
Ich hätte es nie für möglich gehalten, dass es so erregend sein kann, in den Armen eines Mannes zu liegen und ihn zu küssen ... seine behaarten Schenkel an meinen zu spüren ... irgendwie ist es ja seltsam, dass er sich so anfühlt wie ich ... aber andererseits ist es auch ein sehr vertrautes Gefühl.
Ich will ihn überall berühren und schiebe meine Hand in seine Shorts.
„Oh ja, bitte", stöhnt er leise und ich weiß genau, was man in solchen Fällen tut ...
Er umschlingt mich und ich höre ihn dicht an meinem Hals keuchen, während ich ihm Erleichterung verschaffe.

„Ach, Jan", flüstert er danach und seufzt zufrieden, „das war wahnsinnig schön!" Wir küssen uns zärtlich.

„Ja“, sage ich ihm leise, „und du bist es auch ... wunderschön ... du bist unheimlich hübsch, weißt du?“
Er lacht leise.
„Ach, du“, sagt er und wirkt verlegen.
Was geht hier eigentlich vor?
Was sage ich hier und vor allem, zu wem?
Ich rede mit einem jungen Mann.
Der schmiegt sich glücklich an mich und ich weiß nicht mehr, wann ich mich das letzte Mal so unbeschreiblich gut gefühlt habe.
Es ist glaube ich schon ewig lange her.
Eng aneinander gekuschelt schlafen wir nach einer langen Weile endlich ein.

Nick

Beim Aufwachen denke ich ‘war das ein toller Traum!’, doch dann sehe ich in Jans Augen und ich weiß, dass es wahr ist!
Es ist gar kein Traum!
Es ist real!
Wahnsinn!
Ich liege neben ihm und wir sind seit gestern Abend zusammen.
Sind wir doch, oder?
Ich habe Herzklopfen, wenn ich ihn ansehe, ich werde heute nichts runter kriegen können vor lauter Verliebtheit ...!
„Ich geh’ mit Lily zum Klo”, flüstert er und dabei sieht er mich so verlangend an, dass mir wieder ganz heiß wird.
Wie wird das jetzt mit uns weitergehen?
Und vor allem:
Wie lange noch?
Eine Woche.
Sieben Tage.
Sieben mal vierundzwanzig ... macht hundertachtundsechzig Stunden ...

Jan

Ich fühle mich fantastisch an diesem Morgen, ich könnte die berühmten Bäume ausreißen, trage Lily gut gelaunt auf den Schultern und denke nur 'Nick ...!' Wünsche mir sehnsüchtig, dass der Tag schon vorbei und es wieder Abend ist ... damit ich mit ihm allein sein kann und...
Ich bin neugierig, aufgeregt und voller Erwartung auf das Kommende ... ungeheuerliche Gedanken jagen durch meinen Kopf und ich lasse meiner Phantasie freien Lauf ...
Wann war ich das letzte Mal so verliebt?
Ich bin verliebt, richtig verschossen, total verknallt!
Und wie!
Und das in einen Mann!
Es ist unglaublich.
Als Lily und ich vom Waschhaus zurückgehen, sehe ich ihn kommen und mein Herz schlägt sogleich schneller. Er trägt Jeans und ist barfuss. Am liebsten würde ich ihn sofort in meine Arme reißen, aber das ist völlig undenkbar.
„Hi", sage ich und meine Stimme klingt zärtlich. Er lächelt so süß und sieht dabei noch ganz müde und verschlafen aus.
„Hi". sagt er auch, „wollen wir joggen?"

Nick

Jan weckt die Großen, dann ziehen wir unsere Shorts und Turnschuhe an und laufen los.
Ich habe unauffällig aus meiner Sporttasche ein paar Kondome gezogen und fummele sie hastig mit vor Aufregung feuchten Fingern in die kleine Innentasche meiner Shorts ... man kann ja nie wissen.
Wieder laufen wir im gleichen Tempo nebeneinander her, ohne was zu sagen, nur unser Atmen ist zu hören.
Die Dünen kommen schon in Sichtweite und ich registriere mit Befriedigung, dass niemand außer uns hier ist.
Wir sind allein.

„Nick“, sagt er in dem Moment und ist ganz außer Atem, „bleib’ mal stehen!“
Ich sehe ihn erwartungsvoll an.
„Komm’ her, du“, sagte er und zieht mich in seine Arme.
Der erste Kuss heute Morgen. Wir tragen nur Shorts und sind beide nassgeschwitzt. Ich spüre seine Erregung.
Meine quält mich schon die ganze Zeit. Er hat seine Hände hinten in meine Shorts gesteckt und streichelt meinen Hintern. Das macht mich total kribbelig und ich werde ungeduldig.
„Komm’“, sage ich und setze mich auf den Boden, ihn mitziehend. Er starrt mich groß an, während ich mich ausziehe und keucht erschreckt auf, als ich ein Kondom aus der Shorts angle und die eingeschweißte Verpackung mit den Zähnen aufreiße.
„Na los“, fordere ich ihn auf und präsentiere ihm den Pariser auf meiner Handfläche..
Er sieht mich lange an und dann nimmt er ihn ...

Jan

Ich kann‘s noch gar nicht richtig fassen...
Ich hab‘s getan.
Ich habe gerade mit einem Mann geschlafen und es war ... toll.
Anders natürlich, aber darum nicht weniger erregend ...
Danach liegen wir auf dem Waldboden und er sagt:
„Es piekt! Überall hab’ ich diese Nadeln ...“, er sieht mich mit seinen unwahrscheinlich blauen Augen an und grinst frech.
„Wie fandest du‘s?“, fragt er.
„Geil“, sage ich, noch immer außer Atem und völlig verschwitzt.
„Echt?“, fragt er und zieht seine Shorts an. „Könntest du dir vorstellen, es noch mal zu machen?“
„Hm, ja ... ich glaube schon“, sage ich, „mein Gott, ich habe einen Geliebten!“
Er lacht übermütig.
Ich springe auf und packe ihn, halte ihn fest und küsse ihn.
Es macht wahnsinnigen Spaß, ihn zu küssen!

Das habe ich in dieser Form noch nie erlebt … niemals zuvor habe ich jemanden so verrückt und wild und mit hingebungsvollem Verlangen geküsst. Weder Renate noch die Frauen, die ich vorher kannte.
Danach müssen wir uns sputen, sonst fällt es den Großen noch auf, dass wir schon verdächtig lange weg sind.
Nick ist konditionell viel besser drauf als ich, er läuft voraus, um beim Bäcker die Baguettes zu besorgen.
Verschwitzt treffen wir uns am Zelt.
„Wir gehen eben noch duschen", sage ich zu Katharina und Chris.
Vor den Kabinen sieht er mich an. Ich lese die Frage in seinen Augen ...
'Unmöglich', denke ich aufgeregt.
„Und wenn's einer sieht?", flüstere ich.
„Kennt uns doch niemand", sagt Nick leise, „komm' schon!"
Ich habe ein total schlechtes Gewissen und große Angst, dass die Kinder von unserem Treiben etwas mitbekommen (was, wenn sie uns hinterher zusammen aus der Dusche kommen sehen?), aber seine Umarmungen und Zärtlichkeiten unter dem warmen Wasser lassen mich gleich darauf an nichts anderes mehr denken. Ich genieße es einfach nur und stelle danach mit großem Erstaunen fest, dass sein Anblick mich nahezu umhaut. Er lehnt nass und nackt an der gekachelten Wand, streicht sich die feuchten Haare zurück und sieht mich aus halbgeschlossenen Lidern an, erschöpft nach Atem ringend. Nie habe ich jemanden anziehender und erotischer gefunden als ihn in genau diesem Augenblick und ich versuche, dieses Bild in mir festzuhalten. Egal was in Zukunft geschieht, ich will's nie vergessen ... 'Nick, was ist mit mir los?'
Es muss irgendwas mit mir passiert sein in den letzten Tagen.
Ich glaube, es hat mich wahnsinnig erwischt ...
„Kann's sein, dass du auf Entzug warst?", fragt er mich augenzwinkernd mit einem schrägen Grinsen, als wir nebeneinander zurückgehen.
„Ich bin seit sechzehn Jahren verheiratet", höre ich mich antworten.
Er lacht.

Nick

Ich habe etwas Derartiges noch nie erlebt ... dass ich meinen Gefühlen Zügel anlegen muss.
Mich zurückzuhalten fällt mir so schwer.
Wir sind heute Morgen gelaufen.
Und als wir die Hälfte der Strecke hatten, hielt er an.
Ich wusste, dass er es wollte, als ich ihn ansah.
Er war so lieb, so behutsam, so zärtlich, als wäre es das erste Mal für mich!
Und er dachte nicht nur an sich ...
Es war unheimlich schön. Ach, Jan!
Danach sind wir zurück und zusammen zu den Duschen ...
Zuerst war er verdammt nervös, aber ich glaube, er hat es nicht bereut. Er ist ganz schön geil, glaube ich und scheint 'ne Menge Nachholbedarf zu haben.
Wir frühstücken und sprechen darüber, was wir in dieser Woche noch alles machen wollen.
Die Kinder streiten sich und ich denke, 'ich will mit ihm allein sein'.
Fange seinen Blick auf und stelle fest, dass er genauso empfindet.
Mein Gott, Nick, was wird da bloß draus?
Ich muss mich natürlich in einen Familienvater mit drei Kindern vergucken, was sonst!
Einen Hetero!
Er hat noch nie was mit 'nem Mann gehabt, hat er mir gestanden ... und jetzt doch.

Jan

Heute Morgen habe ich kaum was essen können ... ich bin innerlich ständig auf 180.
Blicke können unter die Haut gehen...
Am Strand geht ein Typ vorbei, der Nick angrinst.
Ich verspüre sofort Eifersucht.
Was soll das bloß geben?

Noch immer verdränge ich die Gedanken an Zuhause.
Noch eine Woche.
Mit ihm laufen, duschen und nachts seine Hand halten ...
Neben ihm aufwachen.
Nick.
Es war irre.
Es war erregend.
Ich freue mich schon jetzt auf morgen früh, wenn wir wieder zusammen laufen ...

Nick

Alles ist gepackt, wir steigen ein.
Lily umarmt noch einmal ihren kleinen schwäbischen Freund und Christoph schreibt die Adresse von Jonas aus Berlin auf, mit dem er in den letzten Tagen viel gemacht hat.
Katharina war dafür ständig mit Jan und mir zusammen.
Das Laufen am Morgen war unsere einzige Möglichkeit, allein zu sein und uns zu lieben.
Zusammen geduscht haben wir auch nicht mehr, irgendwie waren da immer Leute, die uns zumindest vom Sehen kannten.

Gestern Abend haben wir noch einen Spaziergang gemacht.
„Ich möchte dich auch zuhause sehen, Nick", fing Jan an, „du bist nicht bloß so'n Urlaubsflirt ..." er lachte, „ich hatte überhaupt noch nie einen Urlaubsflirt!"
Mir war ganz warm innerlich.
„Das bist du für mich auch nicht", sagte ich, „ich kann's immer noch nicht fassen, dass du mich magst ..."
„Gemocht hab' ich dich von Anfang an!" Er drehte sich um, ob uns einer sah, dann hielt er meine Schultern fest und sah mir in die Augen, „aber dass ich mich so wahnsinnig in dich verlieben würde ..." Er beugte sich zu mir und küsste mich schnell.
Wir gingen weiter und hielten uns an der Hand.
„Wo arbeitest du?", fragte er mich.
„Ach, ich fahre Taxi", sagte ich.

„Zu bestimmten Zeiten?“, fragte er.
„Es wird ziemlich flexibel gehandhabt ... wir werden uns bestimmt sehen.“

Echt, genau wie Russel, oder?

Wieder zurück

Zwei Männer im Ehebett – Eine fremde Ehefrau – Erster Abschied

Jan

Wie entspannend die Rückfahrt ist!
Nick und ich wechseln uns ab und er fährt so vernünftig, dass ich sogar schlafen kann, während er hinterm Steuer sitzt.
Renate fuhr immer so hektisch.
'Fuhr?', denke ich ertappt. 'Wie es ihr wohl ergangen ist?'
Mein Blick fällt auf die Zigarettenschachtel in der Ablage. Als ich die erste Packung kaufte (es sind schon ein paar Schachteln geworden ...), dachte ich, dass es meine einzige „Sünde" im Urlaub sein würde...
Ich sehe rüber zu Nick. Der spürt meinen Blick, sieht mich kurz an und lächelt. Er setzt sich bequem zurück und streicht sich mit der Hand über den Schenkel, kurz hoch über den Reißverschluss seiner Jeans. Wieder ein Blick ...
Er geilt mich ganz schön auf.

Wir machen nur kurze Pausen, um auf's Klo zu gehen.
In der Nähe von Lille, ich komme gerade vom Pinkeln, sehe ich einen gutaussehenden Typen neben Nick stehen. Sie lachen. Es gibt mir einen Stich.
Bin ich bescheuert? Was machen meine Gefühle mit mir? Warum ist jeder Mann auf einmal ein Konkurrent?
Mit Renate war das nie so.
Der Typ hat sich bloß die Beine vertreten und Nick auf unser Stader Kennzeichen angesprochen. Er ist nur nett und plaudert. Scherzt mit den Kindern. Er ist Geschäftsmann aus Lüneburg und hat „eine Flamme" in Paris besucht, wie er sich ausdrückt. Keine Gefahr also.
„Und ihr?", fragt er mich und ich sehe ihm an, dass er uns in keine passende Schublade einordnen kann.
„Wir waren am Atlantik", sagt Nick und nimmt Lily auf den Arm, die sich an ihn schmiegt.

Was der wohl denkt?
Nachts um zwei sind wir bei uns zuhause. Einen Augenblick lang hege ich die Befürchtung, Renate könnte da sein, obwohl sie mir ja gesagt hatte, sie würde ihr Zimmer in Hamburg beziehen.
Ein Brief liegt auf dem Esstisch und es fehlen einige Möbel.
'Morgen', denke ich und zeige Nick das Gästezimmer mit dem Sofa unten.
Demonstrativ.
Für die Kinder.
Unser Schlafzimmer liegt Gott sei Dank auch unten. Schräg gegenüber ...

Es ist herrlich, richtig im Bett mit ihm zu liegen! Nach unseren morgendlichen Walderlebnissen, immer auf der Hut und angespannt, ist das ein echter Genuss.
Ich bin auch sofort wieder hellwach, ihm geht's genauso.
Wir lieben uns ewig lange wie mir scheint.
„Es ist so toll mit dir", flüstert Nick hinterher, „ich will nie wieder weg!"
„Dann bleib' doch", sage ich und küsse ihn auf die Wange.
„Du kratzt", stelle ich danach überrascht fest. Er lacht.
„Ich muss mich mal wieder rasieren."
„Stimmt, du bist ja'n Mann", sage ich. „Was ist bloß aus mir geworden?"
„Ein Schwuler", sagt Nick und umschlingt mich wohlig seufzend, „ich hab' dich angesteckt."
Ist das echt so? Bin ich jetzt schwul?
„Du kannst leider nicht hier bleiben", sage ich zu ihm, „du musst rüber ins Gästezimmer."
Er gähnt und setzt sich auf, sucht seine Shorts und zieht sie an. Bückt sich nach Jeans und T-Shirt.
„Gute Nacht, Liebster", gurrt er mit betont affektierter Stimmlage.
„Schlaf gut, Süßer", kichere ich.
Er grinst. „Ey – schwul oder was?", sagt er mit Kaya Yanars Akzent, als er vorm Bett steht und macht dabei eine typische Handbewegung Richtung Schritt wie Hakan, der Türsteher.

„Raus!“, sage ich lachend. Er wirft mir eine Kusshand zu und verschwindet. Mein Gott, was geht hier ab?

Nick

Ich wache in ‘nem fremden Zimmer auf, muss mich erst mal orientieren. Ach ja ... wir sind bei Jan zu Hause. Ich sehe auf meine Uhr.
Übermorgen muss ich wieder Taxi fahren.
Über mir im Zimmer höre ich Gerenne, dann Christophs Stimme vor der Tür.
„Papa, wo soll das hin?“
„Ey, sei leise, Nick schläft noch“, höre ich Jan mit gedämpfter Stimme.
Jan. Mein privater Russell Crowe.
Sind wir jetzt echt zusammen?
Wie soll das funktionieren?
Heimliche Treffen bei mir in Hamburg?
Er will sich doch gar nicht von seiner Frau trennen. Hat er mir doch erzählt.
„Sie wird bestimmt wieder zurückkommen ... ich will ihr Zeit lassen“, hatte er mir gesagt. Allerdings war das, bevor es mit uns passierte.
„Liebst du sie?“ ‘Blöde Frage’, dachte ich im selben Moment, ‘klar doch!’
Er zögerte mit der Antwort.
„Wenn man so lange zusammen ist, dann denkt man nicht mehr drüber nach – also, ob man sich liebt oder so. Man lebt einfach zusammen und jeder hat seinen Anteil am Funktionieren der Familie. Weißt du, ich stehe morgens auf und fahr zur Arbeit und wenn ich nach Hause komme, muss ich mich um so Dinge kümmern wie kaputte Fahrräder und ich muss Einkäufe machen und den Rasen mähen und ...“ Er starrte vor sich hin.
„Es ist immer so viel zu tun und es bleibt wenig Zeit, um ... über Liebe nachzudenken ...“
‘Er hat die Frage nicht beantwortet’, dachte ich.

Ich stehe auf und gehe raus. Katharina kommt mir entgegen.
„Na?“, sagt sie anzüglich grinsend, „auch schon wach?“
„Ihr habt ja gestern den ganzen Tag im Auto gepennt, während wir gefahren sind“, rechtfertige ich mich. Es ist kurz vor eins.
„Guten Morgen, Nick.“
Jan.
Ich drehe mich um zu ihm und wir sind beide verlegen.
Sein Blick ...
„Äh, deine Sachen stehen da“, sagt er und deutet auf einen traurigen zerknitterten Haufen.
„Ich glaub’, ich hab’ kein einziges sauberes T-Shirt mehr“, sage ich und kratze mich am Kopf.
„Soll ich dir was leihen?“, fragt er.
„Au ja ... äh, ‘ne Unterhose vielleicht auch ?“
„Kein Problem. Komm doch eben mit!“
Ich gehe mit ihm ins Schlafzimmer. Die Tür ist nur angelehnt. Trotzdem zieht er mich gleich in den Arm und ich seufze vor Lust...
„Nick ...“, flüstert er und die Tür geht auf. Wir lassen uns sofort los. Das war verdammt knapp.
Es ist Lily. „Mama ist da!“, ruft sie.
O je, jetzt geht‘s los.

Jan

Heute bin ich früh wach geworden, obwohl wir erst spät geschlafen haben.
Als erstes habe ich Renates Brief gelesen. Aus jeder zweiten Zeile lese ich heraus, wie leid ihr alles tut und dass sie‘n total schlechtes Gewissen hat.
Meins meldet sich auch augenblicklich.
„... und wenn du wieder da bist, werden wir über alles reden. Ich hätte dir schon viel eher sagen müssen, wie‘s in mir aussieht. In den letzten Monaten ist so viel passiert ... ich freue mich auf die Kinder! Hoffentlich hattest du wenigstens auch ein wenig Urlaub? Renate.“

Mir fällt auf, dass sie sich nur auf die Kinder freut und nicht auf mich ... Wie ist es denn bei mir? Habe ich Sehnsucht?
Ich sehe sofort Nick vor mir. Was wäre gewesen, wenn ich ihm nicht begegnet wäre?
Hätte ich dann Sehnsucht nach Renate gehabt?
Ich weiß es nicht.

Um elf kommen die Kinder runter und ich sage ihnen, dass sie leise sein sollen, weil Nick noch schläft. Wir frühstücken.
„Wie lange bleibt er noch?", fragt Katharina. Ich starre sie an.
„Tja", sage ich,„wahrscheinlich muss er heute noch nach Hause."
„Och nö", jammert Lily, „Nick soll hier bleiben!"
Sie spricht mir aus tiefster Seele.
„Was macht er eigentlich?", fragt Christoph.
„Er studiert noch", sage ich, „sein Geld verdient er mit Taxifahren."
„Wann kommt Mama?", fragt Katharina.
„Weiß ich nicht."

Wir räumen alles aus und ich sortiere Wäscheberge.
Kurz vor eins kommt Nick aus dem Gästezimmer. Ich höre ihn mit Katharina reden und bin überrascht über mein Herzklopfen, als ich seine Stimme höre.
Er steht in seinen Boxershorts mit nacktem Oberkörper auf dem Flur und ich denke 'er sieht toll aus ...' Verrückt! Dass *ich* 'nen Mann anziehend finde! Nick ist zwar sehr schlank, aber dennoch kräftig. Er wirkt nicht zart oder so, eher schmal und muskulös. Er ist eben Sportler. Ich sehe ihn an und er mich und wir beide sind unsicher in dieser ungewohnten Umgebung.
Er braucht ein neues T-Shirt und 'ne neue Unterhose und ich biete ihm was von mir an. Als er mit mir im Schlafzimmer ist, kann ich mich nicht mehr beherrschen und reiße ihn gleich in die Arme.
Es ist unglaublich, welche Gefühle er in mir weckt!
Gott sei dank hatte ich Lilys Schritte schon gehört und ihn von daher rechtzeitig genug losgelassen. Die Tür fliegt nämlich auf und Lily ruft : „Mama ist da!"

Nick

Jan sieht mich groß an. „Na, dann”, sagt er leise und seufzt. An der Tür dreht er sich noch mal um.
„Such dir einfach was raus“, und geht.
Na super! Ich stehe also mit nichts als in Shorts im fremden Schlafzimmer und nehme mir Klamotten aus dem fremden Schrank.
Eine Frauenstimme ist auf dem Flur zu hören, die Kinder reden alle durcheinander, dann Jans ruhige tiefe Stimme: „Lasst uns doch ins Wohnzimmer gehen.“
Erleichtert höre ich, wie sich die Stimmen entfernen und ich gehe schnell auf den Flur, schnappe meine Sporttasche und verschwinde im Bad.

Jan

Renate ist schlanker geworden.
Und sie hat sich die Haare abgeschnitten. Sie hat sich tatsächlich von ihrem langen Zopf getrennt und trägt eine ganz neue Frisur. Halblang, mit Pony. Große Ohrringe baumeln an ihren Ohren, die ich nicht kenne.
Und überhaupt, sie sieht völlig verändert aus! Sie trägt einen kurzen Rock, den ich noch nie an ihr bemerkt habe. Die Zehennägel hat sie auch lackiert.
Katharina ist ihre Veränderung auch gleich aufgefallen.
„Du siehst echt toll aus“, sagt sie ihrer Mutter und Renate lacht. Sie wirkt aufgedreht und fremd.
„Wie war euer Urlaub?“, fragt sie. „Habt ihr Papa auch ein bisschen Ruhe gelassen?“
Lily plappert sofort drauflos, Christoph erzählt ihr auch was, Katharina mischt sich ebenfalls immer wieder ein, sie reden durcheinander und scherzen, bis Renate fragt:
„Nick? Ich hör’ immer Nick? Wer war das denn?“
„Nick ist doch hier!“, kräht Lily, „den haben wir einfach mitgenommen!“

Renate sieht mich fragend an.
Verflixt, ich spüre Verlegenheit. Räuspere mich.
„Äh ... ja, also, Nick wohnt in Hamburg und er hatte keine Möglichkeit, zurückzufahren ... da hat es sich halt ergeben, ihn mitzunehmen“, versuche ich leichthin zu erklären, „war ganz praktisch, weil wir uns auf der Fahrt abwechseln konnten ...“
„Er duscht gerade“, sagt Katharina, „Weißt du, wie er aussieht? Wie Timo Hildebrand!“
Ihre Mutter sieht etwas irritiert aus. „Aha“, sagt sie und sieht mich groß an.
„Er spielt total gut Fußball“, sagt Christoph und mit einem schnellen Seitenblick zu mir „und er läuft schneller als Papa!“
„Und er hat ein paar Mal gekocht“, sagt Katharina, „das hat richtig gut geschmeckt!“
„Nick soll hier bleiben“, sagt Lily, die auf Renates Schoß sitzt.

Nick

Was soll ich machen? Einfach reingehen, oder?
Ich hole tief Luft und betrete das Wohnzimmer.
„Nick!“, ruft Lily und rutscht von Mutters Schoß. Rennt auf mich zu. Ich hebe sie hoch.
Die Frau auf dem Sofa sieht mich abschätzend an.
Früher dachte ich immer: ‘Ob man sieht, dass ich schwul bin?’ Besonders bei den Müttern meiner Freunde dachte ich das .
Heute weiß ich, dass es zumindest bei mir keiner vermutet.
All diese doofen Vorurteile über Schwule!
„Hallo“, sage ich freundlich zu ihr und gebe ihr die Hand.
„Ich bin Nick!“
„Ja, ich hab’ schon viel von Ihnen gehört ... Sie können richtig gut kochen und Fußball spielen ... ach ja, und schneller laufen als mein Mann können Sie auch!“
Sie lacht und ich denke, sie hat ‘mein Mann’ gesagt und ich verspüre Eifersucht. Sehe zu Jan rüber. Der ist ganz schön unruhig, das merk’ ich ganz deutlich. Er wirft mir nur einen kurzen Blick zu.

„Tja“, sage ich, „ich pack’ dann mal meine Sachen.“ Sehe Jan betreten auf den Boden gucken. Die Kinder protestieren.
„Och, bleib doch noch“, bittet Christoph, der mit mir rausgeht. Dass *er* das sagt, find’ ich besonders schön.
„Ich muss wieder arbeiten“, sage ich ihm, „aber ich kann euch ja mal besuchen ... gibt‘s hier auch einen Platz zum Kicken?“
„Klar!“, sagt Christoph begeistert, „gleich zwei Häuser weiter!“
„Na also!“, sage ich.

Jan

Er packt seine Sachen. Mir ist ganz elend zumute.
Und Renate ist da und sie kommt mir so fremd vor.
Warum ist der Urlaub schon vorbei?
Ich lehne an der Terrassentür und sehe Lily beim Schaukeln zu.
Renate steht auf einmal neben mir.
„Jan“, sagt sie leise„„wir müssen in Ruhe reden.“
„Bleibst du hier?“, frage ich sie.
„Darüber müssen wir ja reden.“
Katharina taucht in der Wohnzimmertür auf.
„Soll ich Kaffee kochen?“, fragt sie eifrig.
„Ja“, sage ich und zu Renate: „Willst du auch einen?
Ist aber richtiger Kaffee.“
Sie lächelt. „Ja, gern“, sagt sie. Nick kommt rein.
‘Er sieht auch total unglücklich aus ...’ denke ich.
„Ein Freund holt mich ab ... in ‘ner Stunde. Ist das okay?“, fragt er und wir sehen uns an.
Ach, Nick!
Ich wünsche, dass er Gedanken lesen kann und versuche, meine gesamten Gefühle für ihn in diesen Blick zu legen. Renate steht hinter mir und kann mein Gesicht nicht sehen. Er starrt mich an, dann reißt er sich los und sieht ertappt auf den Boden.
„Ja, natürlich“, sage ich. „Sag’ mal, hast du überhaupt schon was gegessen? Nein? Dann frühstückst du jetzt erst einmal.“ Ich bin froh, dass ich was machen kann. Katharina deckt mit mir den Tisch.

„Ey, das ist nicht alles nur für mich, oder? So viel esse ich nicht“, sagt er abwehrend und sieht zu, was ich ihm alles hinstelle.
„Sie können‘s vertragen“, sagt Renate, „ so dünn, wie Sie sind!“
Und dann fragt sie ihn, was er macht und wo er wohnt.
„Da? So was! Ich wohn’ in der Parallelstraße!“
Fein. Dann kann ich ja die Kinder immer zu ihr bringen, während ich mich mit ihm vergnüge.
Verfluchter Mist. Lasst mich doch alle in Ruhe und vor allem: lasst mich mit Nick allein!
Das Kaffeetrinken rauscht an mir vorbei, ich höre gar nicht zu, worüber sie reden. Meine Gedanken drehen sich im Kreis.
Wie geht‘s weiter? Wann werde ich ihn wiedersehen?
Beobachte ihn verstohlen. Wie er isst, trinkt und beim Reden gestikuliert.
Ich mag seine schmalen Hände und sehe es gern, wenn er sich damit durch die Haare streicht.
Wenn ich könnte, wie ich wollte ... dann würde ich jetzt sein hübsches Gesicht in beide Hände nehmen und ihn küssen ...
Er würde mich anlächeln und irgendwas Liebes sagen ...
Dann klingelt‘s.
Vor diesem Geräusch fürchte ich mich schon die ganze letzte Stunde.
Nick steht auf. Sieht mich an. Wirkt blass auf einmal.
Renate gibt ihm die Hand. „Ja, war nett, Sie kennen gelernt zu haben“, sagt sie und Nick murmelt auch so ‘ne Floskel.
Sie bleibt im Wohnzimmer, stelle ich erleichtert fest.
Auf dem Flur steht ein baumlanger Kerl mit dunklen kurzen Haaren. Bestimmt zwei Meter groß.
„Mensch, Nick“, sagt der, „du bist ja richtig braun geworden! Fast wie Babacar N’Diaye!“
‘Das muss Josy sein’, denke ich, ‘der St. Pauli–Fan. Der ‘Hetero’. Mir fällt ein Stein vom Herzen. Alle schwulen Männer, außer Nick, sind mir neuerdings zuwider.
„Das ist Josy“, sagt Nick denn auch und wir geben uns die Hand. Ich versuche keine Miene zu verziehen, während er mir fast die Handknochen zerquetscht, mit einem euphorischen Grinsen.
„Spielst du auch Fußball?“, fragt er mich.

„Ich habe gespielt", sage ich, „in letzter Zeit nicht mehr, zu wenig Zeit."

Nick

Josy ist da und natürlich redet er gleich über Fußball.
Jeder, der'n Funken Interesse daran hat, kann in seinen Augen nicht verkehrt sein und wer's auch noch spielt, der sichert sich gleich ein Plätzchen in seinem großen Herzen.
Jan und Christoph haben schon längst bei ihm gepunktet, jetzt ist Katharina dran.
„Na, und du?", fragt er sie denn auch. Sie windet sich verlegen.
„Die hat doch keine Ahnung ... die steht doch bloß auf den Torwart vom VFB Stuttgart, Timo Hildebrand", sagt Christoph taktlos. Katharina wird augenblicklich feuerrot.

Timo Hildebrand. Für Katharina der beste Torhüter, den es gibt!!!

„Na und? Der ist wirklich richtig gut, deshalb“, sagt sie aufgeregt.
„Aber nicht in der Nationalmannschaft“, feixt ihr Bruder.
„Jetzt noch nicht! Dafür ist er noch zu jung!“, verteidigt sie ihren Schwarm.
„Wart‘s ab, der wird bestimmt mal Nationalkeeper!“
Josy lacht grölend los. „Das ist gut!“, sagt er, „Das passt ja! Weißt du, wie Nick bei uns heißt? Hilde! Weil er ihm so ähnlich sieht!“ Er grinst mich freundlich an.
‘Ja, ja’, denke ich ‘und Bernie heißt bei uns Meier ... großes M(aul) und kleine Eier ... bei mir ist‘s allerdings doppelt witzig wegen des Frauennamens ... warum wohl?’
„Mach’ dir nichts draus“, tröste ich Katharina, „wir können ja zusammen zum Spiel gehen, wenn die Stuttgarter kommen und ich fange Hildebrand ab und schlage ihn k.o. in der Kabine! Dann gehe ich für ihn raus ... und in der Zwischenzeit kümmerst du dich liebevoll um ihn!“ Sie sieht mich an und muss lächeln. „Ich weiß ja nicht, ob das so gut für Stuttgart wäre“, zweifelt sie. Anscheinend traut sie mir da nicht so viel zu wie ihrem Lieblings-Schwaben. Der Blick, mit dem sie darauf ihren Bruder bedenkt, verheißt nichts Gutes. An seiner Stelle würde ich mich heute vorsehen.
Ich für meinen Teil kann nur noch Jan angucken und ihm geht es genauso.
Abschiede sollten abgeschafft werden.
„Mach‘s gut, Kumpel“, sage ich zu Christoph und wir klatschen unsere Hände ab.
„Tschüss, Katharina“, sage ich „„lass’ dich nicht ärgern!“ und nehme sie einfach in den Arm. Ich fühle ein kurzes Sträuben, doch dann schmiegt sie sich an mich.
„Tschüss, Nick“, sagt sie leise und wird wieder rot.
Lily springt um mich rum.
„Wann kommst du wieder?“, schreit sie, als ob ich taub wäre.
Ich gehe zu ihr in die Knie. „Soll ich denn wiederkommen?“, frage ich sie.
„Ja!“, schreit sie begeistert und lacht. Ich grinse sie an.
„Krieg ich‘n Kuss?“, frage ich sie. Sie schlingt ihre weichen Ärmchen um meinen Nacken und drückt mir einen patschnassen Kinderkuss auf den Mund.

„Uff“, sage ich, mich erhebend, „ deine Kleine geht ja ganz schön ran!“
Was für ein falsches, erzwungenes Lachen!
Je witziger man ist, desto stärker kann man die wahren Gefühle tarnen, nicht wahr?
Ich stehe vor Jan. Bin ganz zittrig jetzt. Ich will ihn doch gar nicht verlassen ... niemals ... ich will bei ihm bleiben!
„Tja, dann mach‘s gut”, bringe ich tonlos heraus und muss schlucken. Ist gar nicht so einfach, wenn der Mund so trocken ist und die Zunge förmlich am Gaumen klebt.
„Tschüss ... Nick“, sagt er mit rauer Stimme und wir sehen uns ununterbrochen an.
Ich habe noch nie in so traurige graublaue Augen geblickt.
Keine Berührung mehr.
Gut so. Das hätte ich auch nicht verkraftet.
Ich wär’ sonst zusammengebrochen und hätte alles vermasselt.
Es tut verdammt weh.
Ich steige in mein Auto. Josy hat bereits alles verstaut. Setze mich auf den Beifahrersitz. Jan steht neben dem Wagen. Ich kurbele die Scheibe runter.
„Wir telefonieren“, sage ich und sehe sehnsüchtig hoch zu ihm.
Er nickt und wirkt äußerst angespannt.
Josy fährt los. Jan steht mit Lily auf dem Arm vor der Haustür. Sie winkt und winkt, bis wir um die Straßenecke gefahren sind.

„Na?“, fragt Josy, „was‘n los?“ Er kennt mich auch verdammt gut.
„Jetzt ist‘s passiert“, sage ich gepresst, „ich hab’ meine große Liebe getroffen ... verdammte Scheiße! Warum muss er verheiratet sein und drei Kinder haben?“, schreie ich, „sag’ mir, dass ich‘n Vollidiot bin!“
Josy sieht ungerührt geradeaus.
„Er sieht aus wie der ‘Gladiator’, findste nicht auch? Wie heißt der Schauspieler doch gleich?“
„Russell Crowe“, sage ich seufzend.
Josy und ich verstehn uns eben.

Jan

Am liebsten würde ich jetzt alle wegschicken. Ganz egal wohin, bloß weggehen sollen sie!
Katharina und Christoph streiten.
„... stimmt doch!“ sagt er gerade.
„Du bist so gemein“, zischt sie ihn an.
„Kinder, hört auf“, sage ich und fühle mich plötzlich alt und müde.
‘Nick ist 25’, denke ich, ‘und ich werde 40 ... was habe ich eigentlich für Flausen im Kopf ...’
Gehe ins Wohnzimmer. Renate steht an der Terrassentür und dreht sich zu mir um.
„Ein netter Junge“, sagt sie lächelnd und ich fühle mich augenblicklich noch älter, „wie lange war er bei euch?“
„Ungefähr zehn Tage“, sage ich.
„Renate – was ist jetzt mit uns? Wie geht‘s weiter?“
Ich stürme nach vorn, muss schnell von Nick ablenken, kann nicht über ihn reden.
Sie sieht mich groß an.
„Ich möchte mich trennen, Jan.“

Also doch ein anderer Mann. Obwohl sie den Verdacht vorm Urlaub noch entrüstet von sich gewiesen hat.
Sie hat ihn an der Abendschule kennen gelernt. Seit drei Monaten geht das schon. Und ich hab’ nichts mitgekriegt!
Wie auch?
Im Bett hat sich bei uns schon so ewig lange nichts mehr abgespielt ... ich weiß gar nicht mehr, wie sie nackt aussieht.

‘Wie würde ich reagieren, wenn‘s Nick nicht gäbe?’, frage ich mich die ganze Zeit, während sie redet und mich ängstlich dabei ansieht.
Sie hat ja recht. Mit allem, was sie sagt. Wir leben schon so lange nur nebeneinander her, sind lediglich Zweckgemeinschaft. Mit Erstaunen nehme ich wahr, dass ich Erleichterung verspüre, wenn ich an unsere real bevorstehende Trennung denke; Erleichterung,

vermischt mit einem Tropfen Wehmut, dass wir so viel Zeit vergeudeten und es so lange lieblos miteinander aushielten.
„Jan ... was ist? Du bist so ... ruhig“, sagt sie verunsichert.
Hätte ich denn sonst geschrien und getobt? Das ist doch auch nicht meine Art.
„Was passiert mit den Kindern?“, frage ich.
„Du wohnst jetzt in Hamburg in einer WG, da kannst du sie ja wohl schlecht mitnehmen!“
Sie druckst herum. „ich dachte, die beiden Großen könnten hier bleiben ... Lily würde ich mitnehmen.“

Nick

Zuhause.
Uli ist mit Dietlinde auf Sylt. „Man gönnt sich ja sonst nix!“, hat er mir auf die Karte geschrieben, die den Hamburger Fischmarkt zeigt – wie originell.
„Dein hübscher Lover war da – wieso *du* nicht? Küsschen – Uli!“
„Laurent war hier?“, frage ich Josy, der sich ein Bier aus dem Kühlschrank nimmt.
„Willste auch eins?“, fragt er mich. Ich lehne ab.
Er trinkt aus der Flasche und rülpst zufrieden danach.
„Jo“, sagt er, „hat zwei Tage hier gepennt und ist dann wieder abgehauen ... was war‘n los mit dem?“
Ich erzähle ihm die story, er verzieht angeekelt das Gesicht.
„So ‘ne miese Ratte“, sagt er, „wenn ich das gewusst hätte ...“
Ja, wenn ... aber dann hätte ich Jan nicht kennen gelernt!
„Morgen woll’n wir ein kleines Trainingsspielchen machen“, sagt er, „du bist doch auch dabei, oder?“
Ich sage erst einmal zu. Alles, was mich vom Grübeln abhält, ist okay.
Der erste Tag ohne Jan. Ich vermisse ihn so.

Verabredungen

Ein Funken Hoffnung – WG-Zimmer – Training Mittwochs – um halb acht

Jan

Die Kinder sind am Boden zerstört, womit ich Katharina und Christoph meine. Lily sieht verwirrt zwischen ihren Geschwistern hin und her, die sich beide eisern zusammenreißen müssen, um nicht zu heulen.

Sie haben nicht wirklich damit gerechnet, dass wir uns tatsächlich zur Trennung entschließen würden.

„Wir werden nicht streiten oder so“, sagt Renate mit Tränen in den Augen - sie versucht ebenfalls, ihre Fassung nicht zu verlieren, „wir werden auch immer gemeinsam für euch sorgen und für euch da sein .... im Grunde ist es nur so, dass ich nicht mehr hier wohne ... aber es ist ja bloß ‘ne gute halbe Stunde entfernt.“

Ich stelle kein Bedauern bei mir fest, fühle mich nicht dazugehörig, komme mir statt dessen vor wie ein unbeteiligter Beobachter, den das Ganze nichts angeht.

Mein Gedanken kreisen nur um Nick.

Lily ist entzückt, dass sie umziehen darf. Sie versteht das alles noch nicht. Für sie ist es ein spannendes Abenteuer.

Als ich sie abends ins Bett bringe, fragt sie mich: „Wann ziehen wir um?“

„Lily, ich bleibe hier ... und Katharina und Christoph auch ... nur du ziehst um. Zu Mama.“

Sie sieht mich bestürzt an.

„Ich will aber hier bleiben“, weint sie. „Bei dir!“

Sie scheint es erst jetzt zu begreifen. Der dreiwöchige Urlaub hat sicherlich auch dazu beigetragen, dass sie plötzlich so an mir hängt. Davor war sie eindeutig nur auf Renate eingestellt.

Ich kam mir oft wie ein Störenfried vor in der Mutter-Kind-Einheit.

„Du wirst ganz oft hier sein, Mäuschen, es ist nicht weit!“

„Aber warum bleiben Katharina und Christoph hier?“

„Weil die schon so groß sind, dass sie allein bleiben können, bis ich von der Arbeit zurückkomme“, sage ich und höre das Telefon unten klingeln.
‘Nick!’ denke ich mit klopfendem Herzen.
„Schlaf jetzt, Süße!“ Ich küsse sie auf die Stirn.
„Papa!“ Christoph. „Nick ist am Telefon!“

Nick

Ich bin erst mal gelaufen, danach fühle ich mich nämlich immer gut.
Heute hält‘s nicht lange vor. Unruhig schleiche ich ums Telefon herum.
Soll ich?
Ich packe meine Sachen aus, fange an zu waschen.
Josy fragt mich, ob wir zusammen essen gehen wollen?
„Nö, hab nicht so‘n Hunger“, sage ich. „Geh’ ruhig!“
Um acht halte ich‘s nicht mehr aus und rufe an.
„Hi, Christoph, hier ist Nick“, sage ich. Ob er sich wundert, dass ich mich schon melde?
„Hi, Nick!“ Er freut sich.
„Ist Katharina noch sauer auf dich?“, frage ich ihn.
„Glaub schon ...“, sagt er und klingt missmutig.
„Die Bemerkung war vielleicht auch nicht so passend“, sage ich vorsichtig.
„Sie war verlegen ... hat sich geschämt. Weißt du, das wäre für dich wahrscheinlich ähnlich, wenn sie deinen Freunden sagen würde, dass du ... na ja, dass du mit deinem Hasen ins Bett gehst.“
Christoph hat einen Stoffhasen, der ihm noch halb als Kuscheltier, mehr aber noch als Kopfkissen dient und der vom jahrelangen Draufliegen schon ganz platt ist.
„Oh“, sagt er nur und ich weiß, dass er verstanden hat.
„Dieser Hase da ist übrigens klasse“, sage ich ihm, „man liegt echt bequem drauf.“ Ich hatte ihn im Zelt auch versehentlich als Kissen benutzt.
„Ja, ne?“, sagt er erleichtert.

„Ja, wirklich ... äh ... ist Papa da?“
„Der bringt gerade Lily ins Bett. Ich rufe ihn!“

„Nick.“
„Jan ... ich vermisse dich so“, sage ich voller Sehnsucht, als ich seine Stimme höre. Er klingt so fremd am Telefon. Wir haben ja auch noch nie miteinander telefoniert.
„Warte ... ich geh’ mal mit dem Telefon ins Gästezimmer“, sagt er leise. Höre kurz darauf, wie eine Tür geschlossen wird.
„Ich vermiss dich auch“, sagt er seufzend und dann -
„Renate und ich trennen uns.“
Mein Herz fängt wie wild an zu klopfen.
„Ja? Und ... wie geht‘s dir damit?“, frage ich ihn.
„Nick ... du kannst vielleicht Fragen stellen ... für die Kinder tut es mir natürlich wahnsinnig leid, sie waren total geschockt, aber für uns beide sehe ich zum ersten Mal einen Funken Hoffnung.“
Mein Gott!
„Hast du ihr von uns erzählt?“, frage ich ihn.
„Nein, ich konnte noch nicht. Sie hat übrigens einen Freund. Und sie war ziemlich überrascht, dass ich alles so gefasst aufnahm.“
„Wieso? Bist du sonst so‘n Brüller und Schläger?“
Er lacht.
„Nein! ...Ach, Nick, wann seh’ ich dich wieder?“
Ich hab’ eine verwegene Idee.
„Kommt doch morgen zum Fußballspielen. Christoph kann auch mitmachen, ist einfach nur so – just for fun, für die, die schon aus dem Urlaub zurück sind. Na, wie isses?“

Jan

Natürlich fahren wir. Mit Renate telefoniert, die ist ganz begeistert, dass Katharina und Lily sie besuchen kommen.
Sie will Kuchen backen für hinterher.
„Katharina ist ja ganz schön verliebt in diesen Nick“, sagt Renate.
„Was?“ Ich bin überrascht.
„Hast du das etwa nicht bemerkt?“, fragt sie.

Jetzt wäre der richtige Zeitpunkt, ihr zu sagen, dass Nick schwul ist.
„Nein“, sage ich zögernd. Der Moment ist vorüber. Ich habe gekniffen.
Sie lacht. „Typisch Mann!“

Nick

Ich bin höllisch aufgeregt.
Hoffentlich verrate ich mich nicht.
Josy ist hellauf begeistert.
„Das ist der richtige Mann“, sagt er gutgelaunt, als wir losfahren, „nicht diese Weicheier, die du sonst immer abgeschleppt hast!“

Tobias hat gesurft.
Bastian hat Squash gespielt.
Benni machte Triathlon.
Laurent spielt übrigens Tennis, aber das geht mir so was am Arsch vorbei.

Jan

Christoph und ich sind schon da. ‘Ne Viertelstunde zu früh.
Ein paar Typen steigen aus ihren Autos und mit Erleichterung stelle ich fest, dass es einige in meinem Alter gibt. Ich hatte erst gedacht, die wären alle so jung wie Nick. Sie sehen neugierig zu uns rüber.
Ein paar Jungs in Christophs Alter sind auch dabei. Er sieht mich an. „Ich bin doch nicht der Jüngste“, sagt er froh. Ihn haben also die gleichen Gedanken gequält.

Wir sind gleich nach dem Frühstück heute Morgen losgefahren, weil wir erst auch noch Christophs Meerschweinchen abholen mussten.

Marlene bot mir wieder einen Kaffee an, den ich erneut ausschlagen musste; ich denke, ich sollte sie mal zu uns einladen. Danach sind wir zu Renate.
Sie wohnt im zweiten Stock einer Altbauwohnung mit zwei jungen Frauen. Ich bin erleichtert, dass ihr Freund da nicht wohnt.
Ihr Zimmer geht nach hinten raus, auf dem Hinterhof steht eine Linde, dadurch wirkt bei ihr alles schattig grün.
Irgendwie sieht's bei ihr wie in 'nem Kinderzimmer aus. Oder eben wie bei 'nem Jugendlichen.
Ein Schreibtisch, ordentlich aufgeräumt (neu, von IKEA), zwei Bücherregale (aus unserem Wohnzimmer), ein Kleiderschrank (auch von IKEA), ein Schaukelstuhl („vom Flohmarkt“) und ein ziemlich breites, flaches Bett („aus der Avis“). Auf kleinen flachen Tischchen stehen 'ne Menge Dinge rum, die Frauen so mögen. Kerzen, Dosen, Schalen in allen möglichen Größen, Farben und Formen. An der Wand über ihrem Schreibtisch hängen gerahmte Fotografien der Kinder.
Ich entdecke den Teppich von Renates Mutter auf dem Holzdielenfußboden. (Sie kam ständig mit irgendwelchen Sachen an, von denen sie glaubte, dass wir sie unbedingt brauchten) Bei uns hatte er keinen Platz gefunden. Wahrscheinlich hätt' ich ihn sowieso nicht ertragen können ... meine Schwiegermutter ist schon immer ein rotes Tuch für mich gewesen. Ich ergötze mich an der Vorstellung, ihr gutgelaunt von Nick und mir zu erzählen, nur um ihr dummes Gesicht zu sehen...
„Ja, das ist mein Zimmer. Und hier“, sie öffnet eine Tür, „ist dann deins, Lily!“
Nebenan ist ein ebenso großer Raum, der leer steht.
„Ich dachte, wir kaufen neue Sachen, damit sie im Haus ihr Zimmer behält“, sagt sie zu mir. „Außerdem wollte ich auch noch ein schönes Zweiersitzersofa zum Ausklappen reinstellen, damit auch Katharina und Christoph hier schlafen können ... vielleicht kaufen wir die Sachen zusammen? Hm? Habt ihr Lust?“
Katharina und Christoph nicken zögernd.
„Und Lily könnte ein Hochbett kriegen, die gibt's jetzt ja auch bei IKEA“, sagt sie. „Hochbett? Au ja – mit Rutsche!“ Lily hopst im Zimmer rum.
„Mal sehen“, sagt Renate, „kommt drauf an, was es kostet.“

Stimmt. Wir werden jetzt ein bisschen sparsamer leben müssen mit den zwei Haushalten.
„Vielleicht bau' ich das Hochbett selbst", schlage ich vor, „das wird wahrscheinlich am günstigsten ... und dann gucken wir mal, ob wir 'ne gebrauchte Rutsche auftreiben können."
„Das wäre lieb", sagt sie zu mir und lächelt mich an.
Danach gehen wir im Stadtpark spazieren.
'Hier joggt Nick fast jeden Tag', denke ich. 'Ob er noch schläft?'
Und schon sehe ich sein Gesicht vor mir auftauchen.
Ich habe beim Einschlafen an ihn gedacht und beim Aufwachen heute früh gleich wieder.
Der erste Morgen ohne ihn.
Die letzten Tage im Zelt war's morgens immer unheimlich schön gewesen. In der Mehrzahl der Fälle waren die Kinder zuerst wach und sind aufgestanden.
„Ich les' noch ein bisschen", sagte ich ihnen, „Nick schläft ja noch."
Er wachte jedoch oft zur gleichen Zeit auf wie ich.
„Weck' mich, falls ich noch penne", sagte er mir abends immer.
Wir waren dann allein im Zelt.
Es spielte sich natürlich nichts ab zwischen uns, jederzeit hätte ja eins der Kinder reinkommen können – wir konnten nur so'n bisschen verstohlen miteinander schmusen und uns küssen. Die meiste Zeit redeten wir aber nur.
Ich wollte alles über ihn erfahren. Wann er gemerkt hatte, dass er schwul war und wie sein erstes Mal war und so.
Er war genauso neugierig.
„Erst mit neunzehn?", fragte er ungläubig, „ich war grad sechzehn geworden", gestand er mir.
„Vergiss' nicht, dass ich älter bin ... meine Eltern waren bestimmt auch strenger."
„Was würden sie wohl hierzu sagen?", fragte er mich und strich mir zärtlich durch die Haare.
Ich konnte ihm keine Antwort geben. Statt dessen küsste ich ihn.

Nick

Der rote VW Bus ist schon da.
Und ihn entdecke ich auch sofort. Bin unglaublich aufgeregt, als ich aussteige. Habe ganz wackelige Knie.
„Hi!", sage ich betont munter zu Christoph, den Josy gleich mitnimmt.
Jan und ich gehen nebeneinander zu den Umkleideräumen.
Wir sehen uns begehrlich von der Seite an.
'Jan', denke ich nur noch verliebt.
„Hinterher zusammen duschen?", fragt er ganz leise und grinst dabei so frech, dass ich fast rot anlaufe, „ob das gut geht?"

Das tut es. Wir sind nämlich alle ganz schön k.o. nach dem Spiel. Besonders Jan. Der hat sich mächtig verausgabt. Aber erfolgreich. Zwei von unseren vier Toren hat er geschossen. Ich hab' leider auch zwei reingekriegt.
Als er das erste machte – so ein richtig gut platzierter Volleyschuss – drehte sich Josy zu mir um und hielt mir seinen Daumen hoch.
Meine Mannschaftskameraden umringen ihn.
„... ist doch keine Entfernung – wenigstens einmal zum Training. Und wenn's geht, auch ab und zu mal zu 'nem Spiel!", höre ich Pit, unseren Kapitän, der immer auf der Suche nach neuen Spielern ist.
Ich sitze auf der Bank im Umkleideraum und ziehe meine Handschuhe aus.
Jan sieht zu mir rüber. Unsere Blicke treffen sich.
„Also gut", sagt er, „wenn ihr unbedingt wollt?"
Sie grölen und pfeifen. Ich lächle vor mich hin.

Christoph ist stolz auf Jan.
„Das hätt' ich gar nicht gedacht, dass du so gut spielst, Papa!", sagt er ganz begeistert, als wir wieder zu den Autos gehen.
Josy kommt angelaufen. „Brauchst du den Wagen?", fragt er, „ein paar wollen nämlich noch essen gehen!"
„Renate wohnt doch bei mir in der Nähe, oder? Nimmst du mich mit?", frage ich Jan. „Klar", sagt er und ich sehe, dass er sich

freut. Ich werfe Josy den Schlüssel zu. „Danke, Sportsfreund", er kneift ein Auge zu und sagt zu Jan:
„Super, dass du in Zukunft dabei bist!" Jan grinst ihn an.
„Josy ist nett", sagt er im Wagen.
„Stimmt, ist er."

Jan

„Wollt ihr sehen, wo ich wohne?", fragt er, als wir zurückfahren.
Christoph will. Und ich sowieso.
Er wohnt auch in so 'ner Altbauwohnung. Ein langer schmaler Flur voller Poster und anderer Dinge an den Wänden. Von Rockfestivals bis zum St-Pauli-T-Shirt ist alles da, was man sich vorstellen kann.
Eine Tür steht auf. Im Zimmer herrscht ziemliches Durcheinander. 'Ne Menge Pflanzen stehen auch da.
„Josys Zimmer", sagt Nick und öffnet eine andere Tür. „Und hier wohne ich!"
„Irre!", staunt Christoph und starrt die Wände an.
Riesige Szenen aus Comics. Etwas verfremdet.
Z.B. Batman, der Robin eng umschlungen hält oder Spiderman, der Hand in Hand mit dem grünen Kobold auf einen riesigen Sonnenuntergang zugeht ... Spirou und Fantasio nebeneinander im Bett, eine rauchend ...
Ich lache. „Na, das passt ja", sage ich. Er grinst mich an.
„Gefällt's dir?", fragt er.
„Spitze!", sage ich.
„Hast du das alles gemalt?", fragt Christoph nahezu ehrfürchtig.
„Ja! Willst du auch so was in deinem Zimmer haben?"
„Au ja – meine Freunde drehen dann ab! Aber ich will dann richtige Szenen haben", sagt er und windet sich etwas verlegen.
„Du meinst, wie's im Heft steht – nicht so'nschwulen Kram", sagt Nick ganz locker zu ihm. Christoph errötet ein bisschen, aber er grinst. „Genau", sagt er.

Ich stehe an seinem großen Schreibtisch. Alles voller Zeichnungen. Von mir. Am Strand. Vorm Zelt. Von hinten. Von vorn. Einfach unglaublich.
Er sieht mich an und schiebt sie schnell zusammen, als Christoph kommt und legt eine Mappe drauf. Öffnet sie.
Wir sehen uns die ganze Zeit an dabei.
„Das bin ja ich!“, ruft Christoph begeistert, „guck' mal, Papa, boah, Nick, du bist ja richtig klasse!“
Er hat auch Katharina und Lily gezeichnet.
„Das ist ja Wahnsinn“, sage ich bewundernd, „Chris hat recht ... Du bist richtig klasse!“ Ich sehe ihn an und er errötet.

Christoph

Nick

„Kann ich euch noch was anbieten?“, frage ich, nachdem ich mich von seinen Augen losgerissen habe.
„Nein ... wir sind bei Renate zum Kaffee eingeladen“, sagt Jan bedauernd. „Die Mädchen sind gerade bei ihr.“
Also gleich wieder ein Abschied.
Ich gebe Christoph mein Versprechen, ihm auch so was ins Zimmer zu malen.

„Wir machen einen Termin aus“, sage ich ihm und er springt gutgelaunt die Treppen runter. Jan steht noch da und sieht mich verzweifelt an.
Mir schießt ein Einfall durch‘s Hirn.
„Lass’ was hier“, raune ich ihm zu, „deinen Schlüssel oder so ... den holst du dann gleich ab ...“
Seine Augen leuchten auf und er drückt mir schnell seine Autoschlüssel in die Hand.
„Tschüss!“, ruft er laut und läuft die Treppen runter.

Jan

Darauf hätte ich auch kommen können ...
Wir biegen in Renates Straße (echt, so ein glücklicher Zufall, dass sie ausgerechnet hier wohnt!), da bleibe ich stehen und krame umständlich in meinen Hosentaschen.
„Mist!“, sage ich. „Ich hab’ den Autoschlüssel bei Nick liegen lassen!“
„Soll ich eben zurücklaufen?“, bietet sich Christoph an. Sonst ist er nicht so gefällig.
„Nee, lauf’ du schon vor zu Mama und sag’ Bescheid, ich will sowieso noch mal nachsehen, ob ich die Handbremse richtig angezogen habe”, lüge ich frech.
Ich gehe mäßig schnell zurück. Als ich um die Ecke biege, sprinte ich los.
Atemlos klingele ich. Er öffnet sofort und wir fallen uns in die Arme.
„Jan ... Jan“, flüstert er und ich bin auch so froh, ihn wieder berühren zu dürfen.
„Nick“, murmele ich in sein frisch gewaschenes Haar, „ich darf aber nicht lange bleiben.“
Er zieht mich eilig in sein Zimmer. „Komm’ schon“, sagt er und zieht sich schnell sein T-Shirt aus, „nur einmal! Geht doch schnell, so wie wir drauf sind!“
Ich hatte ehrlich gesagt gehofft, dass er so reagiert!

Nick

Ich liege noch im Bett. Jan ist gerade gegangen.
'Wird das jetzt immer so sein?', denke ich, 'so hastig und im Geheimen?'
Ich stehe auf und gehe duschen.
Kurz entschlossen rufe ich danach bei Franziska an.
„Nick! Schön, dass du dich meldest ... ich mache mir gerade Gemüselasagne, komm' doch vorbei!"
Ich schwinge mich auf's Rad und fahre hin.
„Tag, mein Sohn! Gut siehst du aus – du bist ja richtig braun geworden!", sagt sie mir. Dann kneift sie die Augen zusammen (sie ist ein bisschen kurzsichtig, aber zu eitel, um sich 'ne Brille verschreiben zu lassen).
„Na? Was ist los?", fragt sie und mein Kummer findet ein Ventil.
Wir essen.
„Also Russell Crowe mit drei Kindern, ja?" Ich nicke.
„Und fünfzehn Jahre älter." Ich schweige.
„Und vorher hatte er noch nie mit 'nem Mann?" Ich schüttle den Kopf.
Sie seufzt. Ich auch.

Jan

'Es ist der absolute Wahnsinn mit ihm', denke ich, als ich zurücklaufe. Sehe ihn vor mir, spiele in Gedanken unsere letzte Begegnung noch einmal durch ... und merke, wie's mich augenblicklich wieder in Erregung versetzt.
'Stop', befehle ich mir, 'sofort aufhören.'

Renate sitzt mit den Kindern in der Küche.
„... das sieht vielleicht stark aus, echt", sagt Christoph, als ich reinkomme.
„Ne, Papa? Nicks Zimmer!"
„Ja. Ist mal was ganz anderes!"

„Also, er hat mir versprochen, so was auch bei mir zu machen“, sagt Christoph stolz, „ich soll mir was überlegen!“
Katharina sieht mich an. „Ob er auch was bei mir malt?“, fragt sie.
„Bestimmt“, sage ich, „wenn er die Zeit dazu hat ... er muss ja auch arbeiten.“

Nick

Ich bin erst spät am Abend von Franziska zurück. Sie weiß auch keinen echten Rat. Ist ja auch anders als meine bisherigen Liebschaften. Die Typen waren alle so alt wie ich und überhaupt...
„Keine Eile, Nick“, sagt sie mir beim Abschied, „lass’ ihm Zeit.“
Er hat auf meinem Handy angerufen, ich hab‘s mal wieder zu Hause liegen lassen. Ich will gerade den Hörer nehmen, da klingelt‘s.
Ich melde mich.
„Nick ... ich hab ‘den ganzen Abend an dich gedacht ... wo warst du?“
„Bei meiner Mutter“, sage ich, „schönen Gruß soll ich dir sagen. Unbekannterweise.“
„Danke!“ Er klingt echt erfreut.
„Ist sie geschockt?“
„Das nicht ... sie ist ja einiges von mir gewohnt. Allerdings habe ich auch noch nie ‘n Vater mit drei Kindern angeschleppt!“
Ich höre ihn seufzen.
„Wäre einfacher, wenn ich schwul und Single wäre, was?“
„Das ja, aber du wärst schon weg ... so was wie du bleibt nicht lange solo!“
„Red’ keinen Mist! Wieso?“
„Du willst bloß Komplimente hören!“
„Unsinn ... so bin ich nicht!“
„Weiß ich doch”, sage ich zärtlich, „deshalb bin ich ja so irre verliebt in dich!“

„Ich auch“, sagt er, „ich bin auch verliebt ... so irrsinnig verliebt wie noch nie! Was hast du mit mir gemacht?“, fragt er.
„Nichts“, sage ich glücklich, „gar nichts!“
„Wir sehen uns beim Training ... wann ist das?“
„Mittwochs um halb acht“, sage ich, „halb acht bis halb zehn, danach gehen wir meistens noch in die Kneipe ... also ich bin nicht jedes Mal dabei“, sage ich, „und du musst ja auch zurück wegen der Kinder und so ...“
„Schon klar.“
„Jan?“
„Ja?“
„Ich ... bin unheimlich glücklich mit dir.“
„Ich auch, Nick ... ich freue mich schon auf Mittwoch.“
„Ich mich auch.“

Beinahe hätte ich ‘ich liebe dich’ gesagt. Das habe ich außer zu Mats damals noch nie jemandem gesagt ... weil‘s auch noch nie so war wie mit ihm.

Jan

Diese Woche haben die Großen noch Ferien. Katharina bringt Lily in den Kindergarten und holt sie auch wieder ab, ich mache früher Schluss im Geschäft.
„Die haben mich gefragt, ob Mama krank ist“, erzählt sie mir am Abend, „ich hab’ gesagt, dass sie ausgezogen ist. War das okay?“
Natürlich, die Leute wundern sich.
„Ja ... stimmt ja auch, oder?“
„Werdet ihr euch scheiden lassen?“, fragt sie.
„Ich weiß nicht. So schnell wohl noch nicht“, sage ich.
„Mama hat einen Freund ... bist du traurig deswegen?“
Ich seufze. „Nein ... ich bin ihr auch nicht böse ... wir haben uns einfach auseinandergelebt ... Renate ist das viel eher bewusst geworden als mir.“
„Suchst du dir jetzt auch eine Freundin?“, fragt sie.

Ich spüre doch tatsächlich, dass ich rot werde, aber wir sitzen auf der Terrasse und es ist bereits dämmrig.
„Nein“, sage ich, „das hatte ich eigentlich nicht vor.“
Wie werde ich das jemals sagen können?

Nick

Der Alltag hat wieder voll zugeschlagen. Seit drei Tagen fahr’ ich wieder Taxi.
Heute Nachmittag hat mir ein Hund ins Auto gepinkelt und irgend so’n Idiot hat ‘ne Schramme am linken Kotflügel hinterlassen und sich einfach verpisst!
Der einzige Lichtblick heute ist das Training. Ich freu’ mich schon den ganzen Tag drauf.
Ausgerechnet heute kommt Josy später von der Arbeit. Es ist kurz vor sieben. Ich stehe schon fix und fertig da mit klappender Sohle und warte ungeduldig.
„Ich wollt’ noch‘n Happen essen“, sagt er.
„Dann mach’ aber hin, ich will los!“, treibe ich ihn an. „Schmier’ dir ‘n paar Stullen, die kannst du unterwegs essen!“
„Bist ja‘n richtiger Sklaventreiber heute. Ich beeil mich ja schon“, sagt er, als ich ihm genervt zusehe.
„Kannst es wohl gar nicht abwarten, ihn wiederzusehen, was?“
Ich sehe ihn nur an. „Schon gut, schon gut“, beschwichtigt er und verschwindet eilig in seinem Zimmer, um seine Sporttasche zu packen.
„Wie geht das jetzt eigentlich mit euch weiter?“, murmelt er undeutlich mit vollem Mund im Auto, während ich fahre.
„Hey, pass doch auf!“ Ich habe mich blitzschnell vor den Jetta-Fahrer - mit Hut natürlich! - gesetzt (stirbt diese Spezies nicht endlich mal aus?) und Josy fällt fast das Brot aus der Hand bei meinem rasanten Fahrstil.
Er fegt sich die Krümel von der Hose.
„Hat er sich nicht von seiner Frau getrennt?“

„Ja ... das heißt, die Frau hat sich von ihm getrennt … das mit uns weiß aber absolut keiner – mach' also auch keinen Spruch bei den Jungs, ja?"

Dass *ich* schwul bin, wissen alle und die Freundschaft mit Josy bewahrt mich in der Hinsicht vor Anmache der derben Art.
„Du bist schwul?"
Fünfzehn Augenpaare und offene Mäuler starrten mich an.
Ich erinnere mich noch an meinen ersten Tag.
Das übliche Palaver in der Kabine nach dem Duschen, u.a. über Frauen.
„Also , ich steh' auf große Titten!" Bernie tönte laut rum und sah mich dabei an.
Dem Neuen mal auf den Zahn fühlen.
„Klar! Kompensation nennt man das ... wenn man selbst schon nichts zu bieten hat!" Pit kann manchmal richtig geistreich sein.
„Was soll das denn?" Bernie reckte sich.
„Ich bin vielleicht nur 1,70 m, aber mein Kollege hier", er zeigte auf seine Körpermitte, die er uns schamlos nackt und hüftschwenkend präsentierte, „der kann sich doch sehen lassen, oder?" Wieder sah er mich dabei an.
„Na ja, geht so", sagte ich, weil ich ihn nicht frustrieren wollte, „ich hab' allerdings schon Größere gesehen!"
„So? Wo denn?", fragte er, „mal von Josy abgesehen."
Josy ist echt der Größte. In jeder Hinsicht. Manchmal frag' ich mich, 'ob er deshalb keine Freundin hat?' Weil bestimmt jedes Mädchen schreiend davonläuft, wenn er seine Hose öffnet!
„Bei mir im Bett ... ich bin schwul, weißt du. Ich kenn' mich da aus."
Manchmal bin ich eben für Schocktherapie.
Kurz und schmerzlos.
Es war plötzlich so still in der Kabine, dass man die berühmte Nadel hätte fallen hören. Bloß Josy und ich zogen uns weiter an, als wäre nichts gewesen.
„Du bist schwul?", fragte Bernie ganz verdattert, „aber ... du siehst gar nicht so aus … "
„Na, wenn ich zum Training erscheine, zieh' ich mir mal nicht den Minirock und die Stöckelschuhe an!", sagte ich genervt.

„Was glotzt ihr so?“, fragte Josy da, „soll Nick jetzt etwa bei den Mädchen duschen oder was? Menschenskind, ich wohn’ mit ihm schon seit zwei Jahren zusammen und er hat mich noch nicht angesteckt.“ Sie fingen an zu grinsen und damit war die Sache durch.

„Ich sag’ nichts“, sagt Josy, „ich bin doch keine Tratschtante wie Uli.“

Eigentlich komisch, dass Josy es mit zwei Schwulen in der WG aushält.
Okay, ich bin ja in seinen Augen total normal, weil ich Fußball spiele, aber Uli?
Der ist echt schrill.
Er studiert schon seit ewigen Zeiten Philosophie (wird er nicht dieses Jahr 30?) und hält seine kleinen literarischen Zirkel ab.
Ich glaube, er macht ein bisschen auf Oscar Wilde.
Mit längeren Haaren und so.
Und wie der wilde Oscar ist er auch ein wenig schwammig um die Mitte.
Er starrt Josy und mich immer fasziniert an, wenn wir mal halbnackt durch die Bude rennen.
„Hach, diese flachen festen Bäuche! Haarlos und straff! Kein Gramm Fett! Durchtrainiert! Nur Muskeln und ...“
„Reg’ dich nicht so auf, Uli, du kriegst sonst wieder Krämpfe“, riet ich ihm und tätschelte sein Bäuchlein.
„Hast ‘ne ganz schöne Plautze gekriegt ... hat Muttern gut gekocht?“
Das war kurz nach Ostern.
„Pasteten, Trüffel, Champagner ... und Rehrücken, Lammkoteletts und Nierchen“, zählte er schwärmerisch auf.
Ich schüttelte mich. „Ist ja alles braun“, sagte ich angeekelt.
„Ach, du! Immer bloß Buntes!“
Ich steh’ eben auf Obst und Gemüse. Kann ich total viel von essen.
Hab’ ich schon immer jeder Tüte Pommes oder irgendwelchen Rinder- oder Käse-Burgern vorgezogen. Einzige Ausnahme: Schokolade. Am liebsten zartbitter.

Der rote VW-Bus lässt gleich wieder meinen Puls rasen.
Als wir reinkommen, sehe ich, dass Jan schon umgezogen ist.
In Trikot und kurzen Hosen sieht er einfach tierisch gut aus.
Knackig braun (beim Duschen hat's den Anschein, als trüge er eine weiße Unterhose ...) und total vital.
Mein Gladiator.
Seine Augen leuchten auf, als er mich sieht.
Wir begrüßen uns wie alte Kumpel.
„Hi, Alter!"
„Tach, Nick!"
„Na, was macht deine Kinderschar?", frage ich ihn laut und vernehmlich, damit auch alle mitkriegen, dass hier aber auch gar nichts läuft.
„Na ja, geht so. Katharina mault, weil sie früh aufstehen muss, um Lily in den Kindergarten zu bringen. Und Christoph kann es kaum erwarten, dass sein Fußballtraining wieder losgeht. Er war richtig neidisch auf mich ... äh, ich soll dich fragen, wann du sein Zimmer machst?"
„Wann passt es euch denn?", frage ich und meine 'wann ist es *dir* am liebsten?'
„Übernächstes Wochenende vielleicht?", fragt er.
„Dieses Wochenende fahren die Kinder nämlich zu Renate ... da bin ich allein ... und du willst doch sicher die Wand bemalen, wenn Christoph dabei ist?"
„Ja, klar", sage ich und wir sehen uns an.
Ein ganzes Wochenende für uns! Yeah!

Ein spezielles Wochenende

Aufmerksame Nachbarn – Gemüse liegt nicht schwer im Magen – „... hast du noch Nutella?"

Jan

Nick liegt auf dem Rücken, die Arme weit von sich gestreckt, ich habe meinen Kopf auf seinem Bauch, der ganz flach und fest ist.
'Wie vertraut mir sein Körper schon ist', denke ich.
„Komm' her", sagt er leise und ich robbe hoch. Lege mich auf ihn. Er stöhnt. „Wieviel wiegst du?", fragt er gequält.
„78 Kilo", sage ich, „ich habe vier Kilo abgenommen ... vorm Urlaub waren's noch 82." Wir küssen uns.
„Im Urlaub hast du noch nicht auf mir gelegen", sagt er.
„Doch, einmal, am allerersten Abend..."
„Das zählt nicht", sagt er mit seinem frechen Grinsen, das ich so liebe, „das war alles noch harmlos!"
Ich rutsche von ihm runter. Er atmet auf. Wir lachen.

„Du kommst doch am Wochenende?", frage ich ihn, als ich mich danach anziehe.
Er kichert. „Na, das hoff' ich doch", sagt er, „und möglichst oft!"
Ich sehe ihn verblüfft an, dann knie ich mich schnell auf's Bett, packe ihn, ziehe ihn zu mir und schüttle ihn.
Er lacht.
„Nick! Du unglaublicher Kerl! Du bist frech, weißt du?"
Er setzt sich auf.
„Weiß ich doch ... aber das kannst du echt gut ab, nicht?"
Er umarmt mich. Küsst mich. Erst zärtlich, dann immer drängender ...
„Hey ... Nick, hör' auf ... ich muss los ... es ist gleich halb eins ... die Kinder ... Nick!"
Er gibt mich abrupt frei und sieht mich mit einem rätselhaften Ausdruck an.
„Was ist?", frage ich sanft. Er holt tief Luft, dann schüttelt er den Kopf und weicht meinem Blick aus.
„Nichts", sagt er, „schon gut ..."

„Ich liebe dich", sage ich plötzlich, weil ich es denke.
Und nicht erst seit eben.
Er starrt mich an und errötet.
„Ich hab's mich eben nicht getraut", flüstert er.
„Ich liebe dich auch, Jan!"
Ganz ernst sieht er auf einmal aus und als wir uns einander zuneigen, um uns erneut zu küssen, tun wir es sehr zart und vorsichtig, als hätten wir Angst, dass zuviel Leidenschaft diesen besonderen Augenblick zwischen uns zerstören könnte ... wir sehen uns danach fassungslos an, als hätte uns wer verzaubert.
Wie lange kennen wir uns jetzt? Keine vier Wochen.
'Ich liebe ihn', denke ich auf der Rückfahrt. 'Ich liebe ihn wirklich.'
Und ich freue mich unheimlich auf's Wochenende.
Zwei Tage und zwei Nächte mit ihm zusammen sein.
Nur mit ihm.
Nur noch zwei Tage bis Freitag.

Nick

Ich fühle mich wunderbar! Noch nie ist es mir so gut gegangen!
Er liebt mich!
Von mir weiß ich's doch schon die ganze Zeit, aber er hat's zuerst gesagt.
Er sagte einfach: „Ich liebe dich." Und wie er mich dabei ansah ...
Typen wie er sagen das nicht einfach so dahin.
Er meint's wirklich so.

Die beiden nächsten Tage haben wie erwartet doppelt so viele Stunden, aber sie vergehen dennoch.
Endlich Freitagabend.
Ich fahre los.
„Ich bring die Kinder um halb sieben zum Zug. Um sieben bin ich dann wieder da!", hatte er am Telefon gesagt. Zehn vor sieben steige ich aus meinem Golf. Nebenan mäht ein alter Herr Rasen.

Er sieht mich neugierig an. Ich nicke ihm zu, er grüßt zurück. Stellt den Rasenmäher aus.
„Herr Grewe ist nicht da“, sagt er, „der ist vor ‘ner halben Stunde weggefahren!“
„Ja, ich weiß“, sage ich. Die Nachbarn passen wohl genau auf, was?
Der rote VW-Bus biegt um die Ecke, hält neben meinem Golf. Jan springt raus.
„Du bist ja schon da!“, sagt er grinsend.
„Ich hoffe, ich komme nicht zu früh“, sage ich und zwinkere ihm zu. Er lacht. Himmel, was bin ich verliebt!

Er grüßt den Nachbarn, der unser Geplänkel neugierig verfolgt hat, und wir gehen rein.
Gleich hinter der Tür fallen wir uns in die Arme.
„Endlich“, sagt er atemlos und wir küssen uns voller Gier.
Auf dem Flur fangen wir schon an, uns gegenseitig die Klamotten vom Körper zu reißen und eine Kleiderspur führt bis zum Bett.

„Ich kann nicht mehr“, stöhnt er nach ‘ner Stunde, „wir müssen mal ‘ne Pause machen, sonst halt ich nachher nicht durch!“
Wir gehen duschen – zusammen natürlich – nun ist er wirklich k.o.! – danach in die Küche.
„Ich hab’ extra einen Gemüseauflauf vorbereitet“, sagt er, „so was magst du doch, oder?“
Ihm zuliebe hätt’ ich heute sogar Schnitzel gegessen. Oder Rehrücken. Sogar Nierchen.
Zur Vorspeise gibt es Tomaten mit Mozzarella. Wir stehen nebeneinander. Er schneidet die Tomaten, ich den Mozzarella.
Was sind wir gut drauf! Immerzu küssen wir uns, es dauert ewig, bis wir die zwei Teller fertig haben.
„Ich mach’ uns Musik an, ja? Was willst du hören? Aber womöglich hab’ ich ganz andere Musik als du“, grinst er. Ich gehe mit. Sehe die CDs durch.
„Die hier ist doch toll“, sage ich und ziehe Sting’s – ‘The Soul Cages’ aus dem Regal.
„Da ist mein Lieblingsstück von ihm drauf“, sage ich.
„Mad about you?“, fragt er sofort. Wir sehen uns an.

War ja klar. Oder?

Wir sitzen uns bei Kerzenlicht gegenüber und essen.
„Auf uns“, sagt er, als er den Wein eingeschenkt hat.
Es ist der Rotwein, den wir auch in Frankreich so gern mochten.
„Ich hab’ noch fünf Flaschen davon“, sagt er, „die sind nur für uns beide.“

Jan

Nach dem Essen gehen wir spazieren.
Hand in Hand.
Wir sind auf einem Feldweg, weit weg vom Dorf.
„Ich hab’ meine Laufsachen mitgebracht“, sagt er, „wenn du magst?“
„Alles was du willst“, sage ich gut gelaunt, „obwohl: kriegen wir dieses Wochenende nicht genug Bewegung?“
„Das ist Lockerungsgymnastik“, sagt er grinsend und ich ziehe ihn an mich und küsse ihn. Ich bin unheimlich glücklich!

Nach einer Stunde sind wir zurück. Gut, dass Gemüse nicht so schwer im Magen liegt.
Ich freu’ mich schon wieder darauf, mit ihm ins Bett zu gehen. Er auch.
„Mein Gott“, flüstere ich, als wir es schon wieder miteinander treiben, „ich weiß nicht, wann ich das letzte Mal so viel Sex hatte ... es muss Ewigkeiten her sein!“
Quasi mittendrin hält er plötzlich inne und fragt: „Sag’ mal, hast du noch Nutella? Da könnt’ ich jetzt drauf!“
„Was? Jetzt?“, frage ich erstaunt und setze mich auf.
„Ja! Jetzt“, grinst er.
Also gehe ich splitternackt in die Küche und sehe nach. Tatsächlich. Es ist noch was drin im Urlaubsglas (das Dritte ...).
„Bring auch ‘n Löffel mit!“, ruft er.
Er starrt mich mit hochgezogenen Brauen an, als ich wieder ins Schlafzimmer komme.

„Du siehst ... hervorragend aus“, grinst er und ich sehe an mir runter. Er hat zweifellos recht.
„Leg’ dich hin“, sagt er, „auf den Rücken ... ja, so ... Ist es bequem, ja? Pass auf, jetzt geht‘s los!“
Sonnenklar, was nun abgeht, oder?
„Weißt du, ich mag‘s, wenn Nutella so’nbisschen warm ist“, sagt er, sieht mich mit lüsternen Augen an und beginnt mich damit zu bestreichen. Nahezu überall ... ja, da auch ... und dann? Leckt er‘s ab ... es ist paradiesisch ... und ich schwöre mir, dass ich ab jetzt immer Nutella im Haus haben werde.

Zukunftspläne

Bis Mitte Oktober – Die „Ex“ und „Jacque Tati“ – Besuch beim Kinderarzt

Nick

Manchmal komm' ich echt auf verrückte Ideen.
„Sag' mal“, machst du das immer?“, fragt er mich träge nach der Nutella-Orgie.
Ich bin total satt.
Er übrigens auch.
„Nee ... das war das erste Mal“, gestehe ich, „hat‘s dir gefallen?“
Er küsst mich. Auch ‘ne Antwort.
Irgendwann sind auch Gladiatoren müde.
Wir schlafen ein.

Ich werde wach, weil mich jemand zärtlich in den Nacken beißt.
„Hi“, sage ich müde, „aber bitte keine Zungenküsse jetzt, ich hab ‘n total ekligen Geschmack im Mund von der verdammten Nutella.“
Das Zähneputzen fiel gestern aus.
„Okay“, murmelt er und küsst an meinem Körper runter ...
Ehrlich gesagt – so werde ich am allerliebsten geweckt!
„Und? Laufen?“, fragt er gleich danach.
„Du Miststück!“, keuche ich noch, „erst machst du mich fertig, dann soll ich mit dir laufen ... das sind ja wohl ungleiche Ausgangsvoraussetzungen!“
Ich zahle es ihm auf die gleiche Weise heim.
„So! Jetzt können wir laufen“, sage ich triumphierend. Er stöhnt gequält.
„Laufen? Ich kann ja noch nicht einmal mehr gehen“, jammert er.
Armer Jan!

Jan

Nach dem Frühstück ruft Renate an, um mir zu sagen, dass ich die Kinder doch nicht abholen muss.
„Wir bringen sie morgen nach Hause“, sagt sie, „Lily möchte ihr Zimmer noch mal sehen ...“ Sie klingt gestresst.
Lily macht also Theater. Sie will nicht nach Hamburg. Zwar findet sie ihr Zimmer toll, auch wenn das Hochbett noch nicht steht, aber sie will hier bleiben.
Sie hat jetzt anscheinend wirklich begriffen, um was es geht.
‘Wir, hat sie gesagt’, denke ich. ‘Also sie und ihr Freund.’
Ich rede mit Nick darüber.
„Ganz schön blöd für Lily“, sagt er, „wo sie doch hier in den Kindergarten geht und ihre Freunde hat. Kannst du sie nicht hinbringen und Renate holt sie mittags ab?“
„Das haben wir alles schon durchgesprochen ... sie will einfach nicht mehr hierher kommen ... schon wegen der Leute.“
„Ach, die Leute“, sagt er, „Lily ist doch die, um die es geht!“
Es stimmt, was er sagt.
„Und die Großen, wie ist das mit denen? Müssen die nicht auch irgendwas essen, wenn sie aus der Schule kommen?“
„Ich wollte abends kochen“, sage ich, „immer so viel, dass sie am nächsten Tag dann noch ‘ne Mahlzeit kriegen ... so ist‘s zumindest gedacht.“
„Du kommst doch auch erst um sechs nach Hause, oder?“
„Ja klar“, seufze ich, „wird nicht leicht.“
„Du bräuchtest jemanden wie mich“, sagt er fröhlich, „der vormittags und abends arbeitet und nachmittags hier ist.“
Ich sehe ihn an.
„Ginge das denn?“, frage ich, „also rein theoretisch?“
„Ja“, sagt er. „auch praktisch.“

Nick

Dräng' ich mich auf?
Will er das überhaupt?
„Mensch, Nick“, sagt er, „das wäre absolut meine Wunschvorstellung ... du müsstest aber hier richtig wohnen.“
„Und im Gästezimmer schlafen, ich weiß“, sage ich.
Er zieht eine Grimasse. „Wie soll ich's bloß sagen?“
„Irgendwann tust du's ... wenn du soweit bist“, sage ich und habe plötzlich das eigenartige Gefühl, älter zu sein als er.
„Ich liebe dich, Nick“, sagt er. Ich nehme seine Hand und drücke sie.

Jan

„Also bis Mitte Oktober“, sage ich, „dann geht dein Studium weiter und du weißt noch nicht, welche Kurse du belegen musst ...?“
„Kein Problem“, sagt er, „wenn ich meinen Rechner mitnehme. Und zeichnen kann ich hier auch.“

Wir machen den ganzen Tag Pläne.
„Ruf' sie an“, sagt er am Abend.
„Mach' ich morgen, sie können ja schon zum Kaffee kommen, dann reden wir darüber.“
„Und was mach' ich?”, fragt Nick.
„Du bleibst hier“, sage ich. „Du hast mich besucht, was ist denn dabei?“

Wir fahren essen.
'Er sieht echt gut aus', denke ich, als er vom Klo kommt.
Eine junge Frau am Nebentisch lacht ihn an. Er grinst zurück.
„Hast du schon 'mal mit 'ner Frau geschlafen?“, frage ich ihn.
„Jain“, sagt er und zieht eine Grimasse. Ich lache.
„Was denn nun?“
„Na, nicht so richtig ... ich erzähl's dir mal bei Gelegenheit.“

„Und?“
„Das war‘s einfach nicht“, sagt er. Ich beuge mich vor.
„Ich freu’ mich auf nachher“, sage ich leise.
Er lächelt mich an.

Nick

Wir stehen spät auf, laufen wieder und frühstücken in aller Ruhe. Es gibt so vieles, in dem wir uns ähnlich sind. Er trinkt z.B. den Kaffee schwarz oder mit ganz viel Milch, so wie ich‘s auch mag. Und bei den Brötchen pult er auch immer das Eingeweide heraus, um es zum Schluss mit was Süßem zu essen.
„Renate hat‘s immer genervt“, gesteht er grinsend und streicht sich Marmelade drauf. Im Urlaub ist mir schon aufgefallen, dass er auch nach einer bestimmten Reihenfolge vorgeht beim Essen. Genau wie ich, hebt er sich das Beste immer bis zuletzt auf.
Wahrscheinlich wird er beim Kuchen auch zuerst den Rand, dann das weiche Innere essen ...
„Ich hab’ sie für vier Uhr eingeladen“, sagt er, als er vom Telefonieren zurückkommt.
„Woll’n wir‘n Kuchen backen?“
Erst mal nachsehen, was da ist.
Wir kriegen die Zutaten für Marmorkuchen zusammen.
Er sitzt auf dem Küchentresen und liest vor, ich stehe mit dem Mixer bewaffnet da und führe seine Anweisungen aus.
Erschöpft lassen wir uns danach auf‘s Sofa fallen.
Hören Musik, sind faul.
Der Kuchen sieht richtig gut aus.
Wir sitzen auf der Terrasse. ‘Nett, so’nGarten’, denke ich und döse ein bisschen im Liegestuhl. Die vergangene Nacht war ungemein anstrengend und Kräfte zehrend ... es war total schön.
Ein Kreischen macht mich wach.
„Nick!“, ruft Lily begeistert und krabbelt auf meinen Schoß.
„Hallo Prinzessin“, sage ich und gähne, „du hast genascht ... du riechst nach Schokolade und deine Hände sind klebrig!“ Sie kichert. Die ganze Bande ist da.

Christoph freut sich, mich zu sehen und Katharina auch.
Renates Freund heißt Michael und erinnert mich verdammt an Jacque Tati als Briefträger Francois in „Tati's Schützenfest".
Fast erwarte ich, dass er die Hacken ungeschickt salutierend zusammenhaut, als er mir die Hand gibt.
Er trägt Jackett und Krawatte! Jan und ich sehen uns verstohlen an und müssen grinsen.

Jan

Einer im Anzug also. Nick findet ihn auch komisch, ich seh's ihm an. Unser Kuchen wird gelobt. Er schmeckt tatsächlich.
Als die Kinder sich verzogen haben und ich mich auf mein zweites Stück freue, von dem ich den Rand schon gegessen habe, fange ich an.
„Renate, Lily ist nicht gerade glücklich, dass sie umziehen soll, was?"
Sie seufzt. „Na ja ... sie wird sich eben daran gewöhnen müssen", sagt sie. „Und ab September hat man mir auch einen Kindergartenplatz zugesagt."
„Kommst du dann überhaupt zum Lernen?", frage ich sie.
Anfang September hat sie schon irgendwelche Prüfungen.
„Das wird schon gehen", sagt sie, „Michael wird sich auch um sie kümmern." Michael lächelt ein bisschen gequält.
'Der?', denke ich und sehe zu Nick. Der sieht ihn auch skeptisch an.
„Ich hab' mir was anderes überlegt", sage ich. Und dann lasse ich meine vorbereitete Rede vom Stapel, die ich mir vorhin zurechtgelegt habe, als Nick im Liegestuhl saß und schlief.
Von Arbeitszeiten spreche ich, von Entfernungen und der Notwendigkeit, dass auch die Großen eine Ansprechperson brauchen ...
Renates Augen werden bei meinem Monolog immer größer.
Nick grinst.
„Ja, aber ...", sagt sie fassungslos und wendet sich ihm zu, „und Sie finden das in Ordnung?"

Sie kann die Erleichterung in ihrer Stimme nicht ganz verbergen.
„Ja, klar“, sagt Nick fröhlich, „ich find’ die drei total nett!“
„Bis Mitte Oktober erst mal“, werfe ich ein, „danach müssen wir mal sehen.“
Zwei Monate. Zusammen mit Nick.
Die Kinder jubeln, als wir sie einweihen.
„Super!“, sagt Christoph, „spielen wir dann auch mal Fußball?“
„Das war die Bedingung“, sagt Nick und ich könnte ihn küssen dafür. Aber nicht jetzt.
Renate und Michael wollen los.
Sie haben noch Konzertkarten für Helmut Lotti.
„Michael hat mich eingeladen“, sagt sie geschmeichelt.
Gut, dass Nick sich umdreht, ich würde sonst herausplatzen vor Lachen. Helmut Lotti! Musikmäßig haben Renate und ich noch nie auf einer Linie gelegen.
„Ach, Jan, ich brauch’ noch Bettwäsche“, sagt sie, als wir auf dem Flur stehen und geht zum Schlafzimmer.
Siedendheiß fällt mir ein, dass ich die Arena unserer morgendlichen „Lockerungsübungen“ noch nicht von den Kampfspuren gesäubert habe...
„Äh“, stottere ich und überlege krampfhaft nach einer Erklärung und folge ihr ...
Sie steht vorm Schrank und sucht Wäsche raus.
„Kann ich diese hier mitnehmen?“, fragt sie.
‘Aber bitte, die ist eh von deiner Mutter’, denke ich, nicke geistesabwesend und starre immer noch das sauber gemachte Bett an.
Jungfräulich und rein.
Wir gehen wieder raus. Ich suche Nicks Blick. Der sieht mich unschuldig lächelnd an.
Sie fahren. Lily winkt begeistert. Sie ist glücklich und hält mich und Nick an der Hand fest.
„Wann?“, frage ich nur und er versteht es natürlich sofort.
„Vorhin, als ich rausging zum Klo ... beim Kaffeetrinken“, sagt er, „das Nutella-Glas steht übrigens noch unterm Bett!“

Nick

Heute mach‘ ich keinen Stress mehr. Morgen fahr ich nach Hamburg und pack’ mir ein paar Sachen ein.
T-Shirt und Unterwäsche krieg’ ich von Jan.
Als wir beim Abendbrot sitzen, kommt es mir wie im Urlaub vor.
Wir spielen nach dem Essen wieder Karten, diesmal bin ich schon geschickter. Jan geht irgendwann mit Lily hoch.
„Wir müssen schon um sechs Uhr aufstehen“, sagt Christoph, „schaffst du das überhaupt?“
„Ich werde Jan sagen, dass er mir‘n nassen Waschlappen ins Gesicht wirft“, sage ich.
„Oh nein, das möchte ich bitte machen!“, sagt Katharina und lacht mich an.
Auf was hab’ ich mich da eingelassen?

Jan

Die Kinder sind oben. Nick macht sein Bett im Gästezimmer. Ich stehe in seiner Tür.
„Komm’ rein“, sagt er.
„Lieber nicht“, sage ich, „Katharina ist noch nicht im Bett.“
Seufzend setzt er sich.
„Weckst du mich morgen früh?“, fragt er.
„Ja ... schlaf gut”, sage ich zärtlich.
„Du auch“, sagt er.

In der Nacht höre ich die Wasserspülung im unteren Badezimmer.
Es ist zwei Uhr.
Ich springe aus dem Bett, gehe zur Tür. Er verlässt gerade das Bad.
„Hey!“, mache ich leise. Er kommt zu mir.

Bin wie gerädert am Morgen, als der Wecker klingelt.

Ich beuge mich über ihn. „Wir müssen aufstehen“, flüstere ich in sein Ohr. Er dreht sich auf den Bauch und vergräbt sein Gesicht im Kissen. „Noch nicht“, klingt es dumpf.
Oben höre ich Schritte.
„Katharina ist schon wach“, sage ich panisch, „du musst rüber!“
Er dreht sich stöhnend um und setzt sich auf.
„Wo ist meine Unterhose?“, fragt er gähnend.
„Hier“, ich werfe sie ihm hin, ziehe auch meine an.
„Ich beeil’ mich im Bad“, sage ich.

Nick

Bin das frühe Aufstehen gar nicht mehr gewöhnt. Na ja, wird sich schon einpendeln.
Beim Frühstück lass’ ich mir erst mal erklären, wo der Kindergarten ist und wann ich die Kleine spätestens wieder abholen muss. Halb eins, aha.
Und um zwei kommen Katharina und Christoph aus der Schule. Also werd’ ich gegen acht nach Hamburg fahren, meine Taxi-Touren abstimmen, mittags Lily wieder mit nach Hause nehmen, irgendwas zu essen machen und am Nachmittag mit der Kleinen wieder nach Hamburg reinfahren, um sie bei Renate abzusetzen, weil Jan am Montag länger arbeiten muss.
Dann fahr ich wieder Taxi, packe ein paar Klamotten und hole Lily dann wieder ab, um zurückzukommen.
Mir wird schon ganz schwindlig von der bloßen Planerei.

Um sieben fahren die Großen mit Jan los. Er setzt sie immer am Bahnhof ab.
„Tschüss“, sagt er, „bis heute Abend!“
Komisches Gefühl für mich.
Dann muss ich hoch, um Lily zu wecken.
Die hat noch gar keine Lust, sich zu erheben. Ich verspreche ihr beim Frühstück was vorzulesen, wenn sie jetzt aufsteht. Murrend steigt sie aus dem Bett.
Ich will wieder runter.

„Nihick!“, ruft sie mir hinterher, „was soll ich denn anziehen?“

Ach ja, sie ist ja erst vier! Und beim Waschen muss ich ihr auch noch ein bisschen helfen. Wie lange das dauert! Um kurz nach halb acht sind wir erst unten.

„Was willste denn essen?“, frage ich sie.

„Nutella!“

Ich suche sie im Schrank, bis mir einfällt, wo sie noch stehen könnte ...

„Augenblick“, sage ich ihr und gehe ins Schlafzimmer. Tatsächlich, das Glas steht noch unterm Bett.

‘Geiler Abend’, denke ich.

Schmiere ihr ein Brot. Sie isst ganz langsam.

„Und jetzt ein Buch!“, sagt sie mit vollem Mund. Ich renne nach oben in ihr Zimmer, suche nach einer nicht so langen Geschichte, finde was und renne wieder runter. Zehn vor acht schon.

Ich lese vor, sie trödelt so rum.

„Iss, Lily“, sage ich.

Acht Uhr.

„Wir müssen los”, dränge ich, „eigentlich müsstest du schon da sein!“ ‘Und ich auf dem Weg nach Hamburg ...’ Sie holt ihren Kindergartenrucksack.

„Ich will Apfel“, sagt sie. Hä? Ach so, für‘n Kindergarten!

Ich packe eine Brotbox aus, in der noch Reste einer Banane von Freitag liegen und einen Trinkbecher mit saurer Milch.

Na, lecker.

Ich beeile mich ganz fürchterlich und um zwanzig nach acht kommen wir dann endlich los.

„Wo ist mein Sitz?“, fragt sie.

Verdammt, Jan hat vergessen, ihn aus dem Bus herauszunehmen.

„Das muss jetzt mal so gehen“, sage ich, „morgen hast du deinen Autositz!“

Der Kindergarten liegt außerhalb. Mütter mit Kinderwagen und auf Fahrrädern kommen mir entgegen.

Einige sehen mich neugierig an. Lily nimmt meine Hand.

Wir gehen rein und sie läuft nach rechts zu einem Raum. Überall wuseln Kinder rum. Mann, ist das laut hier!

Eine Frau kommt aus dem Gruppenraum und begrüßt Lily, die sich ihre Sandalen aus- und Hausschuhe anzieht.

Fragend sieht sie mich an, nachdem sie mir 'Guten Morgen' gesagt hat.
„Äh ... ich habe Lily gebracht", sage ich, „mein Name ist Nick Zeidler und ich hole sie heute Mittag auch wieder ab!"
Lily hopst vergnügt vor mir rum. Ich gehe in die Hocke. „Tschüss, Prinzessin", sage ich, „viel Spaß!" Sie küsst mich und dann läuft sie in ihren Gruppenraum.
Die Betreuerin sieht mich verwundert an und geht ihr dann hinterher.
Ich muss schnell los jetzt. Schon nach halb neun.
Alles geregelt. Dafür, dass ich Montag nur kurze Zeit am Vormittag fahren kann, soll ich am Sonntag die Mittagsschicht übernehmen.
Die üblichen Touren. Ältere Leute zum Arzt, vom Krankenhaus nach Hause, eine längere Strecke raus nach Großhansdorf, dann muss ich mich schon beeilen, um rechtzeitig am Kindergarten anzukommen.
Fünf vor halb eins fahre ich mit dem Taxi vor.
Lily findet's toll.
Habe die Bemerkung aufgeschnappt, die eine Mutter zur Betreuerin gemacht hat. „Der hat doch gefärbte Haare, nicht?"
Stimmt. Hab' ich. Na und? Was ist'n dabei? Wo bin ich hier eigentlich? Ach ja, auf'm Dorf. Ob's schwule Obstbauern gibt? Oder werden die dann gemobbt?

Meine verwegenen blonden Strähnen hat natürlich Dietlinde gemacht. Der ist von Haus aus Friseurmeister. Irgendwie hatte ich da mal Bock drauf.
Von Natur aus hab' ich so'n ödes straßenköterblond, nichts Halbes, nichts Ganzes.

Dietlinde und Uli starrten mich richtig fasziniert an, als ich fertig war.
Uli pfiff durch die Zähne.
„Nicht schlecht", sagte er und Dietlinde glühte förmlich vor Stolz.
„Nicht schlecht? Er sieht fantastisch aus, meinst du wohl! Und der Kontrast!"
„Zu den Augenbrauen?"

„Ja! Herrlich! Guck' in den Spiegel, Süßer", sagte Dietlinde mit zitternder Stimme.
'Oh',dachte ich, als ich den weißblonden Typen im Spiegel sah.
'Na ja ... warum eigentlich nicht?'
Kam echt gut an, muss ich sagen.

'Ich muss den Ansatz wieder nachfärben lassen', denke ich, als wir zurückfahren.

Jan

Um kurz vor halb sieben bin ich zuhause.
„Na?", frage ich, „wie war euer erster Schultag?"
Die Kinder machen lange Gesichter und stöhnen genervt.
Zugegeben, es war 'ne saudumme Frage.
Ich mache Abendbrot. Es gibt nur ein paar Schnitten.
Heute komm' ich nicht zum Kochen, hab' auch gar nichts da.
'Ich muss mit Nick drüber reden', denke ich, 'er müsste morgen einkaufen.'
„Wie war's denn heute Mittag?", frage ich. „Was habt ihr gegessen?"
„Tomate, Gurke, Paprika, Möhre ... und Kohlrabi", zählt Katharina auf, „ dazu gab's 'nen Dip und frisches Brot. War echt lecker!"
Nick isst gerne Rohkost. Ich schmunzele. „Und Lily?" (Sie sträubt sich dagegen)
„Für Lily hat er Nudeln gekocht", sagt Katharina.
Alle Achtung.
Kurz vor acht sind Nick und Lily da.
„Stau im Elbtunnel", stöhnt er, „irgend so'n blöder Laster hat die Höhenkontrolle ausgelöst!"
Lily will nichts mehr essen, sie sieht blass und müde aus.
Ich bringe sie gleich hoch.
Höre Nick unten mit den beiden Großen lachen.
Ich bin froh, dass er da ist.

Lily schläft schon beim Vorlesen ein. Ich decke sie zu und gehe raus.
Christoph kommt hoch.
„Am Wochenende will Nick mir was auf die Wand malen“, sagt er und ich sehe ihm an, dass er sich darüber freut, „ich soll mir schon mal was raussuchen!“

Ich gehe runter. Nick und Katharina räumen die Küche auf. Ich sehe ihn an und denke ‘ich Feigling ... er ist einfach hier und macht so viel für mich ... und ich?’
Sie lachen beide über irgendwas und mir fällt plötzlich auf, dass Katharina ihn mit strahlenden Augen ansieht.
‘Renate hat recht’, denke ich erschrocken, ‘Sie ist in ihn verliebt!’
Ich fühle mich furchtbar.
Kann ich Katharina jemals in die Augen sehen und ihr sagen, dass Nick mein Liebhaber ist? Irgendwie ist das unvorstellbar.
Er sieht mich an und in seinem Blick ist so viel Liebe, dass ich mich meiner Zweifel schäme.

Nick

Ich sitze k.o. auf dem Sofa.
„Ungewohnt?“, fragt Jan leise.
Ich lächle. „Ging so“, sage ich.
Es wäre schön, jetzt mit ihm zärtlich sein zu dürfen. Ich möchte ihn berühren, ihm nahe sein, aber es geht nicht.
Christoph kommt und zeigt mir seinen Comic.
„Geht das?“, fragt er. Es ist eine Szene aus „Spiderman“.
„Kein Problem“, sage ich. Er strahlt mich an.
Katharina streckt den Kopf zur Tür herein.
„Kann ich noch mal an den Rechner?“, fragt sie.
Der steht im Gästezimmer. Jan sieht mich fragend an.
„Ja, natürlich“, sage ich.
Wir sind allein, aber wir trauen uns nicht, uns zu berühren.
Ich habe das Gefühl, dass er meilenweit von mir entfernt ist.
‘Lass’ ihm Zeit’, hat Franziska gesagt.

Ich bin‘s einfach nicht gewohnt, mich zu verstecken.
Aber es ist Jan.
Deshalb mach’ ich mit.

Jan

Er sieht müde aus. Halb elf. Christoph ist schon im Bett, Katharina hat gerade ‘gute Nacht’ gesagt.
„Woll‘n wir uns auch hinlegen?“, frage ich.
Er sieht mich an. „Ich hab’ Bock auf dich“, sagt er leise.
Ich doch auch.
„Okay“, sage ich.
Wir schließen ab.
„Nick ... ich liebe dich, verdammt, ich ...“
„Schon gut“, sagt er, „es ist nicht so leicht für dich.“
Eng umschlungen schlafen wir ein.

Ein Klopfen an der Tür macht mich wach.
„Papa?“ Es ist Katharina.
„Lily weint!“
Ich sitze sofort senkrecht im Bett. Mein Herz rast. Nick schläft. Hastig ziehe ich meine Shorts an, die ich Gott sei Dank auf Anhieb finde. Gehe zur Tür und schließe auf.
‘Was sie wohl denkt?’, frage ich mich, ‘warum ich plötzlich abschließe?’
Ich schlüpfe raus, ängstlich darauf bedacht, sie keinen Blick ins Zimmer werfen zu lassen.
Sie sieht verschlafen aus.
‘Wahrscheinlich hat sie sich gar nichts dabei gedacht.’
Wir gehen hoch. Lily sitzt weinend in ihrem Bett.
„Brauchst du mich noch?“, fragt Katharina müde.
„Nein, nein ... leg’ dich wieder hin“, sage ich ihr und wende mich Lily zu.
Die ist kochendheiß.
„Na, mein Spatz? Bist du krank?“
„Jaaa ...“, wimmert sie, „ich will bei dir schlafen!“

„Natürlich", sage ich. Nehme sie auf den Arm und gehe mit ihr runter.
'Verflixt. Nick!', denke ich.
Der liegt ja noch bei mir im Bett.
Ich gehe mit ihr ins Wohnzimmer und setze sie auf's Sofa.
„Zu dir ins Bett", wimmert sie, „nicht hier!"
„Ja, mein Schatz, gleich ... ich komme sofort wieder, ich muss nur schnell die Fenster zumachen im Schlafzimmer ... es ist sonst zu kalt für dich."
„Nick." Ich rüttle an seiner Schulter.
Wenn er schläft, dann kann wirklich neben ihm eine Bombe explodieren!
„Nick!" Verwirrt schlägt er die Augen auf.
„Ja? Wasnlos?", gähnt er.
„Du musst rüber – Lily ist krank – ich nehm' sie mit in mein Bett!"
„Papa!", höre ich sie rufen.
„Ach, herrje", sagt er und setzt sich auf.
Ich gehe zurück, um sie zu holen.
Nick ist mittlerweile im Gästezimmer.
Lily bekommt noch ein Fieberzäpfchen, dann schläft sie an mich gekuschelt ein.

Nick

Die Kleine ist krank.
Und Jan hat verpennt.
Katharina klopft heute Morgen an meine Tür.
„Nick? Es ist schon nach halb sieben!"
Ich bin gleich raus.
„Lily ist krank", sagt sie, „Papa hat sie heute Nacht mit runtergenommen."
Jan kommt aus dem Schlafzimmer und sieht erledigt aus.
„Boah, das war vielleicht 'ne Nacht! Ich hab' kein Auge zugetan, sie ist immerzu wachgeworden ... ins Bett gekotzt hat sie auch noch. Jetzt schläft sie."

Hektik. Frühstück im Stehen für die Großen, während Jan versucht, Renate zu erreichen.
„So ein Mist! Sie ist nicht da!"
„Ruf doch bei 'Tati' an", sage ich.
„Ich hab' doch die Nummer nicht."
Lily wird wach und fängt an zu weinen, ich gehe zu ihr, halte ihr fieberheißes Händchen.
Jan versucht, einen Kollegen zu erreichen. Ausgerechnet heute hat der Urlaub.
„Wir kriegen 'ne neue Lieferung ... ich muss auf jeden Fall zur Arbeit, aber Lily muss auch zum Arzt!" Er ist mit dem Telefon ins Schlafzimmer gekommen und beißt sich nervös auf die Unterlippe.
„Ich mach' das", höre ich mich sagen. „Ich ruf' eben noch bei meiner Chefin an!"
Jan sieht mich dankbar an.
„Würdest du das wirklich tun? Mensch, Nick ..."
„Schon okay."

Alle Parkplätze vor der Praxis sind natürlich besetzt. Am Ende der Straße finde ich endlich einen. Lily ist schon wieder eingedöst. Nur mühsam schlägt sie die Augen auf.
„Komm', Lily", sage ich und sie klettert langsam aus dem Sitz. Steht fröstelnd da und ist so schlapp, dass sie nicht alleine laufen kann. Ich nehme sie auf den Arm.
„Mir ist schlecht", wimmert sie.
„Ja, ja", sage ich – Panik!- „wir sind gleich da!" Ich beeile mich.
Im Treppenhaus passiert's. Sie kotzt einfach los ohne Vorwarnung. Über meine Schulter nach hinten. 'Oh, nein!', denke ich. Gehe rein. „Morgen", sage ich, „Lily hat gerade ins Treppenhaus gereihert." Mir ist ganz flau. Eine Arzthelferin kommt gleich mit einem Eimer und 'nem Lappen.
„Ist Ihnen auch schlecht?", fragt sie mich. Wahrscheinlich sehe ich grün aus. Aber Erbrochenes ist mir echt zuwider. Dieser Geruch!
„Ihre Jacke sieht auch gut aus", sagt sie mit anerkennendem Blick, „geben Sie die mal her!"

Lily und ich sitzen im Wartezimmer. Es geht ihr wirklich dreckig, sonst wäre sie schon längst auf das riesige Schiff geklettert, das mitten im Raum steht und auf dem lärmend diverse Kinder herumtoben. Was wollen die eigentlich hier? Die sind doch überhaupt nicht krank, so wie ich das sehe! Zumindest nicht so wie Lily, die bei mir auf dem Schoß sitzt und müde in meinem Arm hängt, während ich eine Nierenschale aus Pappe in der Hand halte, für den Fall, dass sie wieder erbricht ... 'bitte nicht', flehe ich innerlich.
Die nette Arzthelferin, die meine Jacke mitgenommen hat, ruft Lily auf. Sie bringt uns zum Untersuchungszimmer.
„Ihre Jacke ist wieder sauber", sagt sie.
„Danke", sage ich erfreut.
Sie sieht mich an.
„Sind Sie der Vater?", fragt sie mich neugierig.
„Wieso?", frage ich zurück.
„Sie sehen noch so jung aus", lächelt sie.
„Tja", sage ich zwinkernd, „gleich beim ersten Schuss 'n Treffer!"
Sie sieht mich verblüfft an, dann lacht sie los.

Zweifel

Völlig undenkbar – Diverse Lügen – Rote Bettwäsche

Jan

Wenn Nick nicht da gewesen wäre ...
Furchtbar hektischer Morgen und im Geschäft ging's gleich so weiter.
Eine falsche Lieferung hetzt mir einen wütenden Kunden auf den Hals.
Unser Fahrer Hanno hat 'mal wieder was verwechselt.
„Der ist sogar zum Scheißen zu blöd", flucht Wolfgang, mein Kollege, „wenn der Klodeckel runtergeklappt ist, macht der sich glatt in die Hose!"
Renate endlich erreicht. Sie fährt gleich los.
'Nick', denke ich die ganze Zeit über, 'du bist so toll.'
Selbstverständlich ist es wirklich nicht, was er tut.
Und ich?
Was will ich?
Ich will mit ihm zusammen sein.
Aber es sagen?
Den Kollegen hier?
„Ey, hört alle mal her – ich bin jetzt mit 'nem Mann zusammen!"
Völlig undenkbar. Aber wann kommt es bitte auch schon mal vor, dass sich ein Familienvater plötzlich als schwul outet?
Das verwirrt mich sowieso noch immer.
Bin ich jetzt wirklich schwul?
Es ist an Nick gebunden.
Ihn liebe ich ... aber find' ich jetzt deshalb auf einmal alle Männer toll?
Nein, ganz und gar nicht.
Andererseits habe ich auch nicht jeder Frau nachgestarrt, bloß weil sie 'ne Frau war!
Es ist irgendwie schwer zu begreifen.
Genauso gut könnte Nick ein Mädchen sein.
Ist er aber nicht.

Er hat zwar ein hübsches Gesicht, aber ... alles andere ist ohne Zweifel männlich!
Und er wirkt auch überhaupt nicht weiblich.
Kein Mensch würde annehmen, dass er schwul ist.
Was rede ich hier?
Das stammt doch auch nur wieder aus meiner Kiste der Vorurteile!
Sieht man's denn überhaupt jemandem an? Hat man nicht bloß so doofe und überkommene Vorstellungen im Kopf, die höchstwahrscheinlich vom Gucken schlechter Fernsehsendungen herrühren, von wegen schwule Männer müssten mit hoher Stimme sprechen und affektiert die Hüften schwingen beim Gehen? Und beim Sitzen die Knie zusammenpressen und die Kaffeetasse so halten, dass der kleine Finger abgespreizt ist? Und gern Sekt trinken und ins Theater gehen? Oder war's Ballett?
Nick tut nichts dergleichen. Er latscht genau so wie ich und sitzt breitbeinig auf dem Sofa. Seinen Kaffeebecher umfasst er oft mit beiden Händen, weil er leicht friert und kalte Hände hat. Und Bier trinkt er tausendmal lieber als Sekt und ich glaube, er würde es auch jederzeit vorziehen, in die AOL-Arena zu gehen, als sich für den „Nussknacker“ in Schale zu werfen!

„Du müsstest mal meinen Mitbewohner kennen lernen“, hatte er mir kichernd erzählt, „und seine 'beste Freundin'! Die sind wahrscheinlich haargenau so, wie du dir früher 'n Schwulen vorgestellt hättest ... richtige Tunten.“
„Lern' ich bestimmt mal kennen, oder?“, hatte ich ihn gefragt.
Er hatte mich umarmt und geküsst.
„Ja ... und meine Ma. Also die ist echt in Ordnung! Du wirst sie mögen ... sie dich auch, das weiß ich.“
Ich hatte ihn angesehen und geseufzt.
„Wenn's erst mal so weit ist“, hatte ich gesagt.

Nick

Lily hat ‘ne Mandelentzündung. Irgendwelche Bakterien. Ich bekomme ein Rezept für ein Antibiotikum sowie Fieberzäpfchen und ein Rachenspray.
‘Hoffentlich muss ich ihr zu Hause kein Zäpfchen geben! Das hab’ ich noch nie gemacht!’, denke ich gestresst, als ich aus der Praxis komme.
Im Auto schläft sie gleich wieder ein.
Wer schläft, kotzt hoffentlich nicht!
Ich hole die Medizin aus der nächsten Apotheke und fahre zurück.
Vor dem Haus steht der Wagen von ‘Tati’. Ein Citroen – wie passend!
Renate ist da und ich muss gestehen, dass mich das ganz schön erleichtert.
Ich klingele mit der schlafenden Lily auf meinem Arm.
Sie öffnet.
„Legen Sie sie ins Schlafzimmer“, sagt sie leise und geht voraus, um die Tür zu öffnen.
Vorsichtig lege ich sie in die Mitte des Bettes. Es ist bereits frisch bezogen. Das muss sie gewesen sein, denn Jan hatte heute morgen keine Zeit.
‘Ob sie auch noch die anderen Flecken entdeckt hat?’, denke ich mit schlechtem Gewissen ... seit Frankreich haben wir keine Pariser mehr benutzt.
Ich hab’ extra noch mal ‘n Aids-Test machen lassen. Ab und zu tu ich das, ich bin da ziemlich komisch.
Von Jan weiß ich hundertprozentig, dass er gesund ist.
„Was hat sie?“, fragt sie, als wir rausgehen.
„Mandelentzündung.“
„Die hat sie oft“, sagt sie seufzend. „Arme kleine Maus.“
„Ich hol’ eben noch die Medizin aus dem Wagen“, sage ich.
Gebe ihr auch den Zettel, auf dem der Arzt notiert hat, wann sie was bekommen soll.
„Tja“, sage ich, „dann fahr’ ich jetzt mal.“
„Nicht noch‘n Kaffee?“, fragt sie.

Ich sehe unschlüssig auf die Uhr. Halb zehn. Wenn ich jetzt losfahre ... andererseits, Renate ist ja da, ich muss heute Mittag wahrscheinlich gar nicht hierher kommen! „Na gut“, sage ich, „eine Tasse!“

Jan

Ich spiele in Gedanken alles durch und bin danach verzweifelt.
Mir fällt wirklich niemand ein, dem ich‘s einfach so erzählen könnte.
Im Grunde genommen sollte mir das alles egal sein ... es geht um Nick und mich.
Wenn ich an ihn denke, spüre ich Sehnsucht.
Er ist so lebendig und fröhlich und mitreißend, wir können wunderbar miteinander lachen!
Überhaupt haben wir viele Gemeinsamkeiten, trotz des Altersunterschieds!
Wir mögen dieselben Filme, haben erstaunlicherweise eine ziemliche Übereinstimmung in der Wahl unserer Musik, bevorzugen bestimmte Rasierwassersorten, essen ähnliche Sachen und ... und ... und ...
Und wenn wir im Bett sind ...
Es stimmt einfach zwischen uns.

Nick

„Sie sind homosexuell, nicht wahr?“, fragt sie mich, als ich gerade die Tasse zum Mund führe.
Verbrenne mir prompt die Zunge. Toll, für den Rest des Tages habe ich meine Geschmacksnerven somit gekillt!
„Ja“, sage ich hustend, „wer hat‘s erzählt?“
„Katharina“, sagt sie.
Wir schweigen.

‘Was denkt sie jetzt?’, frage ich mich. Ich erfahre es gleich darauf.
„Mögen Sie Jan? Also, ich meine ... äh ...“
„Sie meinen, ob ich in ihn verliebt bin?“, erlöse ich sie.
„Ja“, sagt sie, „das meinte ich.“
Was soll ich jetzt sagen?
„Wir sind gut befreundet“, sage ich. Merkt sie, dass ich nicht die Wahrheit sage?
Sie scheint aufzuatmen.
„Die Kinder mögen Sie auch“, sie lächelt mich an.
„Das beruht auf Gegenseitigkeit“, sage ich.
„Solange Lily krank ist, werde ich hier bleiben“, sagt sie mir, als ich aufstehe.
Aha. Also Zahnbürste und Rasierer wieder einpacken.
Ich gehe zum Auto, will einsteigen.
„Nochmals vielen Dank“, sagt sie, und dann
„Haben Sie einen Freund?“
‘Ja – deinen Mann’, denke ich.
„Zur Zeit nicht“, lüge ich.

Jan

Renate ist zu Hause.
„Nur solange Lily krank ist“, sagt sie.
Ich vermisse Nick.
Kann noch nicht mal in Ruhe mit ihm telefonieren. Ich mache mir mein Bett im Gästezimmer, Renate schläft mit Lily im Schlafzimmer.

„Kommt Nick am Wochenende?“, fragt mich Christoph.
„Ja ... ich denke schon“, sage ich, „er hat‘s doch gesagt, oder?“
Es ist ihm wichtig.
Und mir ist‘s wichtig, morgen zum Training zu gehen.

Nick

Uli ist zurück und es ist vorbei mit der Ruhe beim Frühstück und Abendessen.
Die Unterhaltung von Josy und mir beschränkte sich, zumindest beim Frühstück nur auf's Wesentliche.
„Noch Kaffee da?"
„Ja."
„Gib 'ma."
Als ich abends in die Wohnung komme, höre ich Ulis Stimme.
„... und sie hat tatsächlich gesagt, wir sollten sie mal wieder beehren! *Beehren!*"
Ich biege um die Ecke und gehe in die Küche.
Josy sitzt am Tisch, die Füße lang ausgestreckt und isst Dr. Oetker-Pizza. Die Zweite, ich sehe zwei Schachteln auf dem Tisch liegen. Uli steht am Herd und scheint sich was Exotisches zu brutzeln. Es riecht zumindest reichlich eigentümlich. Als er mich sieht, springt er – trotz seiner Leibesfülle erstaunlich flink – begeistert auf mich zu.
„Nick!"
Ich fühle seine Arme um mich und werde an einen weichen Bauch gepresst!
Hilfe!
'Jan', denke ich, 'du bist so schön fest überall!'
Uli schiebt mich auf Armeslänge von sich und mustert mich.
„Ganz braun", sagt er neidisch. „Aber dein Ansatz muss mal nachgefärbt werden", stellt er kritisch fest, „und? Gibt's was Neues?"
Ich linse rüber zu Josy. Der schüttelt den Kopf. Er hat also noch nichts verraten.
Ich seufze. „ Mich hat's richtig erwischt, Uli ... aber es ist nicht einfach."

Jan

Beim Frühstück spreche ich's an. Die beiden Großen sind gerade weg, heute haben sie das Rad genommen, um zum Bahnhof zu fahren, ich habe beschlossen, etwas später loszufahren.
„Du, Renate ... ich hab' wieder mit Fußballspielen angefangen ... und trainiere jetzt einmal die Woche in Hamburg ... genaugenommen immer mittwochs ... also heute." Ich sehe sie fragend an.
„Ja, geh' nur", sagt sie, „ich bin ja da."
Dann scheint ihr was einzufallen.
„Spielt Nick auch da?"
„Ja", sage ich und versuche unverkrampft zu lächeln, „über den bin ich ja mit dabei."
„Ich hab' gar nicht gewusst, dass du so tolerant bist", sagt sie dann, „Katharina hat mir erzählt, dass du ganz schön mit Christoph geschimpft hast im Urlaub, weil der erst so Sprüche über Nick machte ..."
Ich verschlucke mich fast am Kaffee.
„Wieso?", frage ich, „Ich fand's einfach blöd, dass er ihn verurteilte ... schließlich hatte er ihn bis dahin gern gemocht ..."
Ich bin ziemlich aufgewühlt.
„Glaubst du, dass Nick in dich verliebt ist?", fragt sie mich.
„Was?", sage ich. 'So 'ne Scheiße',denke ich.
„Wie kommst 'n da drauf?"
„Na ja ... weil er doch gleich hier war und bereit war, auf Lily aufzupassen", sagt sie und sieht mich – prüfend, wie mir scheint – an.
„So'n Blödsinn! Wir sind nur befreundet!", sage ich lauter als beabsichtigt, „deshalb tut er's!"

Ich Feigling.

Nick

Beide schweigen.
„Ist nicht so easy für ihn“, sagt Josy und wischt die restlichen Krümel seiner Pizza in die hohle Hand.
„Musste dir mal vorstellen! Der ist schon ‘ne halbe Ewigkeit verheiratet und auf einmal soll er sich hinstellen und sagen – jetzt bin ich schwul!“
„Aber er liebt ihn doch“, sagt Uli. „Oder?“
„Ja“, sage ich, „das hat er mir gesagt.“
„Wie sieht er aus?“, fragt Uli Josy.
„Wie der Gladiator“, antwortet der.
„Russell Crowe?“ Uli starrt mich mit weit aufgerissenen Augen an. „Echt?“
Uli und ich ziehen uns den Film bestimmt alle zwei Monate rein – im Wechsel mit L.A. Confidential.

Jan

Beim Training kommen wir überhaupt nicht dazu, miteinander zu reden. Wir beeilen uns beide nach dem Duschen.
Er steigt mit in meinen Bus.
Ich sehe ihn an.
„Renate hat mich gefragt, ob ich in dich verliebt bin“, sagt er.
Ich halte die Luft an.
„Ich hab’ ihr gesagt, dass wir nur gut befreundet sind.“
Er sieht mich nicht an, starrt vor sich auf den Boden.
Erleichtert atme ich aus und fahre los.

Nick

Uli muss förmlich an der Wohnungstür geklebt haben, als ich aufschließe.
Er platzt fast vor Neugier.

„Oh, hallo“, sagt er und tut gleichgültig, als wir reinkommen und feilt weiter an seinen Fingernägeln.
„Ich bin Uli. Und du bist sicher Jan, was?“
Der sieht ihn an, dann wirft er mir schnell einen Blick zu. Seine Augen blitzen belustigt auf.
„Ja“, sagt er, „ich bin Jan.“ Er sieht auf seine Uhr.
„Äh ... bestimmt sehen wir uns bei ‘ner anderen Gelegenheit noch mal länger, aber ...“ Jetzt sieht er mich an. Oh, Mann, dieser Blick macht mich immer schwach ... !
„Gaynau“, sage ich zu Uli, „aber jetzt haben wir Wichtigeres zu tun ...“ und ich ziehe Jan in mein Zimmer und mache die Tür zu.
Ich habe schon alles vorbereitet.
Was zu trinken, eine Schale mit Obst, neue Kerzen und frische Bettwäsche (die Knallrote. Meine Lieblingswäsche.)
Warum kann‘s nicht immer so sein?

Jan

Heute fiel‘s mir besonders schwer, ihn zu verlassen.
Er hatte es uns so gemütlich gemacht, so liebevoll! Es war einfach perfekt.
Wir schweigen lange danach. Ich halte ihn fest, fühle seinen Körper an meinem, spüre das schnelle Pochen seines Herzens.
Ach, Nick!
Ich wünschte, ich könnte mich einfach so zu dir bekennen.

Es geht nicht

Kunst im Kinderzimmer – Heimlicher Besuch in der Nacht – „... Bettgeschichten sind tabu!“

Nick

„Soll ich jetzt am Wochenende kommen?“, frage ich ihn am Telefon.
Lily ist noch immer nicht richtig fit.
„Ja! Christoph ist schon ganz ungeduldig“, sagt er und setzt leise hinzu: „Ich übrigens auch!“

Renate fährt Freitag Abend nach Hamburg zurück. Ich begegne ihr gerade noch, als sie losfahren will.

„Hallo!“, sagt sie freundlich, „Christoph hat schon alles vorbereitet!“
„Aha“, sage ich, „gut so!“
Da ist er auch schon.
„Hi, Nick!“ Wir schlagen unsere Hände aufeinander, er sieht mich begeistert an.
Jan taucht hinter ihm auf.
„Tschüss, Renate!“, ruft er, Christoph winkt noch, dann dreht er sich zu mir um.
„Brauchst Nick gar nicht so anzugucken“, sagt Jan, „heute läuft nichts mehr, jetzt hat er erst mal Feierabend! ’n Wein?“, fragt er mich.

Wir sitzen auf der Terrasse.
„Mittwoch war echt toll“, sagt er leise.
Das finde ich auch.

Die Kinder sind den ganzen Abend um uns rum, Katharina beschließt, noch den Spätfilm zu gucken. Ich bin absolut müde, weil ich diese Woche früh raus musste.
„Du, ich leg’ mich hin“, sage ich ihm. Jan sieht mich überrascht an.

„Schon?“, fragt er.
„Ja“, sage ich gähnend, „ich bin kaputt ...“
Er ist enttäuscht, das merke ich.
Ich hätte ja auch Bock gehabt (hab’ ich eigentlich sowieso immer), aber bis zwei Uhr halte ich nicht mehr durch – und so lange geht der Film.
„Wird das nicht zu spät, Katharina?“, fragt er sie denn auch.
„Nö ... ich kann doch ausschlafen“, sagt sie.
Er sieht mich verzweifelt an.
Ich ziehe die Schultern hoch.
„Gute Nacht!“, sage ich.

Jan

Warum muss Katharina ausgerechnet heute diesen Scheiß-Film gucken?
Nein, aufnehmen wollte sie ihn auch nicht – sie will ihn jetzt sehen!
Ich bin sauer.
Und Nick schon im Bett.
Verdammt, ich hatte mich so auf ihn gefreut!
Lily schläft seit gestern wieder oben, es wäre also kein Problem gewesen...
Ärgerlich gehe ich ins Bad.
„Gute Nacht“, sage ich kurz angebunden zu Katharina.
„Mach’ bitte das Licht überall aus, wenn du nachher hochgehst, ja?“

Ich liege im Bett und lese jeden Satz dreimal, bis ich das Buch genervt zur Seite lege.
Er ist da, aber nicht bei mir.
Zehn Schritte von mir entfernt.
Leise stehe ich auf und gehe über den Flur.
Öffne.
Gehe rein und mache die Tür hinter mir zu.
Setze mich an sein Bett.

Er schläft schon.
Ich betrachte ihn voller Liebe.
Streiche ihm über‘s Haar.
Beuge mich runter und küsse ihn auf die Stirn.
Dann schleiche ich wieder zurück.

Nick

Zuerst trage ich eine Grundierung auf, die ‘ne Zeit trocknen muss. „Sag’ mal, woll‘n wir so lange kicken gehen?“, frage ich ihn. Christoph ist begeistert.
„Au ja!“, sagt er, „soll ich auch Papa fragen?“

Ich bin heute Morgen früh wach geworden – gestern Abend fiel ich ins Bett und schlief sofort ein.
Um sieben war ich schon munter und ging auf‘s Klo. Alles war noch still oben.
Mich ritt der Teufel. Ich schlich zu Jan. Schloss ab. Zog mich aus und kroch nackt zu ihm unter die Decke. Er wurde wach und war sehr angetan..
„Nick! Oh ja, komm’ her ...“
Wir liebten uns eine Stunde, dann hörten wir oben Schritte, gleich darauf auch auf der Treppe. Ich rannte nackt in mein Zimmer und zog mich dort blitzschnell an.
Hatte Lily was gesehen?

Katharina passt auf Lily auf.
„Nur ein Stündchen“, sagt Jan, als wir drei zum Fußballplatz gehen.
Einige andere Jungs, die Christoph kennt, sind auch da.
Es ist richtig nett und ich merke, dass Christoph stolz auf uns ist.
„Ey, wer is’n das?“, höre ich einen seiner Leute.
„Das ist Nick. Ein Freund.“
„Du, der spielt klasse ...“
„Dein Vater aber auch!“
„Ja, der trainiert jetzt auch wieder im Verein!“

Jan und ich sehen uns an.
„War ‘ne gute Idee von dir“, sagt er und sieht mir tief in die Augen. Ich weiß, auf was er anspielt.

Jan

Als wir zurückkommen, trifft mich fast der Schlag. Der dunkelblaue Mercedes meiner Eltern steht vor der Tür.
„Oma und Opa!“, ruft Chris freudig überrascht.
Nick und ich sehen uns an.
„Ja“, seufze ich, „und die wissen noch gar nichts!“

Vorgestern Abend sind sie erst aus Amerika wiedergekommen. Sechs Wochen waren sie dort.
Es ist ein Schock für sie, dass Renate und ich uns getrennt haben. Katharina hat‘s gleich erzählt.

Meine Mutter sitzt kopfschüttelnd am Tisch. Nick ist hochgegangen zu Chris.
„Ja, aber Jan ... ist da gar nichts mehr zu machen?“
„Renate hat einen Freund“, sage ich. Eigentlich fies, weil der Freund gar nicht der Trennungsgrund ist.
Mein Vater starrt düster vor sich hin.
„Und wer ist da gerade zu Besuch?“, fragt meine Mutter.
„Nick”, sage ich, „den haben wir im Urlaub kennen gelernt.“
‘Und überhaupt ... der ist schwul und ich bin‘s jetzt auch, weil ich ihn liebe und mit ihm zusammen bleiben will ...’
Unmöglich.

Nick

Am frühen Abend bin ich fertig.
Christoph starrt die Wand an. Spiderman macht gerade einen Satz in Richtung Bett.
„Na?“, frage ich.
„Echt cool“, sagt er fasziniert, „danke, Nick!“

Alle müssen kommen und es ansehen, Chris ist total aus dem Häuschen.
„Wenn das Dennis sieht ... oder Kevin erst! Wahnsinn!“
Verlegen packe ich meine Farben zusammen.
„Ist super geworden“, sagt Jan neben mir. Er sieht mich nachdenklich an.
Ach ja, die Großeltern bleiben und müssen ja irgendwo schlafen! Verstehe.
„Soll ich fahren?“, frage ich ihn. Katharina sieht zwischen uns hin und her.
„Nein“, sagt er, „meine Eltern schlafen im Schlafzimmer und wenn du dich nicht so dick machst, komm’ ich zu dir.“
Er grinst mich an.
„Du kannst doch auch bei mir schlafen, Papa!“, sagt Christoph da, „ich hab doch die Matratze unterm Bett!“
„Ach, ja“, sagt Jan lahm, „stimmt ja.“

Jans Mutter ist viel älter als Franziska, aber auch total nett. Wie fast alle Mütter, die ich im Laufe meines Lebens schon kennen gelernt habe (und es waren einige ...), macht sie sich Sorgen, dass die Menschen um sie herum nicht genügend zu essen bekommen.
„Nehmen Sie sich noch was, Sie könnten ein bisschen mehr auf den Rippen vertragen!“
„Nick isst am liebsten ‘Buntes’“, sagt Christoph und grinst mich an.
Die Kinder erzählen vom Urlaub, von meinen bunten Gemüseplatten und unseren Kochversuchen.
„... dann hat Papa das angekokelte Fleisch weggeworfen und wir haben Gemüse gegessen!“
„Mit Nudeln! Immer gab es Nudeln!“

„Nein, Baguettes!“
„Papa hat Nutella gekauft!“, ruft Lily begeistert dazwischen.
Jan und ich drücken unterm Tisch die Knie aneinander ...

Jan

Ich trau’ mich nicht, runter zu gehen.
Liege wach.
‘Ob Nick schon schläft?’
Vorhin haben wir noch zusammen eine geraucht auf der Terrasse.
Er sah mich nur fragend an.
„Weiß nicht“, murmelte ich, da mein Vater gerade herauskam.
„Du rauchst wieder?“
„Nur abends“, sagte ich.
Fühlte mich klein und minderjährig, so wie ich mit Nick da auf dem Mäuerchen saß.
Wie alt bin ich eigentlich?
Vierzehn?
Denke an das vergangene wundervolle Wochenende und halte es nicht mehr aus.
Ich stehe auf und gehe leise runter zu ihm.
Diesmal schlüpfe ich nackt unter seine Decke...
Er hat schon geschlafen, aber er ist sofort wach und äußerst willig ...

Nick

„Na, die Lust war wohl größer als die Angst vor der Entdeckung, was?“, ziehe ich ihn hinterher auf.
„Ich konnte nicht einschlafen. Wie soll ich auch schlafen können, wenn ich weiß, dass du da bist!“
„Hast du gestern auch geschafft.“
„Ja, aber du warst auch total müde.“

Ich kuschele mich dicht an ihn. Er legt den Arm um mich und seufzt.
„Ach, Nick ... ich bin ein verdammter Feigling, weißt du? Immer wenn ich mit dir zusammen bin, geht's mir total gut und ich bin absolut glücklich! Warum krieg ich's nicht fertig, was zu sagen?"
Ich kann ihm nichts darauf antworten, streichle nur über sein Haar.
„Ich will dich behalten, Nick ... aber ich habe Angst, dass du mir wegläufst, wenn ich nicht bald den Mund aufmache ..."
„Jan, ich ...", beginne ich, doch er unterbricht mich.
„Du wirst sehen, es wird so kommen! Glaubst du, ich bemerke nicht, wie du dich fühlst? Ich wundere mich sowieso, dass du's noch mit mir aushältst in dieser verschwiegenen, klammheimlichen Atmosphäre!"
Er setzt sich auf und fährt sich mit beiden Händen durch die Haare.
„Was ist eigentlich dabei? Wenn ich 'ne neue Freundin hätte, würde sich niemand aufregen ..."
Ich sitze neben ihm, die Hand auf seiner Schulter.
Er sieht mich traurig an.
„Nick ... vielleicht sollten wir's doch besser lassen ... es hat doch keinen Zweck ..."

Ich bin geschockt.
Verletzt.
Wende mich ab.
„Ich habe in den letzten Tagen ständig über uns nachgedacht ... Ich seh's nicht, dass aus uns beiden was wird. Unsere Beziehung hat doch keine Chance ... ich glaub's einfach nicht. Sei ehrlich, glaubst du dran? Dass es die Leute bei mir akzeptieren? Ach, was red' ich von 'den Leuten'! Meine Kinder! Die würden's nie verstehen! Vielleicht sollten wir erst einmal 'ne Pause machen, hm?"
Wie kann er das so zärtlich sagen?
Ich lege meinen Kopf auf die angezogenen Knie.
„Ich muss wieder hoch", sagt er leise und ich höre, wie er sich anzieht.

„Nick“, sagt er bittend, doch ich hebe meinen Kopf nicht. Ich weiß, dass er noch da steht und mich ansieht, aber ich kann ihn nicht angucken, ich bring‘s einfach nicht fertig.
Er soll nicht sehen, dass mir die Tränen runterlaufen.
Schließlich geht er.
Eine Scheiß-Nacht.
Ich weine jetzt hemmungslos.

Jan

Es hat doch wirklich keinen Zweck mit uns, oder?
Unsere Geschichte hat einfach keine Zukunft.
Was habe ich bloß für Luftschlösser gebaut!
Es ist eine Illusion, dass man‘s bei mir akzeptiert!
Und jetzt am Anfang ist es vielleicht noch leichter für uns ... er wird drüber weg kommen, da bin ich mir sicher ... so‘n hübscher Kerl wie er findet schon den Partner, der zu ihm passt ... einen, der sich zu ihm bekennt ... ich darf gar nicht dran denken, dann geht‘s mir schlecht. Mein Nick und ein anderer Typ!
Ich bin total down, als ich wieder oben in Christophs Zimmer auf der Matratze liege.

Was bin ich doch für‘n Scheißkerl!
Erst schlafe ich mit ihm und danach sage ich ‘wir sollten‘s vielleicht doch lassen ...’
Weil ich zu feige bin.
Irgendwann döse ich ein. Im Halbschlaf höre ich das Anlassen eines Motors, aber ich denke mir nichts dabei...

Nick

Ich will nur noch weg.
Der Gedanke, ihm morgen zu begegnen, macht mich ganz krank.
Außerdem kenn' ich mich. Ich werde mich verraten, irgendwas sagen oder tun, was unsere Liebe offenbart.
Liebe? Ist es Liebe, wenn man auf jemanden verzichtet?
Bestimmt ist es das.
Bloß habe ich noch nie für diese Art von Liebe Verständnis gehabt ...
Ich packe meine Klamotten ein. Die Malutensilien müssen erst mal hier bleiben, die sind noch oben.
Finde einen Zettel und schreibe was drauf. Lese es durch.
Okay .
So ist mein plötzliches Verschwinden auch nicht skandalumwittert.

Um fünf Uhr morgens sitze ich frierend auf Franziskas Treppe vor ihrer Wohnung. Ich habe keine Lust, morgen früh Uli Rede und Antwort stehen zu müssen. Blöderweise habe ich ihren Wohnungsschlüssel nicht dabei. Ich sollte ihn endlich mal an meinem Schlüsselbund befestigen.
Ich muss eingepennt sein.
„Nick? Was machst du denn hier? Meine Güte ... komm' rein!“, sagt sie und ich stakse müde hinter ihr her.
„Ich glaube, du legst dich erst mal hin und heute Mittag, nach dem Aufstehen reden wir dann in Ruhe.“
Ach ja ... Sie hat im Nu das Sofa ausgeklappt und Decke und Kissen für mich hingelegt. Dankbar strecke ich mich aus und schlafe sofort ein.

Jan

Nick ist fort. Als ich die Treppe runtergehe und sehe, dass sein Golf verschwunden ist, erinnere ich mich an das Autogeräusch von letzter Nacht.

Ich gehe sofort ins Gästezimmer.
Das Sofa ist zusammengeklappt, die Bettwäsche ordentlich gefaltet.
Ein Zettel liegt auf dem Tisch.

„Hallo! Ich habe eine Nachricht auf dem Handy von meiner Mutter erhalten. Sie hatte einen Unfall ... nichts Schlimmes, aber ich will trotzdem sofort los. Schönes Wochenende noch, Gruß, Nick.
PS: Ich werde nächste Woche wohl erst mal nicht kommen können."

Das Handy hat er so gut wie nie bei sich.
Und sein Brief ist so abgefasst, dass ihn jeder lesen kann.
Er macht's mir leicht.
'Ich Mistkerl', denke ich und kann mich nicht ausstehen.

Die Kinder sind enttäuscht, dass er nicht mehr da ist und meine Mutter macht sich Sorgen um seine Mutter.
Ich sitze dazwischen und denke nur 'ich verdammter Feigling'.
Am Nachmittag wollen meine Eltern wieder los und Katharina spricht an, was wir alle anscheinend vergessen haben: Lily.
„Wer holt Lily denn morgen vom Kindergarten ab?", fragt sie.
„Und wer passt dann auf sie auf?"
Meine Mutter bleibt da. Vater wird nach Hause geschickt mit einer Liste, auf die sie geschrieben hat, was sie braucht.

Nick

„Vielleicht ist so 'ne Trennung gar nicht mal schlecht", sagt Franziska beim „Frühstück" um eins.
Das wollte ich bestimmt nicht hören. Ich bin total verzweifelt, finde es absolut beschissen!
„Und an deiner Stelle würde ich jetzt Mittwoch auch nicht zum Training gehen ... Lass' ihn ruhig ein bisschen zappeln!"
„Und ich?", frage ich, „soll ich vor die Hunde gehen?"

„Dummes Zeug!“, sagt sie, „du kannst dir von Dietlinde mal wieder den Ansatz nachfärben lassen und gehst aus! Was hier vor die Hunde geht, das ist dein Selbstwertgefühl ...“
„Ich soll ausgehen?“ Ich bin ziemlich verblüfft, muss ich sagen.
„Ja, ausgehen, flirten ... das baut dich auf! Ich kenn’ dich doch ... allerdings: Bettgeschichten sind tabu!“, droht sie mir.
Als ob ich im Augenblick den Nerv’ hätte, wen aufzureißen!

Am Sonntagabend macht Dietlinde mir tatsächlich die Haare. Ich habe mich vorher mit einem 10-km-Lauf mental darauf vorbereitet und nun sitze ich in der Küche und bin gewillt, das Getue der beiden ‘Busenfreundinnen’ (auf Uli trifft‘s echt zu ... Körbchengröße A? Oder B?) gutmütig zu ertragen.
Dietlinde macht an meinen Haaren ‘rum und tippelt zwischendurch immer mal zum Küchentisch, wo er sich mit Baileys stärkt, der von Uli großzügig nachgeschenkt wird.
Ihrer beider Hausmarke.
„Die große Liebe? Die richtige, echte, wahre Liebe? Der Mann für‘s Leben? Ach, Ulilein, dass wir das noch miterleben dürfen! Komm’, schenk noch‘n Baileys ein!“
Uli hat natürlich von ‘Russell’ erzählt und mit großer Wahrscheinlichkeit in den höchsten Tönen von ihm geschwärmt, so wie er ihn letzten Mittwoch angegafft hat.
‘Bestimmt hat er gesabbert vor Begeisterung’, denke ich gehässig.
„Warum sagt unser kleiner Süßer denn nichts?“, beschwert sich Dietlinde und nippt geziert am Glas. „Junge, erzähl doch mal!“
Josy weiß Bescheid.
„Und? Was willst du jetzt machen?“, hat er mich gefragt, als ich am Nachmittag zurück von Franziska zu ihm ins Zimmer gehe und ihm alles berichte.
Er hat wieder kleine Setzlinge dabei, die er umtopft.
Josy ist Gärtner.
Ich bin immer wieder erstaunt, wie behutsam er mit seinen Riesenfingern die winzigen Pflänzchen behandelt.
„Erst mal nichts ... also, ich will ihn nicht anrufen ... und wenn *er* anruft, bin ich nicht da. Ich zieh’ so lange zu Franziska. Du sagst ihm nichts, okay?“

„Kennst mich doch ... und was ist mit Uli? Dem kannste nichts sagen, der verplappert sich!“
„Ich sag’ auch nichts! Wenn ich heute Abend weg bin, denkt er doch, ich bin bei Jan! Der wird schon keine Fragen stellen!“
Ich sitze bei ihm auf dem Bett, habe den Kopf auf die Hände gestützt.
Josy sieht mich an.
„Scheiße, was?“, sagt er.
Josy kann manchmal richtig gefühlvoll sein.

„Also, es war so ...“
Ich erzähle unsere love-story von Anfang an. In allen Einzelheiten. (Die Einlage mit der Nutella kommt besonders gut an!) Lasse bloß den Schluss weg.
Sie starren mich danach ehrfürchtig an.
„Ach“, seufzt Dietlinde, „Kinder, isses nicht schön?“

Jan

Nick ist nicht da.
Josy war am Apparat.
Sein Handy ist ausgestellt.
Den ganzen Abend warte ich darauf, dass das Telefon klingelt.
Schließlich ziehe ich mich um zum Laufen.
Ich muss mich bewegen, bin total nervös.

Beim Laufen denke ich an letzte Nacht.
Wie er da saß. Zusammengekauert.
Er sah so fertig aus.
Ob er geweint hat?
Ich bereue es so, diesen Scheiß gelabert zu haben!
Ich will es doch gar nicht lassen!
Ich will auch keine Pause!
Ich will ihn sehen ... und berühren.
Festhalten, küssen ... und mit ihm schlafen.
Ich liebe ihn doch.

Zuhause betrete ich gerade das Wohnzimmer, als endlich das Telefon klingelt.
Ich renne zum Flur, doch da ist schon meine Mutter.
„Was? Ja, wenn du den blauen Pullover nicht findest, nimmst du einfach einen anderen ... noch was ... im Wäscheschrank oben links ..." Gehe frustriert ins Bad. Nur mein Vater.

Nach dem Duschen gehe ich wieder mit dem Telefon ins Gästezimmer.
Nichts.
Lediglich Josy, der mir sagt, dass er nicht weiß, wo Nick sich aufhält.

Nick

Ich schiebe ein paar Extra-Schichten Taxi, fahre auch nachts.
Das mach' ich eigentlich nicht so gern.
Nicht von wegen Überfall oder so ... ich hab' immer die Befürchtung, Besoffene im Auto zu haben, die sich richtig auskotzen ...
Dieser Gestank!
Bei 'nem Kollegen von mir hat einer mal genau die Lüftungsschlitze getroffen.
Der Wagen war hin.

Morgens um vier soll ich einen zum Hauptbahnhof fahren.
Ich fahre langsam in die Straße, sehe die Gestalt, denke 'den kennst du doch ...?'
Und dann öffnet der Typ die Tür. Wir sehen uns an.
„Benni!"
„Nick!"
Der Triathlet.
Er wirft seine Tasche nach hinten und setzt sich neben mich. Beugt sich gleich vor und küsst mich schamlos.
Ich bin ziemlich perplex.
„Ey – was ist? Fahr los!", grinst er.

Wir hatten mal ein paar lustige Tage zusammen in Hannover ...

Er hat jetzt einen festen Freund. Und der wohnt hier in Hamburg und sie besuchen sich immer gegenseitig und jetzt war er dran. Er selbst wohnt in Hannover, weil er da auch arbeitet und weil er nicht schon Sonntag Abend fahren will, fährt er immer ganz früh in der Nacht zu Montag ... bla, bla, bla.
Benni war schon immer 'ne Quasselstrippe, fällt mir jetzt ein. Der musste wirklich ständig reden.
Davor.
Dabei.
Danach.
'Mit Jan ist's genau richtig', denke ich, 'mit dem ist's einfach optimal!'
Ist?
Vielleicht sage ich bald 'war'.
Benni blubbert so vor sich hin, ich bin erleichtert, als wir am Hauptbahnhof sind. (Ich glaube, wenn ich Benni nach Hannover fahren müsste, würde ich mich hinterher erschießen!)
Er steigt aus. „Siehst verdammt gut aus", sagt er noch und zwinkert mir zu, „schade, dass ich schon vergeben bin!"

Um sechs Uhr bin ich wieder bei Franziska.
Sie hat mir noch was zu essen hingestellt.
Ich nehme mir vor, morgen mal für sie einzukaufen.

Coming-out

Zwischenfall im Umkleideraum – Heidepark statt Schule – Ein cooler Typ

Jan

Weder Montag noch Dienstag erreich' ich ihn.
Am Mittwoch rufe ich mittags von der Arbeit aus an.
Uli ist am Apparat.
„Nick? Huch! Ich dachte, der ist bei dir!", Uli ist total von der Rolle.
„Sonntag Abend war er hier ... da hat ihm Dietlinde noch die Haare gemacht", sagt er.
„Die Haare gemacht?", frage ich verblüfft. „Wieso? Hat er sie jetzt kürzer oder so?" Ich kann mir Nick mit 'ner anderen Frisur gar nicht vorstellen.
Uli lacht.
„Nein! Gefärbt!"
Mir scheißegal. Und wenn er sie sich lila gefärbt hat, er bleibt trotzdem mein Nick.

Zuhause beschleichen mich erstmals Zweifel, ob er überhaupt zum Training kommen wird.
Meine Nerven sind zum Zerreißen gespannt und ich fahre die Kinder wegen Kleinigkeiten an. Lily weint. Ich habe mit ihr geschimpft, weil sie im ganzen Wohnzimmer ihre Duplo-Steine verteilt hat.
„Was soll denn das, Papa? Du bist doch eh nicht da heute Abend", sagt Katharina patzig. „Mittwochs kommst du doch erst spät nachts wieder!"
„Na und?", schnauze ich sie an, „ich werde doch wohl mal einen Abend in der Woche weggehen dürfen!"
„Das Training geht die halbe Nacht, ja?", fragt sie spitz.
Ich brülle sie an. „Das ist doch wohl meine Sache, was ich hinterher noch mache! Wir gehen eben noch weg!"
„Jan!" Meine Mutter ist entsetzt. „Aber Junge!"
Ich muss schnellstens weg. Nehme meine Tasche.

„Wird spät", knurre ich mit Blick zu Katharina.

Sein Golf ist da.
Mein Herz schlägt höher bei seinem Anblick.
Gehe rein.
Suche seinen blonden Schopf. (Oder soll ich besser nach anderen Farben Ausschau halten?)
Aber ich finde ihn nicht.
Stelle meine Tasche neben Josys. Der schnürt sich gerade die Schuhe zu.
„Wo ist Nick?", frage ich ihn.
Er zuckt mit den Schultern.
Ich werde misstrauisch.
„Du weißt es doch, oder?" Josy sieht mich etwas zu unschuldig an.
Ein paar sehen zu uns rüber.
„Josy, ... bitte ...", sage ich. Josy schüttelt den Kopf.
„Verdammte Scheiße!", brülle ich und trete unbeherrscht gegen die Bank. Alle starren mich entgeistert an.
„Geht 's dir nicht gut, Jan?", fragt mich Pit besorgt.
Ich hole tief Luft. „Gar nicht gut ...!" Ich werfe Josy schnell einen Blick zu, „genaugenommen geht's mir ziemlich beschissen ... Ich hab' n ziemlichen Fehler gemacht ... ich hab' ihm gesagt, dass wir es vielleicht besser lassen sollten ... das will ich aber überhaupt nicht, verstehst du? Ich will ihn sehen, Josy, ich muss ihn sehen ... ich liebe ihn."
Absolute Stille.
„Er wohnt zur Zeit bei seiner Mutter", sagt Josy und sieht mich mit einem anerkennenden Lächeln an. Nennt mir die Adresse und wie ich hinkomme.
Ich nehme meine Tasche und gehe. An der Tür drehe ich mich noch mal um.
„Ach ... übrigens", sage ich „ich bin schwul."

Und was soll ich sagen? Ich fühle mich seit Tagen mal wieder richtig gut!

Nick

Ich will ihn sehen. Ich habe solche Sehnsucht, dass ich's nicht mehr lange aushalten kann!
Er ruft jeden Tag an, erzählt mir Josy.
„Heute Abend bin ich beim Training", sage ich beiläufig zu Franziska. Die sieht mich durchdringend an.
„Ach? Willst du schon aufgeben?", fragt sie. Sie hat mich natürlich sofort durchschaut.
„Was heißt hier 'aufgeben'? Ich will doch bloß trainieren!"
„Nick." Sie sieht mich an und seufzt. „Und nach dem Training fahrt ihr zu dir und hopst gleich ins Bett ... und dann kommst du wieder her und bist traurig, weil er sich nicht entschließen kann, sich zu dir zu bekennen! Lass' es! Warte noch", rät sie mir.
Wahrscheinlich hat sie recht.
Aber andererseits täte ich nichts lieber, als endlich wieder mit ihm ins Bett zu hopsen!

Jan

Ich klingele.
Eine kleine zarte Frau mit langen blonden Haaren öffnet mir die Tür.
Meryl Streep.
„Sind Sie Frau Zeidler?", frage ich, auf's Namenschild sehend.
„Und Sie sind Jan", stellt sie fest und lächelt mich freundlich an.
Woher weiß sie das?

Nick

Ich fahre Taxi. Zwischendurch rufe ich in der WG an.(Josy ist überzeugter Handy-Gegner. „Was soll ich mit so 'ner Kacke? Dann klingelt das Mistding, wenn ich gerade am Millerntor bin!").

Uli ist schon total genervt.
„Nein, Josy ist immer noch nicht da!!!“, brüllt er mich an, als ich ihn um halb zwölf das ich-weiß-nicht-wievielte-Mal belästige (zehn? Zwölf? Oder fünfzehn Anrufe?).
Heute muss Josy mit in die Kneipe. Na toll.
Um zwölf ist er endlich zurück.
„Jan? Nö, der hat heut’ nicht trainiert“, sagt er und gähnt, „du, ich bin müde, nimm‘s mir nicht übel, ja?“ Fahre weiter.
Bin ziemlich fertig, muss ich sagen.

Jan

Franziska ist wundervoll ... aber leider bin ich schon in ihren Sohn verliebt!
Wir hätten gern länger zusammengesessen, aber sie arbeitet in der Nachtschicht.
Trotzdem haben wir ein bisschen Zeit, um ein paar alte Kinderfotos von Nick anzusehen, während wir miteinander reden.
„Darf ich ein paar mitnehmen?“, frage ich sie.
Sie lächelt mich an.

Als ich gehe, sagen wir schon „du“ zueinander.

Nick

Müde lass’ ich mich am Morgen ins Bett fallen. Höre Franziska, die nach Hause kommt.
Noch zwei Nachtschichten, dann ist Wochenende.
Ich bin echt k.o.
Körperlich und seelisch.

Ich fühle mich noch genauso k.o. und beschissen am Nachmittag, als ich aufwache und ahne schon, wie ich aussehen werde, wenn ich gleich ins Bad gehe und einen Blick in den Spiegel werfe!

‘Warum ist er nicht beim Training gewesen?’, frage ich mich.
Er wusste doch gar nicht, dass ich nicht komme.
Ist es ihm so egal? Aber er hat doch jeden Tag angerufen ...!
Meine Gedanken fahren Karussell. Ich stehe lustlos auf und gehe duschen.
Franziska ist dermaßen gut drauf heute, dass sie mir damit regelrecht auf den Geist geht.
Sie summt zur Musik im Radio (wie üblich immer einen Viertelton daneben – das hat mich schon immer genervt!) und kriegt nicht mit, dass ich griesgrämig am Tisch sitze.
Ist ja schön, dass es ihr gut geht!
Und ich?
Hat sie vergessen, dass ich leide?
Ich trinke nur eine Tasse Kaffee und esse dazu einen Apfel, mehr krieg’ ich nicht runter, dann stehe ich auf.
„Ich muss los“, sage ich, „ach, übrigens ... ich werde morgen früh wieder in die WG fahren.“
(Das habe ich gerade eben für mich beschlossen)
Unser gutes Verhältnis soll wegen ihrer Falsch-Singerei keinen Sprung bekommen ...
Sie sieht mich nachdenklich an, dann nickt sie.
„Tu’ das ...“ Sie kommt auf mich zu und dann zeigt sie mir ihre Fäuste.
„Ich drück’ dir ganz fest die Daumen, Nicki!“
Ich nehme meine kleine Mama fest in den Arm.
Sie sieht übrigens aus wie Meryl Streep.

Sooo jung sieht Franziska gar nicht aus ...

Jan

So euphorisch wie am Abend zuvor fühle ich mich am Morgen zwar nicht, aber ich will's jetzt durchziehen.
Betrachte mich im Badspiegel.
„Ich bin schwul", sage ich ernst und muss prompt grinsen. Es klingt zu albern.

„Warst ja schon so früh zurück!", begrüßt mich Katharina, die als erste ins Wohnzimmer kommt.
„Ja ... ich war gar nicht beim Training", sage ich, „ich habe Nick gesucht."
Stimmt ja auch. Ab heute keine Lügen mehr.
Sie sieht mich überrascht an. „Nick gesucht? Ist er ... weg oder so?", fragt sie.
Christoph kommt auch gerade herein.
„Wir hatten Streit", sage ich, „und weil ich im Unrecht war, wollte ich ihn sprechen."
„Um was geht's ?", fragt Christoph. „Wer hatte Streit?"
„Papa und Nick", sagt Katharina und sieht mich die ganze Zeit lauernd an.
'Irgendwas ahnt sie', denke ich. Mein Blutdruck ist mittlerweile ganz schön hoch.
Ich stelle das Brot auf den Tisch und gieße den Kaffee in die Thermoskanne.
Setze mich zu den beiden.
„Ich muss euch was sagen", beginne ich und hole tief Luft. „Ich hab' mich in Nick verliebt."
Katharina wird blass in dem Maße wie Christoph rot anläuft.
„Du spinnst ja!", ruft er und springt auf. Rennt raus.
Katharina will auch weg, ich halte sie am Handgelenk fest.
„Katharina", bitte ich, „lauf' nicht weg, lass' es mich wenigstens erklären!"
Sie starrt mich fassungslos an.
„Nein", flüstert sie, „das darf nicht wahr sein!"
Nun, ich hatte im Grunde auch nichts anderes erwartet, oder?

Nick

Erst mal für Franziska eingekauft und ihr die Sachen gleich vorbeigebracht.
„Ach, Nick ... das war doch nicht nötig“, sagt sie, aber sie freut sich doch.
Eine ‘bunte’ Tüte (von wem hab’ ich das wohl, diese Leidenschaft für Obst und Gemüse?) und ganz unten liegt ihre Lieblingsschokolade und ein Briefumschlag mit ‘ner Karte.
‘Danke für diesen Urlaub’ hab’ ich draufgeschrieben und ihr die 500 Euro, die sie mir ausgeliehen hat, reingesteckt.
‘Schöner Urlaub’, denke ich, ‘und jetzt?’

Zuhause ruft mich Ole an. Der braucht unbedingt Geld und will die nächsten Nachtschichten fahren.
Auch das. Ich brauch’ eh nichts mehr, kommt alle her, ich verteile meine Sachen und gehe ins Kloster!
(Aber bitte nur da, wo es hübsche junge Mönche gibt, ja?)

Uli ist nicht da, Gott sei Dank bleibt mir seine Mitleidstirade erspart. Ich bin gerade in die Küche gegangen, um mir ‘ne Kleinigkeit zu essen zu machen, da klingelt‘s.
Mein Herz setzt aus, aber dann denke ich: ‘viel zu früh, Jan hört viel später auf zu arbeiten ...’
Und wenn doch?
Wir alle wissen: Die Hoffnung stirbt ja bekanntlich zuletzt.
Vor der Tür steht Laurent.
„Nick, mon Cherie!“, säuselt er los und hängt sich an meinen Hals. Das heißt, er sieht mehr auf mich runter, weil ich ja kleiner bin – der einzige Liebhaber, der mal *nicht* größer war, hieß Benni.
Angewidert schiebe ich ihn von mir weg.
„Was soll denn die Tour auf einmal?“, frage ich genervt, „hast du vergessen, was gelaufen ist?“
„Ach, Nick, du hattest ja so recht ... es war eine Riesendummheit!“
Noch dümmer war anscheinend Armand, den sie geschnappt haben. Der saubere Laurent hatte sich natürlich noch rechtzeitig in Sicherheit bringen können, aber er gab zumindest noch das

„Nummerngeld“ für die Kaution her, die Armand benötigte, um wieder aus dem Knast zu kommen. Wie edel!
Aha. Und nun ist er blank und sucht ‘nen Dummen, der ihm was leiht.
Ich stelle meine Ohren auf Durchzug und esse ungerührt meine Cornflakes weiter.
„... nur 250 Euro, Nick ... das ist ‘ne gute Gelegenheit, ich weiß genau, wo ich‘s für 500 wieder losschlagen kann!“

Uli kommt nach Hause und sieht mich großäugig und bedeutungsvoll an, als er Laurent erblickt.
Der wittert mit sicherem Instinkt ein neues Opfer und fängt sofort an, ganz lieb mit Uli zu plaudern.
Und Uli ist natürlich geschmeichelt und fällt auch gleich voll auf den Keanu Reeves für Arme rein.
So‘n Trottel.

Jan

Katharina hat sich zögernd wieder hingesetzt.
„Ich hab‘s geahnt“, flüstert sie, „irgendwie warst du anders in letzter Zeit ...“ Sie sieht mich nicht an, starrt vor sich auf den Tisch.
„Als Lily krank wurde ... war er da ... bei dir?“, fragt sie.
Sie hatte es also doch gemerkt.
„Ja“, sage ich.
„Wann ...?“ Sie traut sich nicht, weiter zu fragen.
„Es hat schon im Urlaub angefangen“, sage ich.
Sie nickt kaum merklich. Ihre dunklen langen Haare verbergen ihr Gesicht.
„Ich versuche, Christoph zu holen, ja?“, frage ich sie.
Weint sie?
Ich renne hoch. Christoph hat sich eingeschlossen. Ich klopfe.
„Chris ... mach’ auf ... gib mir bitte eine Chance ... nur eine! Verurteile mich nicht schon vorher ... lass’ mich versuchen, es wenigstens zu erklären ...“

Ich warte. Dann höre ich Schritte, die sich langsam nähern. Der Schlüssel wird herumgedreht. Ich öffne die Tür.
Christoph sieht verheult aus.

„Heute geht ihr nicht zur Schule“, beschließe ich unten erst einmal, „das ist ‘ne besondere Situation.“
Ich versuche, ganz ehrlich zu sein.
Dass ich ihn gleich gemocht hatte ... und dass es mich nicht gestört hatte, als er mir erzählte, dass er schwul sei.
Und dass ich ihn dann immer lieber gewann.
„Ich war selbst ganz durcheinander und verstand meine Gefühle nicht, aber eins war klar – ich wurde neugierig ... und als ich das Nick zum Ausdruck brachte, gestand er mir, dass er sich auch in mich verliebt hätte ... und dann fing‘s zwischen uns an.“
„Das ist ekelhaft!“, stößt Christoph hervor, „ich weiß, was die Schwulen machen!“
Aha. Das ist es also.
„Weißt du, Christoph“, beginne ich, „wir versuchen doch immer, tolerant zu sein, nicht? Und zur Toleranz gehört auch, dass man Dinge bei anderen Leuten akzeptiert, die man selbst vielleicht nicht tun möchte ... das wirst du selbst einmal feststellen. Besonders beim Sex ist es oft schwierig, die eigenen Vorstellungen und Wünsche mit denen des Partners in Einklang zu bringen. Jeder kennt eben nur sich selbst und seine Gefühle. Aber entscheidend ist doch, dass ein Paar – egal was für ein Paar, also Mann und Frau oder zwei Frauen oder eben auch zwei Männer – das Recht haben sollte, alles miteinander machen zu können, solange es beiden gefällt. In meinem Fall ist es so, dass ich Nick ungeheuer gern habe und er mich auch, ich kann mir deshalb auch überhaupt nicht vorstellen, dass wir Dinge tun würden, die den anderen verletzen oder kränken könnten ...“
Sie schweigen.
‘Habe ich sie irgendwo erreicht? Oder war meine Rede vielleicht zu aufgesetzt?’
„Ich hatte Streit mit ihm, weil ich so verzweifelt und unglücklich war, dass wir beide uns heimlich treffen mussten. Ich habe mir zuerst nicht vorstellen können, es euch zu sagen ... ich hatte Angst davor. Also sagte ich ihm, dass es keinen Zweck hätte mit uns

und er war so traurig deswegen, dass er gefahren ist. Aber er bedeutet mir so viel! Die letzten Tage habe ich ständig an ihn gedacht und musste feststellen, dass er mir ungeheuer fehlt! Ich will nicht mehr ohne ihn leben ... Ich kann mir vorstellen, dass es schwer ist für euch, weil‘s so ungewohnt ist, aber ... Könntet ihr nicht versuchen, es vielleicht erst einmal nur zu ... tolerieren?“

Nick

Josy kommt nach Hause.
„'N Abend“, sagt er, „ach nee ... was will *der* denn hier?“
„Der verschwindet jetzt hoffentlich“, sage ich zu Laurent und sehe den giftig an.
Uli plustert sich auf. „Warum denn? Seid doch nicht so unfreundlich! Magst du Baileys?“, fragt er Laurent, der natürlich eifrig nickt.
Falsche Schlange.
Sie verschwinden in Ulis Zimmer. Mir kann‘s egal sein. Laurent kratzt mich nicht mehr. Ich werde Uli beizeiten mal einen Tipp geben müssen, falls er sich mit dem hübschen Franzosen verzetteln sollte ...

Josy guckt in den Kühlschrank.
„Bleibst du jetzt wieder hier?“, fragt er.
„Ja. Franziska ist ja total nett, aber ...“
„Mutter!“ Josy nickt verständnisvoll.
Er hat sich einen Halbkreis von Aufschnitt, Käse und sauren Gurken um seinen Teller gruppiert, jetzt schneidet er von einem Brot, das er mitgebracht hat, acht Scheiben ab. Acht.
Ich bin schon satt vom bloßen Zusehen, stehe auf.
„Äh ... ich geh' dann in mein Zimmer. Du brauchst übrigens heute nicht mehr für mich ans Telefon gehen. Ich erledige das ab sofort wieder selber.“
Josy sieht mich kauend an.
„Habt ihr euch wiedergetroffen?“
Ich bleibe an der Tür stehen.

„Nein“, sage ich, „und ich weiß auch nicht, ob er‘s überhaupt noch will!“
„Und du?“, fragt er.
„Oh Mann, Josy! Guck’ mich an! Ich bin völlig fertig! Aber nicht mit ihm ... ich liebe ihn doch.“
Josy öffnet eine Bierflasche an der Tischkante („Das kann jeder Pauli-Fan!“).
Nimmt einen Schluck. Ich will gerade raus, da sagt er:
„Dann isses ja gut ... er liebt dich nämlich auch und das hat er lautstark in der Umkleide verkündet, bevor er zu deiner Mutter fuhr ... ach ja, und er drehte sich noch an der Tür um und sagte: ‘Übrigens, ich bin schwul!’“

Jan

„Wird er dann hier einziehen?“, fragt Christoph.
„Das hoffe ich“, sage ich.
„Weiß es Oma schon?“, fragt Katharina.
„Nein“, seufze ich, „das wollte ich ihr auch heute sagen. Sagt mal, wollen wir heute mal richtig blau machen? Z.B. in den Heidepark fahren? Da ist doch um diese Zeit keiner!“
„Au ja!“ Christoph ist begeistert und Katharina sieht mich kopfschüttelnd an, aber sie lächelt dabei.
Sie ist schon ganz schön erwachsen.

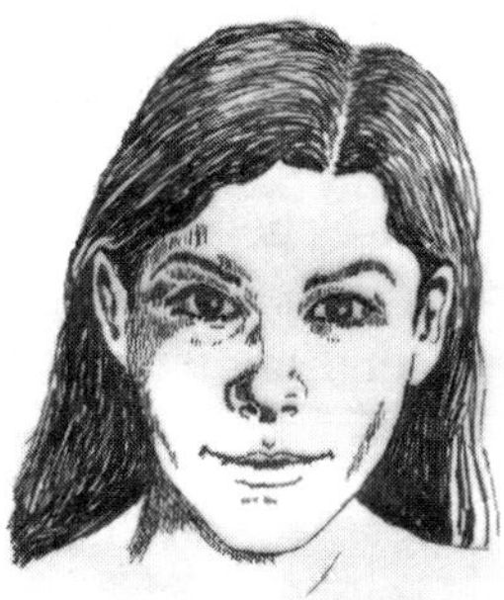

Katharina

Nick

„Was?“
Ich bin wie elektrisiert zurück in die Küche und muss mich schnell hinsetzen, weil meine Knie plötzlich zittern.
„Aber du hast mir doch gesagt, dass er gar nicht beim Training war!“
„War er doch auch nicht! Er ging doch vorher schon!“
Josy freut sich über seinen kleinen Witz.
Ich flippe fast aus!
„Er hat‘s laut gesagt? Vor der ganzen Mannschaft?
Sag’ das noch mal!“
Josy muss es haarklein in allen Einzelheiten berichten und er ist geduldig mit mir wie mit einem kleinen Kind, weil ich‘s immer wieder hören will ... (schon mal ‘Hatari’ gesehen? Ich benehme mich wie der betrunkene ‘Pockets’, der sich die Story von seinem genialen Affenfang immer wieder erzählen lässt, weil sich der Trottel im entscheidenden Moment die Augen zugehalten hat, als seine selbst konstruierte Rakete mit dem Fangnetz abgeht ...)

Mann, bin ich aufgeregt!
Ich will zum Telefon, doch da fällt mir Franziska ein.
Meine scheinheilige Mutter.
Daher die furchtbare Singerei!
Wie spät? Erst halb sieben.
„Ich fahr’ noch mal los“, sage ich.
„Brauchst ‘n Wagen?“, fragt Josy. Ich schüttle den Kopf.
„Heute nicht ... ich will nur noch mal zu Muttern!“
„Grüß schön“, grinst er.
Josy ist echt schwer in Ordnung.

Jan

Lily ist ganz aus dem Häuschen, Oma ziemlich irritiert.
„Aber die Kinder müssen doch zur Schule!“, sagt sie.
Um halb neun kommen wir los und sind in einer Stunde in Soltau.

Es war eine gute Entscheidung. Nirgendwo muss man anstehen.
Die beiden Großen verschwinden. Wir machen einen Treffpunkt aus.
Oma, Lily und ich gehen Boot fahren.
Als wir genug Abstand zu den anderen Booten haben, sage ich:
„Ich hab' übrigens 'ne Neuigkeit ... nicht nur Renate hat 'nen neuen Freund ... ich auch ."
'Nick hätte diese Art der Formulierung sicher gemocht', denke ich amüsiert.
Meine Mutter sieht mich überrascht an.
„Ach ...", sagt sie , „na ... das ist ja ... wer ist sie denn?", fragt sie neugierig.
„Du hast ihn schon kennen gelernt", sage ich, „es ist Nick!"

Nick

Franziska öffnet die Tür und ahnt es schon.
„Na, habt ihr wieder ... Kontakt?", fragt sie. „Jetzt bleib' ganz ruhig, Nick, und atme erst mal tief durch!"
Wir sitzen in ihrer Küche und essen Salat.
„Er ist wirklich ein Schatz, Nick! Ich hoffe, dass es mit seiner Familie gut geht! Er gefällt mir wirklich!", sagt sie euphorisch.
'Na? Krieg' ich etwa Konkurrenz von der eigenen Mutter?'
„Er ist zu jung für dich", sage ich.
„Och, die fünf Jahre ... ich hab' dich doch schon mit zwanzig bekommen!"
Wir sehen uns an.
„Ich gönn' ihn dir", sagt sie lächelnd.
Wie großzügig!

Jan

Meine Mutter kann normalerweise eine Menge vertragen, aber damit hat sie wirklich nicht gerechnet.

Wir sitzen auf einer Bank am Spielplatz.
„Ach Gott, Jan ... ein Junge!“
„Er ist fünfundzwanzig!“
„Ja ... aber ... du hast doch nie vorher so was ... oder?“, fragt sie erschüttert.
„Nein. Nie. Ich hab’ auch Renate nie betrogen. Mutti, es ist einfach passiert. Ich hätte selbst nie im Leben gedacht, dass mir so was widerfahren könnte!“
Ich suche ihren Blick.
„Es ist mir ganz ernst mit ihm“, sage ich. „Ich liebe ihn!“
Meine Mutter lehnt sich zurück, schließt die Augen und stöhnt.
„Was wird bloß dein Vater sagen?“

Ehrlich gesagt, das ist mir vollkommen schnuppe.

Nick

Bin wieder zu Hause. Josy ist im Kino, aus Ulis Zimmer höre ich Robbie Williams.
Na ja, eine Gemeinsamkeit haben sie ja schon mal.
Das Telefon klingelt.
Er ist es.

„Nick ... ich liebe dich!“, sagt er sofort, als ich mich gemeldet habe.
„Und ich soll dich von den Kindern grüßen! Sie wissen es! Heute war ein total verrückter Tag! Ich hab’ mir frei genommen und bin mit ihnen im Heidepark gewesen. Christoph sagt, er will unbedingt noch mal mit dir in die Achterbahn!“
Er ist genauso aufgedreht wie ich.
„Jan! Ich will dich sehen!“, rufe ich in den Hörer.
„Wann hast du Zeit?“, fragt er, „musst du nicht Taxi fahren?“
„Ich hab’ frei“, sage ich, „bis Montag!“
„Was reden wir hier dann noch“, sagt er, „setz’ dich ins Auto und komm’ her!“

„Nein“, sage ich, „heute Abend sind wir bei mir ... meinetwegen können wir dann bei dir schlafen ... ich will mit dir tanzen gehen!“
Wenn ich mich heute nicht austoben kann, gehe ich an die Decke.
„Okay“, sagt er, „in einer Stunde bin ich bei dir!“

Jan

Was zieh’ ich bloß an?
Ich frage Katharina.
„Die Jeans ist okay“, sagt sie und mustert mich kritisch, „aber das Hemd ist scheiße! Hast du nicht ‘n tolles T-Shirt? Dieses Schwarze hier – das sieht doch gut aus!“
Ist mir das nicht zu eng? Ich zieh‘s über. Es passt. Mein Bauch ist wieder ganz flach. Fünf Kilo habe ich in den letzten Wochen abgenommen, ohne was dafür zu tun. Ich bin eben verliebt!
Sie sieht mich an.
„Gar nicht schlecht“, sagt sie. „Kommt ihr anschließend hier her?“
„Ja“, sage ich.
Sie stellt sich auf die Zehenspitzen und gibt mir einen Kuss.
„Viel Spaß“, sagt sie.
Als ich meine Jeansjacke anziehe, kommt Christoph die Treppe runter.
„Cool, Papa“, sagt er, „setz’ noch deine Sonnenbrille auf!“

Nick

Geduscht, gestylt.
‘Gut, dass der Ansatz wieder gefärbt ist’, denke ich.
Schwarze enge Lederhose, schwarzes Shirt.
Fummele mir auch den kleinen Ohrring ins Ohr.
Wenn schon, dann aber auch richtig.
Davidoff – cool water.

Mir ist alles andere als cool zumute.
Laurent rennt im String-Tanga über den Flur ins Bad - 'ob Uli jetzt ohnmächtig in seinem Bett liegt?', denke ich. Er sieht mich und sein Mund klappt auf.
Zu spät, Cherie.

Es klingelt. Ich hole tief Luft, nehme meine Jeansjacke, hänge sie mir lässig über die Schulter, gehe zur Tür und öffne.
„Hi, Russell!", sage ich zu dem coolen Typen, der da steht, „woll'n wir tanzen gehen?"
„Klar doch, Timo", antwortet er grinsend, „mit dir immer!"

Ich glaube, es wird ein ganz netter Abend.

Teil 2

Die erste Zeit

Katerstimmung – Nächtlicher Besuch einer jungen Dame – Ein verständnisloser Vater

Nick

Beim Bäcker Anstehen lohnt immer.
Vor mir ein älterer Herr im braun-orange-karierten Jackett (70er Jahre, aber trotzdem scheußlich), davor zwei Damenrücken in Windjacken mit Kapuzen. Einer blau, der andere quietschgelb.
„... und er ist ganz allein in Urlaub gefahren – mit allen drei Kindern!“ (also doch nicht allein, oder?), tuschelt der blaue Rücken.
„Nein! Und sie?“, fragt das quietschgelbe Outfit.
„Sie ist nach Hamburg gezogen ... und ein neuen Freund soll sie auch schon haben!“ Blau.
„Was Sie nicht sagen – so schnell?“ Gelb.
„Ja, aber das Tollste kommt ja noch“, sagt Blau und ich denke ‘jetzt komme *ich* ins Spiel, na endlich!’ aber da ist der blaue Rücken dran und kauft zehn gemischte Brötchen und ein ‘Angeschobenes’. Was auch immer das ist.
Blau wartet noch auf Gelb („wie immer!“) und einträchtig gehen sie raus, um draußen weiter zu tratschen. Schade! Ich hätte so gerne mitgekriegt, wie‘s weitergegangen wäre.
Ich sehe sie draußen stehen.
Der ältere Herr ist schon fertig.
„Na, junger Mann, Sie haben wohl Hitze?“, fragt mich die mollige Bedienung.
Ich stehe in kurzen Hosen und T-Shirt da. Komm’ ja auch gerade vom Laufen.
„Jo“, sage ich und äußere meine Wünsche. Bezahle und gehe eilig raus.
„... ein Junge?“, höre ich die quietschgelbe Jacke gerade fragen.
„Frau Melzer meint, so für die Kinder ... machen ja mehr junge Mädchen, wohl so‘n Au-pair-Junge, meint sie.“
Wer, ich?

Frau Melzer wohnt schräg gegenüber, ist Witwe, hat einen kleinen Dackel und Langeweile.
Sie ist natürlich immer emsig beschäftigt, wenn ich komme oder gehe.
Entweder kniet sie in ihrem Vorgarten („was macht die da bloß? Den Rasen mit der Nagelschere schneiden?") oder sie wienert ihre Fenster, deren Scheiben von der ganzen Putzerei bestimmt schon ganz dünn sind. Manchmal fegt sie auch mit Vehemenz ihren kleinen Weg von der Pforte bis zur Haustür. Ihr dicker Dackel knurrt immer jeden giftig an, der vorbeigeht.
Ich grüße immer locker rüber.
Vielleicht sollte ich ja ab und zu mal französische Brocken hinwerfen, damit die Au-pair-Geschichte ein bisschen glaubhafter wird?

Ich laufe mit der Brötchentüte zurück.
Frau Melzer verlässt das Haus mit Eimer und Wischlappen. Heute trägt sie ihre blauen Gummihandschuhe. Ach ja, ich vergaß: Sie putzt auch immer die Mülltonne, wenn sie geleert wurde!

„Vielleicht sollten wir ihr auch mal unsere hinstellen?", hat Jan neulich gesagt, „die hätte es echt mal nötig!"

Sie sieht mich kommen.
„Bon jour!", rufe ich und winke.
Franzosen sind halt immer gut drauf.

Ich gehe gleich unter die Dusche, es ist doch schon ganz schön frisch draußen. 'Morgen zieh' ich mir noch 'ne Jacke drüber', beschließe ich.
Christoph ist schon im Wohnzimmer. Er hat heute ein wichtiges Fußballspiel und ist nervös.
„Na, schon ausgeschlafen?", begrüße ich ihn.
„Ich bin schon seit sechs Uhr wach", sagt er, „und wenn nun doch Kevin spielt?"
Die beiden sind Rivalen und buhlen um die Mittelstürmerposition.

Ich weiß gar nicht, warum Christoph so scharf darauf ist, ich persönlich halte ihn für einen sehr viel besseren Verteidiger.
„Immer dieses Gewese um die Stürmer“, hatte ich ihm vor kurzem erst gesagt. „Echt, wenn ich Josy nicht direkt vor mir hätte, dann ging's mir aber oft schlecht!“
Josy ist unser Abwehrchef und ehrlich, er hat mich schon oft vor 'ner Blamage bewahrt.
Er ist, glaube ich, immer noch größer als ich, wenn er springt und köpft, als wenn ich meine Arme ausstrecke. Ich versuche meine mangelnde Körpergröße durch Schnelligkeit auszugleichen und das gelingt mir in den meisten Fällen auch recht gut.
„Schläft Papa noch?“, fragt er mich.
„Ich glaub' schon“, grinse ich.

Jan muss einen fürchterlichen Kater haben heute morgen.
Gestern Abend war er auf seiner Betriebsfeier.
„Ich hol' dich ab“, hatte ich ihm angeboten, obwohl er es erst nicht annehmen wollte. Ein Arbeitskollege hatte angeboten, ihn mit hin zu nehmen.

Es klingelte.
„Ich bin noch im Bad – macht mal einer auf?“, rief Jan.
Ich öffnete.
Draußen stand Wolfgang, Jans Kollege. Ich kannte ihn nur flüchtig vom Sehen.
„Hallo“, sagte er und ich bemerkte, dass er überrascht war, mich hier zu treffen. Ich habe keine Ahnung, wer nun über uns Bescheid weiß in seinem Geschäft.
Jan kam aus dem Bad.
„Hi, Wolfgang“, sagte er zu dem und zu mir: „Denkst du an Lily? Um sieben soll sie abgeholt werden!“ Lily war auf einer Geburtstagsfeier eingeladen.
„Weiß ich doch“, sagte ich und sah zu, wie er seine Jeansjacke anzog. Ich mag ihn total gern darin. Er nahm seine Zigaretten von der Flurkommode und steckte sie ein.
„Also“, sagte er und sah mich an.
„Viel Spaß“, sagte ich und schlenderte zur Tür. Sie kamen beide an und Jan blieb vor mir stehen.

„Ich ruf' dich an", sagte er und grinste.
„Wann ungefähr?", fragte ich.
„Wann soll ich denn?", fragte er im Gegenzug.
„Egal ... so lang du magst", sagte ich. Er lächelte.
„Du bist'n Schatz", sagte er und dann küsste er mich auf den Mund.
„Tschüss, Nick!"
Der Kollege sah mich starr an und Jan sagte zu ihm: „Er ist mein Lustknabe, weißt du?" Und dabei grinste er mich noch einmal anzüglich an.

'Das ist die Strafe für solche Frechheiten', denke ich, als ich ins Schlafzimmer gehe. Jan grunzt unwillig, als ich die Vorhänge beiseite ziehe. Ich setze mich zu ihm ans Bett.
„Ich hab' ein Aspirin für dich", sage ich, „kann es sein, dass du es brauchst?"
Er dreht sich auf den Bauch und vergräbt seinen Kopf im Kissen.
„Das letzte Bier war schlecht", höre ich ihn murmeln.
„Genau ... kenn' ich", sage ich, „rutsch' mal!"
Ich lege mich neben ihn.
Er dreht sich zu mir um. Seine Haare stehen ab und er sieht ziemlich erledigt aus. Ganz zerknautscht.
„Nick ... ich trink' nie wieder was", stöhnt er, „nie wieder ..."
„Soll ich dir ein Bad einlassen?", frage ich ihn.
Er dreht sich auf den Rücken und schließt die Augen.
„Womit hab' ich dich verdient? Du bist echt nicht sauer oder so?" Er sieht mich wieder an.
„Sauer? Ach wo! Kenn' ich doch auch ... ich war doch schließlich auch mal jung!"
Er lacht. „Au, mein Kopf", er legt die Hände auf die Stirn. Ich reiche ihm das Glas mit dem Aspirin. Er rappelt sich hoch, nimmt es und trinkt. Schüttelt sich.
„Eklig ... ein Bad, sagst du? Jetzt? Wie spät ist es eigentlich?"
„Och, noch früh. Halb zehn! Ich bin schon gelaufen ... du, nachher muss ich dir was erzählen, was ich beim Bäcker aufgeschnappt habe."
Es klopft. („Die Kinder sind neuerdings so taktvoll", hat Jan kürzlich gesagt. „Bei Renate und mir haben sie nie angeklopft!"

Außer natürlich Lily. Die kommt ungefragt zu den unpassendsten Gelegenheiten ...)
„Ja!", rufen wir beide synchron.
Christoph.
„Meinst du, er stellt Kevin auf?"
Ich nehme mir vor, mit Josy zu reden. Der soll sich Christoph mal vornehmen. Ich weiß, dass Chris große Stücke auf ihn hält.
„Ich nehm' das Angebot an ... mit dem Bad", sagt Jan und lächelt mich an.
„Ach, Christoph ... mach' dir keine Sorgen ... du spielst bestimmt!"

Jan

Nick ist wirklich ein Schatz ...
Renate hätte mir die Hölle heiß gemacht ...
Okay, ihr Vater war Alkoholiker und sie hat in der Kindheit einiges abgekriegt, deshalb ist bestimmt auch ihre Mutter so biestig geworden.
Aber deswegen Alkohol total zu verteufeln?
Na gut, heute morgen verursacht schon der bloße Gedanke an selbigen Ekel.
Ist aber auch ewig schon nicht mehr vorgekommen, dass ich mehr getrunken habe, als ich vertragen kann.
Es war ganz lustig gestern Abend.
Wolfgang hatte mich abgeholt und als ich mich von Nick verabschiedete, küsste ich ihn einfach auf den Mund. Es wär' mir verdammt verlogen vorgekommen, ihm bloß so unverfänglich auf die Schulter zu klopfen, als wäre er ein flüchtiger Bekannter.
Ich bin mit ihm zusammen, das ist nun mal 'ne Tatsache. Und je lockerer ich dazu stehe, desto normaler wird's vielleicht auch irgendwann mal für alle, die uns kennen!

Wolfgang starrte mich im Auto an.
„Das war doch jetzt nur 'n Gag, oder?"
Ich schnallte mich an.

„Was?“, fragte ich, obwohl ich genau wusste, auf was er hinauswollte.
„Na, hör’ mal, von wegen ‘Lustknabe’ und dieses Küsschen da eben ... wer ist‘n das eigentlich? Ein Verwandter?“
Er fuhr los.
„Nick ist mein Freund.“
Wolfgang war ziemlich durcheinander.
„Ja, aber ... wie jetzt?“
„Es ist wirklich so, wie ich‘s sage: Er ist mein Freund ... im Sinne von – Geliebter – er schläft bei mir im Bett und wir treiben da allerhand Sachen! Aber ansonsten bin ich ganz der Alte, keine Angst!“
Ich sah Wolfgang belustigt an, der plötzlich enorm Gesichtsfarbe bekommen hatte. Sonst hat er die erst nach diversen Bierchen.
„Dann bist du jetzt ...?“
„Schwul!“, sagte ich launig, „ja, so nennt man das!“
Er bremste und fuhr rechts ran.
Wischte sich den Schweiß von der Stirn.
„Mensch, Jan ... also ... das ist ja‘n Ding ... ja, aber ... und die Leute?“
„Welche Leute?“
„Na – Familie, Freunde ... und deine Frau! Was sagt die denn dazu?“
„Die hat doch auch ‘n Freund“, sagte ich, „was sollte sie dagegen haben?“
„Na, hör’ mal, das ist ja wohl was anderes ... und deine Kinder? Dein Sohn! Wie findet’s der denn?“
„Okay“, sagte ich. „Neulich hörte ich, wie er zu Nick sagte: ‘Mit Mama konnte man nicht Fußball spielen ...’ Sie verstehen sich bestens ... guck’ mich nicht so an! Ja, es war natürlich für alle ein Riesenschock, aber die Kinder haben‘s noch am besten weggesteckt, weil sie Nick ja auch von Anfang an kannten!“
Mein Vater wird‘s wohl nie akzeptieren.
Ist echt schade, es tut mir so leid für Nick, aber er will nichts mit ihm zu tun haben.
Meiner Mutter hab ich‘s ja an dem bewussten Donnerstag im August gesagt, als ich mit ihr und den Kindern in den Heidepark gefahren bin ....

Sie war für den Rest des Tages völlig fertig. Es tat mir leid für sie, aber ich hatte keinerlei Schuldgefühle. Ich war unheimlich gut drauf, ja, regelrecht euphorisch, weil ich spürte, dass die beiden Großen es offenbar akzeptieren konnten.
An jenem Abend fuhr ich noch nach Hamburg. Nick und ich sind tanzen gegangen.
Ich! In 'ner Disco! Mir war alles egal. Ich war so verliebt in ihn (was heißt 'war'? 'Bin'!), dass es mich überhaupt nicht störte, ihn vor all den fremden Leuten da abzuknutschen.
Wir blieben nicht lange. Wir fuhren erst zu ihm, wo wir unsere „Wiedervereinigung" feierten, dann zu mir.
Es war schon eine ungewohnte Situation, Nick im Schlafzimmer zu haben, obwohl meine Mutter da war ...
Ich ließ ihn am nächsten Morgen ausschlafen, weckte ihn erst, als ich los musste.
„Jan", sagte er ganz müde, „warum hast du mich nicht schon früher geweckt?"
Ich betrachtete ihn voller Liebe und dachte: 'Unglaublich ... vor zwei Monaten war ich noch mit Renate zusammen und alles lief seinen langweiligen Trott und jetzt? Die beste Veränderung meines Lebens hat vier Buchstaben: Nick.
Es fiel mir echt schwer an diesem Morgen, unser Schlafzimmer zu verlassen! Es war eine ganz besondere Nacht für uns zwei. Ich weiß nicht, wie ich's sagen soll, aber ... er war anders als sonst ... nicht so passiv und anschmiegsam, eher ... fordernd ... es wurde Zeit für andere Varianten.
Auch das ist okay. Alles ist okay mit ihm.
Weil ich ihn liebe.

Wolfgang konnte sich erst gar nicht beruhigen.
„Und im Geschäft? Wie geht's da weiter?"
„Na, wie wohl? Genauso wie immer! Bin ich jetzt nicht mehr arbeitstauglich? Ich lebe bloß mit 'nem Mann zusammen!"
„Mann? Wie alt ist er denn?", fragte er.
„Fünfundzwanzig. Hör' mal, Wolfgang, du bist nicht nur ein Kollege, sondern auch ein Freund und deshalb wollte ich's dir auch nicht verschweigen ... aber ich geh' jetzt nicht rum und sage allen: 'Ich bin schwul!' Allerdings werd ich's auch nicht

verleugnen", setzte ich hinzu. „Er bedeutet mir sehr viel, weißt du?"
Wolfgang sah mich kopfschüttelnd an.

Nick

Ich lasse ihm also ein Bad ein.
Katharina und Lily kommen runter.
„Baden?", fragt mich Lily großäugig. „Jetzt?"
„Papa", sage ich.
„Hat er 'n Kater?", fragt Katharina.
„Und wie!", grinse ich. „Ich glaube, er isst heute Morgen noch nichts mit. Ich komm' gleich in die Küche. Machst du schon Kaffee?"

Wie lange wohn' ich hier schon? Seit August.
Jetzt haben wir Oktober.

An dem Wochenende, als ich endgültig hier einzog, war 'ne Menge Chaos.
Am Freitag morgen weckte mich Jan erst, als er zur Arbeit musste. Wir waren spät in der Nacht nach Hause gekommen (sagte ich 'nach Hause?' Irre! Aber ich empfinde es schon so).Vorher waren wir nämlich noch tanzen.
Russell und ich. Er hat das gar nicht gepeilt, wie er von diversen Typen angegafft wurde. Aber ich.
'Meiner', dachte ich stolz.
Tanzen kann er auch.
Hatte ich mir aber schon gedacht.
Und er war total offen und hatte überhaupt keine Hemmungen, mich anzufassen.
Echt, es war richtig toll!
Lange waren wir nicht weg, weil wir's beide kaum aushalten konnten, endlich wieder miteinander ins Bett zu gehen! War ja schließlich schon fast 'ne Woche her!

Er war so rührend und sagte mir andauernd, wie sehr er seine Worte vom vergangenen Wochenende bereute.
„Ich habe mich wie ein Schwein benommen ... erst krieche ich zu dir ins Bett und danach sage ich ‘vielleicht sollten wir‘s doch besser lassen!’ ... Nick, es tut mir so leid ... ich liebe dich doch! Ach, Nick, es ist wahnsinnig schön mit dir!“
Diese Nacht war auch in anderer Hinsicht ganz besonders! Wir sind jetzt wirklich gleichberechtigt! Er gehört nicht zu jenen Typen, die immer den Macker herauskehren und in jeder (Liebes-)Lage den Aktiven markieren müssen, er ist ... ach, er ist eben Jan und ich danke den Umständen, die dazu geführt haben, dass ich ihn getroffen habe!
Er war so süß. So bereitwillig und entgegenkommend! Er wollte mir einfach jeden Wunsch erfüllen.
Ich glaube, ich war anfangs ganz schön wild, als wir bei mir in der WG waren, aber als er sagte, dass er‘s will, war ich ganz lieb! Es war ja schließlich das erste Mal für ihn. Ich liebe ihn.
Wir fuhren dann noch zu ihm (nach Hause...). Es war drei oder vier Uhr oder so und trotzdem schliefen wir noch einmal miteinander. Wir konnten echt nicht genug voneinander kriegen.
Die Nacht war verdammt kurz. Der arme Jan! Er musste ja arbeiten am selben Tag!
Nachdem er sich am Morgen verabschiedet hatte, bin ich noch mal richtig eingepennt.
Halb zwölf war‘s, als ich dann endlich erwachte.
Peinlich. Seine Mutter war ja noch da.
Ich ging ins Bad, duschte und anschließend in die Küche.
Sie bereitete schon was für‘s Mittagessen vor und drehte sich ganz erschrocken um, als ich reinkam.
„Guten Morgen wär’ die falsche Begrüßung, nicht?“, fragte ich, „es ist gestern Abend ein bisschen später geworden...“
Sie sah mich nur an.
„War es ein furchtbarer Schock für Sie?“, fragte ich. „Ich sollte mich jetzt wahrscheinlich entschuldigen, aber ... ich kann es nicht. Ich liebe Jan.“
Sie errötete. „Lieben ...“, murmelte sie verlegen, „Sie sind doch auch ein Mann.“
„Ja“, sagte ich, „trotzdem ... es war schon immer so bei mir.“

„Was haben denn Ihre Eltern dazu gesagt?“, fragte sie und „Wollen Sie noch Kaffee?“
„Danke“, sagte ich, „mach’ ich mir schon ... meine Eltern? Meinen Vater kenne ich nicht ... und meine Mutter hat es akzeptiert! Von Anfang an.“
Ich machte mir Joghurt und Apfel und schüttete noch ein paar Haferflocken rein. Sie sah mich von der Seite an.
„Sie sollten ein bisschen mehr essen“, sagte sie, „Sie sind so dünn.“

Sie trank noch einen Kaffee mit.
„Mein Mann wird es nicht verstehen“, sagte sie, „niemals.“
„Und Sie?“, fragte ich sie.
Sie sah in ihre Tasse.
„Ich habe nichts gegen Sie“, sagte sie, „wenn Jan Sie doch so sehr mag.“ Sie sah hoch. „Und die Kinder auch ...?“
Das war doch zumindest ein Anfang.

„Ich hole Lily ab“, sagte ich nach meinem Frühstück, als sie auf die Uhr sah.
„Ach ja“, sagte sie, „das wäre nett!“

Wir waren in der Nacht natürlich in Jans Bus gefahren und ich musste mich beeilen, weil ich kein Auto hatte.„Nick!“, schrie Lily begeistert, als sie mich sah und ich nahm sie in meinen Arm und drückte sie an mich. Lily ist ‘ne niedliche Göre und ich hab’ sie total gern. Sie hat mich, glaube ich, auch ins Herz geschlossen.
Die Kindergärtnerin begrüßte mich freundlich.
„Auch mal wieder da?“, fragte sie.
„Ja“, sagte ich, „und die nächste Zeit auch!“
Sie sah mich überrascht an, sagte aber nichts dazu.
Lily saß auf meinen Schultern und sang laut ein neues Lied.
„Ist Oma noch da?“, fragte sie mich, als wir um die Ecke bogen.
„Ja“, sagte ich , „sie kocht gerade was Feines!“
Die Nachbarin von gegenüber sah mich durchdringend an. Ich winkte ihr freundlich zu, sie drehte sich irritiert weg.
Alter Drachen. Dann eben nicht!

Lily erzählte ihrer Oma, was alles so im Kindergarten gelaufen war und ich rief derweil bei meiner Chefin an, um für die nächste Woche alles zu klären.
Als ich wieder ins Wohnzimmer kam, saß Christoph am Tisch. Er hatte früher Schluss, weil was ausgefallen war. Irgendwie hatte ich davor am meisten Bammel gehabt.
„Hallo Christoph", sagte ich und wir sahen uns an.
Ich konnte förmlich sehen, wie's in ihm arbeitete.
Sein Vater und ich ...
„Hi, Nick", sagte er, dann: „Hast du heute Nachmittag ein bisschen Zeit? Zwei Kumpel kommen vorbei, wir wollen ein bisschen Fußball spielen ... ich meine nur ..."
„Klar", sagte ich und war echt froh, „total gern!"
Er sah mich an und ich wusste, er hatte es akzeptiert.
Mann, war das ein Gefühl!

Katharina, die eine Stunde später kam, begrüßte mich erfreut.
„Nick! Schön, dass du wieder da bist", sagte sie in Gegenwart ihrer Oma.
Als wir uns allein auf dem Flur trafen, flüsterte ich ihr zu: „Danke – für vorhin ..." Sie wurde rot und sah mich dann ganz lieb an. „Ich freu' mich wirklich", sagte sie und ich nahm sie in den Arm.

Kevin und Dennis kamen um halb drei und wir zogen los.
Ich merkte, dass ich punkten konnte.
„Wer is'n das?", hörte ich Kevin fragen, als wir wieder zu Hause waren. Christoph sah mich kurz an, dann sagte er: „Ein Freund."
Mehr konnte ich nicht erwarten. Das andere würde noch seine Zeit dauern.

Jan

Es war der erste Abend nach meiner „Offenbarung".
Ich betrat das Wohnzimmer, wo meine Mutter und Nick damit beschäftigt waren, das Abendessen vorzubereiten.
Die Kinder saßen am Tisch und spielten Karten.

Nick schnitt Paprika (was sonst?) und sah mich strahlend an.
Der Tag schien also ganz gut verlaufen zu sein.
„Hi", sagte er zärtlich.
Das war *der* kritische Augenblick schlechthin.
Ich ging auf ihn zu und nahm ihn in den Arm.
Irgendwie wurde es plötzlich ganz still.
Wir küssten uns nicht, hielten uns nur fest.
„Hi", sagte ich auch, „Na? Gibt‘s was Buntes?"
„Er ist viel zu dünn", sagte meine Mutter. „Dein Nick sollte mehr essen!"
Dein Nick.
Mir ging‘s unglaublich gut.

Als ich Lily ins Bett brachte, setzte ich mich noch zu ihr und fragte sie: „Hast du Nick gern?"
„Jaaa!", sagte sie.
„Ich auch", sagte ich ihr, „ich habe ihn ganz doll gern ... er wird hier wohnen, Lily."
„Au ja!", Sie kuschelte sich zufrieden an mich.
„Nick und ich ...", verdammt, wie erklärt man‘s einer Vierjährigen? „... wir haben uns sehr lieb. Weißt du, es gibt Paare, so wie Mama und ich bisher auch eins waren, aber es gibt auch Frauenpaare oder Männerpaare. Nick und ich sind jetzt so ein Paar. Er wird unten bei mir im Schlafzimmer schlafen", sagte ich.
Sie sah mich überrascht an.
„Wie Mama?"
„Ja ... Mama wohnt ja jetzt in Hamburg und du siehst sie so oft wie du magst. Nick wird jetzt bei uns einziehen und mit uns leben."
„Kann ich dann auch kommen, wenn ich böse Träume habe?", fragte sie.
„Aber ja, mein Spatz", sagte ich, „natürlich!"
Hatte sie auch gleich in der darauffolgenden Nacht.
Wahrscheinlich war sie neugierig.

Die kleine Nervensäge Lily!

Ich ging früh ins Bett – ich war völlig erledigt nach der letzten Nacht, schließlich hatte ich nur zwei Stunden geschlafen und war verdammt froh, dass ich mir den Samstag freigenommen hatte – und schlief auch gleich ein.
Irgendwann spürte ich, dass Nick sich neben mich legte.

Am nächsten Morgen, als ich wach wurde, sah ich zu ihm rüber und stellte fest, dass da noch jemand war.
Lily lag in seinem Arm unter seiner Decke und ganz dicht an ihn gekuschelt.

Nick

Lily kam mitten in der Nacht. Sie stand urplötzlich vorm Bett – ich kriegte einen ziemlichen Schock.
„Lily! Was ist los?", fragte ich leise und setzte mich erschreckt mit klopfendem Herzen auf. Ich bin‘s nicht gewohnt, dass auf einmal des Nachts jemand neben mir auftaucht ... das kenn' ich sonst nur aus Horrorstreifen.
War aber alles ganz harmlos. Kein Stephen-King-Kind. Sie hatte kein Hackebeil in der Hand.
„Kann nicht schlafen", sagte sie mit großen Augen und zitternden Lippen, „ein böser Traum!"

„Komm' her", sagte ich und hob meine Decke. Sie krabbelte zu mir und legte sich auf meinen ausgestreckten Arm.
„Schlaf schön", flüsterte ich und küsste sie auf die Stirn. Sie umschlang mich und so schliefen wir ein.
Echt. Das muss man sich mal vorstellen – ich mit 'ner Frau im Bett.

Am nächsten Morgen küsste mich Jan wach.
„Hey", sagte er ganz leise und sehr zärtlich, „betrügst du mich etwa schon?"
Lily wurde wach und strahlte ihren Vater an.
„Nick ist nicht so weich wie Mama", sagte sie, „aber genauso lieb!"
Jan und ich sahen uns nur an.
Das saß. Dieses Kind hatte mich im Sturm erobert.

Jan

Wir liefen an dem Morgen zusammen und als wir zurückkamen, hatte meine Mutter schon Frühstück gemacht.
„Papa kommt heute Nachmittag", sagte sie, „ich wollte dann wieder zurück."
Als wir die Küche aufräumten, fragte ich sie, ob sie meinem Vater schon was erzählt hätte.
„Nein", sagte sie und sie sah mich zweifelnd an.
„Jan ... er wird's nicht verstehen", seufzte sie. „Ich mag ihn ... er ist ein lieber Junge."
Nick war oben bei Katharina.
„Mutti, ich kann's selbst nicht begreifen ... aber versteh doch: Ich liebe ihn!"
Nick kam rein, sah mich fragend an.
„Komm' ruhig rein", sagte ich, „es geht um meinen Vater."

Nick

Sein Vater sollte am Nachmittag kommen. Seine Mutter hatte es ganz gut weggesteckt, aber Jan hatte Zweifel, wie's bei ihm sein würde.

Und es ging ziemlich in die Hose, muss ich gestehen.
Er kam gutgelaunt herein, die Kinder freuten sich, irritiert sah er mich an (wahrscheinlich dachte er, 'was will *der* denn schon wieder hier...?') und begrüßte alle.
Jans Mutter hatte Kuchen gebacken und wir setzten uns hin.
Ich saß neben Jan und fand es äußerst beruhigend, dass wir uns unterm Tisch mit den Beinen berühren konnten.
Wir redeten über Belangloses. Den Verkehr auf der Straße, die Benzinpreise. Sein Vater erzählte von einem Nachbarn, der empörenderweise seine Hecke noch immer nicht geschnitten hatte und ich konnte förmlich spüren, dass Jan wie auf heißen Kohlen saß.
Er wollte noch warten, bis die Kinder rausgegangen waren. Chris und Katharina begriffen es recht deutlich, als Jan sie groß ansah und bat, doch nach oben zu gehen.
Lily alberte noch herum, aber Katharina lockte sie mit sich fort, indem sie ihr versprach, sie mit ihrem Puppenhaus spielen zu lassen. Normalerweise ist das nämlich für Lily tabu.
Jans Mutter wurde zusehends nervöser und sie fing an, Unruhe zu verbeiten und den Tisch abzuräumen.
„Lass' doch", sagte Jan, „das machen wir nachher."
Er räusperte sich und sah seinen Vater an.
„Papa ... es gibt eine Neuigkeit", begann er und der sah ihn interessiert an.
„Nick ist mein Freund", sagte er ohne große Ankündigung.
Sein Vater guckte erst mich an, dann ihn. Er verstand nicht.
„Wir sind zusammen. Nick wird hier wohnen ... mit mir leben. Er ist schwul." Jan lachte kurz auf. Ein verlegenes Lachen.
„Und ich bin's jetzt auch … sozusagen."
Jetzt verstand er.
Er lehnte sich im Stuhl zurück und sah uns abwechselnd an.

In seinem Blick war zuerst ungläubiges Erstaunen, was dann in fassungsloses Entsetzen überging.
„Wie bitte?“, fragte er und ich konnte ihm seinen Ekel förmlich ansehen.
Ich fühlte mich ziemlich beschissen unter seinem angewiderten Blick. War ja klar, dass er mir zwangsläufig die Schuld geben musste.
„Ich habe mich in Nick verliebt“, sagte Jan. Ich fand‘s mutig.
„Ich kann mir vorstellen, dass es schwierig ist für dich, das zu verstehen, aber …“
Sein Vater stand auf, ohne Jan weiter zu beachten.
„Heidrun?“, fragte er, „sind deine Sachen gepackt?“
Jans Mutter sah ihren Mann an.
„Günther“, begann sie, „warte noch ...“
Sie sah mich um Verzeihung bittend an und dieser Blick von ihr tat mir gut.
„Heidrun. Bitte“, sagte sein Vater ungeduldig und mein Jan sah starr auf den Tisch.
Er schien so weit weg zu sein und ich bedauerte ihn.
„Jan“, sagte ich leise und er guckte mich traurig an.
„Nick“, sagte er, „es tut mir so leid für dich.“

Jan

Mein Vater hatte sich einfach unmöglich benommen.
Keine Diskussion.
Nur abblocken.
Ignorieren.
Es tat mir in der Seele weh für Nick. Wie musste er sich gefühlt haben?
Wie ein Aussätziger.
Mein Vater verließ sofort den Raum und meine Mutter sah mich hilflos an. Nick und ich standen auf, ich zog ihn an mich und er guckte so überrascht und glücklich, dass ich ganz gerührt war und mir ganz warm wurde.

Hatte er etwa gedacht, es wäre mir jetzt peinlich wegen meines Vaters?
„Es ist nicht leicht für ihn", versuchte meine Mutter ihn zu entschuldigen. Sie war unglücklich darüber, wie's gelaufen war.
Dann sah sie Nick an.
„Ich mag Sie", sagte sie warmherzig, „es fällt mir zwar auch schwer, es zu verstehen, aber ..."
Nick ließ mich los und umarmte sie.
Meine Mutter hatte Tränen in den Augen, ich sah es genau.
„Jan", sagte sie mir, als ich sie danach auch in den Arm nahm, „ich wünsch' dir ... viel Glück ... euch beiden!"

Er war bereits im Auto. Saß da und starrte auf den Tacho.
„Willst du dich nicht wenigstens noch von den Kindern verabschieden?", fragte ich ihn.
Er würdigte mich keines Blicks mehr.

Lily kam runter.
„Fahren Oma und Opa schon?", fragte sie überrascht. Ich nahm sie auf den Arm.
„Ja", sagte ich, „sie haben noch was zu tun zu Hause."
Sie machte sich los von mir und rannte zu meiner Mutter. Die nahm Lily liebevoll in den Arm.
Auch mein Vater drückte sie noch.
Nick war im Haus geblieben.
„Schade", sagte Lily, als sie fuhren.
„Ja", sagte ich und hatte das Gefühl, dass eine Tür zugefallen war, die sich nur sehr schwer wieder würde öffnen lassen.
Wenn überhaupt.

Nick

Katharina war inzwischen nach unten gekommen.
Sie sah mich nur fragend an. Ich hob die Schultern.
„Nicht so gut", sagte ich. Jan und Lily kamen wieder rein. Er sah Katharina und seufzte.

„Mein Vater ist nicht so tolerant wie ihr.“ Christoph stand mittlerweile auch auf der Treppe.
„Tut mir leid“, sagte Katharina.
„Heute Abend fahren wir essen“, sagte Jan. „Ich muss raus.“

In der Pizzeria saß Christoph neben mir.
„Dennis und Kevin finden das Bild von Spiderman echt stark“, sagte er, „und sie finden auch, dass du total gut Fußball spielen kannst ...“ Das war seine Art, mir zu zeigen, dass er mich mochte.
„Und ich finde, du spielst viel besser als Kevin“, sagte ich ihm.
Er strahlte mich an. „Echt?“, fragte er.
„Hab’ ich schon mal gelogen?“, fragte ich ihn. Er knuffte mich in die Seite.

Jan

Die Kinder gaben sich besondere Mühe an dem Abend, es uns so nett wie möglich zu machen.
Die Großen spürten genau, dass Opa es nicht akzeptiert hatte und ich deswegen ganz schön mitgenommen war.
Wieder zu Hause setzten wir uns noch zusammen ins Wohnzimmer.
Lily kroch auf Nicks Schoß und schmuste mit ihm. (Das hat sie von Anfang an mit ihm gemacht, obwohl sie sonst bei Fremden immer sehr zurückhaltend ist und sie ihre Zeit braucht, um aufzutauen.)
„Schläfst du wieder bei Papa?“, fragte sie.
„Darf ich?“, fragte Nick.
Katharina lachte.
„Und wenn ich wieder einen bösen Traum habe...?“, fragte Lily.
„Heute nicht“, sagte ich und sah Lily durchdringend an.
„Du willst nämlich bloß wieder bei Nick schlafen.“
„Ja!“, rief Lily.
„Er ist nicht so heiß wie du“, sagte sie treuherzig.

Nick

Sie waren echt süß.
Gingen früh nach oben, Katharina hatte Jan angeboten, Lily ins Bett zu bringen.
Als Christoph noch mal reinkam, um sich Mineralwasser zu holen, klopfte er sogar diskret an.
Wir standen gerade draußen auf der Terrasse und rauchten eine.
Er kam raus zu uns.
„Gute Nacht“, sagte er zu Jan. Der zog ihn kurz an sich. „Schlaf gut, Großer“, sagte er.
Chris sah mich danach an.
„Bis morgen“, sagte er und hielt mir seine Hand hin. Ich schlug drauf, dann er, das übliche Ritual. Heute zögerte er danach noch.
„Nacht“, sagte er und sah mich wieder an.
„Schlaf gut“, sagte ich und fuhr ihm durch die Haare.
Er grinste zufrieden.

„Sie mögen dich“, sagte Jan, als er die Terrassentür schloss.
„Ich sie auch“, sagte ich.
Wir nahmen uns in den Arm.
„Ach, Nick“, sagte er, „das mit meinem Vater ...“
„Er braucht vielleicht Zeit“, sagte ich.
Er sah mich an.
„Nein“, sagte er, „ich kenn’ ihn ... aber das ist mir egal, hörst du? Dann ist es eben so.“
Wir küssten uns.
Katharina kam rein.
„Oh ... Verzeihung“, sagte sie und wir fuhren ertappt auseinander.
War halt alles noch ein bisschen neu und ungewohnt für alle Beteiligten. Sie sah uns verlegen an.
„Lily ist im Bett. Sagst du ihr noch gute Nacht?“
Jan ging hoch.
„Warte“, sagte ich, als sie gehen wollte, „du ... ich wollt’ nur sagen ... ihr wart total nett heute ... Danke.“
Sie sah mich mit ihren dunkelgrauen Augen lange an.
„Ich find‘s jedenfalls schön, dass du da bist“, sagte sie und ging.

Jan

Sonntag Mittag waren wir mit Renate und Michael verabredet.
Für Nick und mich hieß er nur 'Tati' .
Wir hatten Brunch geplant.
Renate wollte eine Quiche mitbringen und einen Kuchen, wir sollten für Brötchen, Kaffee und Obst sorgen.
Es war schön, auszuschlafen. Lily hatte Erbarmen mit uns und blieb die Nacht tatsächlich oben. Wir schliefen am Abend miteinander und am Morgen wieder.
Ich wachte zuerst auf und sah ihn neben mir liegen.
Meinen Nick.
Mit seinen blondgefärbten Haaren.
„Wie siehst du denn in echt aus?", hatte ich ihn gefragt.
„Öde", sagte er.
Ich lachte. „Du bist eitel ... aber mach' ruhig, es steht dir. Ich find's gut!" Dann erzählte ich ihm von dem Telefonat mit Uli, als der mir sagte, Dietlinde hätte ihm die Haare gemacht.
„Ich dachte schon, du hättest sie dir aus Protest grün oder lila gefärbt."
„Und?", fragte er neugierig. Das war in der Nacht auf Freitag, nach der Disco.
„Das wär' mir so egal gewesen", gestand ich ihm, „echt."

Ich umschlang ihn und küsste seinen Nacken. Stöhnend wurde er wach und streckte sich.
„Au ja", sagte er verschlafen und grinste, „komm', mach', ... benutz' mich!"
Was für eine Aufforderung!
Ich gehe total gern mit ihm ins Bett.
Wir haben bloß viel zu wenig Zeit dafür.

Nick

Nach einem wundervollen Morgen auf unserer Spielwiese im Schlafzimmer kamen Renate und Tati um zwölf, wie abgemacht. Großes Hallo und Lily freute sich über den Teddy, den Tati für sie mitgebracht hatte.
Jan und ich warfen uns einen Blick zu.
„Bestechung?“, fragte er mich leise, als wir ins Wohnzimmer gingen.
„Und die Großen?“, fragte ich.
„Geld und Schokolade”, raunte er mir zu.

Wir hatten geplant, unser Outing nach dem Essen in Ruhe angehen zu lassen.
Lily machte uns einen Strich durch die Rechnung.
Mitten im Essen platzte sie los:
“Nick schläft bei Papa im Bett! Ganz nackt!“
Sie hatte mich am Vormittag so erwischt, die kleine Kröte!
Renates Gabel klirrte auf den Teller und sie starrte mich großäugig an.
Das war nichts Neues mehr für mich. In jener Zeit taten es die Leute des öfteren.
„Wie bitte?“, fragte sie.
Ich sah Christoph und Katharina miteinander tuscheln und kichern.
Jan nahm sich noch ein Stück Quiche.
„Die ist gut“, sagte er, „ist das schwer, die hinzukriegen?“
„Was?“, fragte sie jetzt.
„Na ... die Quiche ... krieg’ ich die auch hin?“
„Ein Mürbeteig“, sagte Tati eifrig, „und obendrauf ...“
„Ach, lass’ doch“, wies sie ihn ärgerlich zurecht, „was hat Lily gerade gesagt?“
„Lily? Ach so!” Jan lachte sie unbefangen an.
„Ja, das wollte ich dir noch sagen. Also Nick und ich ... wir sind zusammen.“
Renate kriegte ihren Mund nicht zu und sah in die Runde.
„Das ist jetzt ‘n Witz, nicht? Das glaub’ ich nicht.“

„Doch“, sagte Jan und ich wunderte mich, dass er so ungerührt weiteressen konnte.
„Hast du die Quiche schon probiert?“, fragte er mich.
„Ja, war lecker ... kann man wahrscheinlich auch mit Gemüse machen“, sagte ich. Er beugte sich zu mir rüber und küsste mich gutgelaunt.
„Ach, du!“, sagte er und lachte schon wieder, „immer was Buntes!“
Da erst begriff sie.
„Jan! Seit wann?“
Er musste Farbe bekennen.
„Also doch“, sagte sie und sah mich funkelnd an.
„Als Katharina mir sagte, dass du schwul bist ... da hab’ ich was geahnt ... allerdings hatte ich gedacht, das wäre platonisch von deiner Seite aus und Jan schnallt‘s gar nicht ... nein! Ich glaub’ es nicht! Mein Ex wird zum Homo!“

Jan

Ich hatte natürlich gewusst, wie Renates allgemeine Einstellung zum Thema Homosexualität war und von daher konnte ich mir auch nicht vorstellen, dass sie es verurteilen würde. Andererseits war ich immer noch ihr Mann und ich hätte eine gewisse Irritation auf ihrer Seite normal gefunden.
Dass sie es dann aber so locker nehmen würde, hatte ich nicht vermutet.
Aber es erleichterte mich ungemein. Nach dem traurigen Abgang von meinem Vater am Tag zuvor war das ein echtes Highlight.
Wir gingen nach dem Essen spazieren und ich fragte mich, was die Leute in der Nachbarschaft wohl denken mochten, als sie uns da entlanggehen sahen.
Nick hatte Lily auf seinen Schultern und neben ihm ging Katharina. Christoph erzählte seiner Mutter von dem bald stattfindenden Fußball-Turnier und Michael und ich unterhielten uns über das Hochbett, das Lily bei ihrer Mutter kriegen sollte.

Er ist gar nicht verkehrt. Wirkt nur ein bisschen umständlich, aber ist ansonsten echt in Ordnung.
Sie blieben den ganzen Tag, abends kochten wir noch zusammen. 'Tati' hatte mittlerweile auch Lilys Herz erobert, indem er sich bereit erklärte, auf dem Teppich im Wohnzimmer ihr Reitpferd zu geben. Kichernd ritt sie mit ihm um den Couchtisch, seine Krawatte als Zügel zweckentfremdet. (Immer mit Krawatte. Ich hätte nie geglaubt, dass es Männer gibt, die *gern* Krawatten tragen.)
Nick, der in dem Moment reinkam, sah die beiden, guckte mich groß an und dann drehte er sich schnell wieder um und verschwand.
„Ich komm' gleich wieder", sagte ich zu Renate, die gerade unsere Vorräte für's Abendessen inspizierte.
Nick saß auf unserem Bett und hielt sich vor Lachen den Bauch.
Ich warf mich neben ihn.
„Er ist doch echt 'ne komische Nummer, was?", fragte ich ihn.
„Hör' auf, ich hab' mich grad wieder halbwegs beruhigt ... ich musste rausgehen, es wär' mir sonst peinlich gewesen, im Wohnzimmer zusammenzubrechen!" Er kriegte sich gar nicht wieder ein.
Ich stand auf und hielt ihm meine Hand hin, zog ihn hoch.
Er umschlang mich.
„Ist doch toll von Renate, dass sie's so aufnimmt, nicht?", fragte er zärtlich und begann meine Hose zu öffnen.
„Hm ... Nick ... ey ... hör' auf ... jetzt nicht!"
Er grinste mich schräg an.
„Ich wollt' bloß mal fühlen, ob alles richtig an seinem Ort sitzt", sagte er.
Sagte ich schon, dass es toll ist mit ihm?

Nick

Jan liegt entspannt in der Wanne. Ich sehe ihn ein bisschen neidisch an. Wären wir jetzt allein, säße ich auch mit drin. Gemeinsam baden ist geil! Was man da alles machen kann ...
So aber gehe ich bedauernd raus, um mit den Kindern zu frühstücken.
Zufrieden betrachte ich die große Obstschale mit Äpfeln, Birnen und Bananen, die auf dem Tisch steht.
Katharina steht noch in der Küche und löst das Fruchtfleisch aus den rosa Grapefruits. Das mit Haferflocken und Cornflakes zum Frühstück ist echt lecker.
Ich stelle mich dazu und mache mit.
Als ich hier einzog, musste ich diesbezüglich erst mal ein paar Neuerungen einführen. Diese Familie hatte eindeutig zu wenig Obst und Gemüse gegessen.
Marmeladentoasts zum Frühstück!
Igitt.
Oder Nutella, Lilys Dauerbrenner.
Hin und wieder zu besonderen Anlässen ist gegen Nutella ja nichts einzuwenden, sie kann sogar erotisierende Wirkung haben, aber ...
„Ich mag aber kein Obst!“
„Ich mach’ dir ‘n netten Teller zurecht, du guckst erst mal, dann isst du vielleicht doch was!“
Lily und ich diskutierten anfangs jeden Morgen.
Also ließ ich mir was einfallen.
Bananen als Augen, Apfelscheiben als Augenbrauen, eine kleine halbe Birne als Nase, ein paar Pfirsichspelten als Mund. Das Ganze auf ‘nem großen Teller, Sonnenblumenkerne bildeten die Haare, ein paar Mandeln die Ohren.
Ich war stolz auf mein Kunstwerk.
Lily juchzte vor Begeisterung. Und aß alles auf.
Heute bekommt sie ihre Obstportion in Dackelform serviert.
„Du gibst dir echt Mühe, Nick“, sagt Christoph anerkennend, der mir über die Schulter sieht, „aber ich glaube, inzwischen isst sie‘s sogar gern!“

Jan

Wie schön! An diesem Wochenende liegt nichts an, außer dem Fußballspiel von Christoph!
Katharina fährt mit Lily zu Renate, wir drei Männer werden‘s uns gemütlich machen.
„Vielleicht kommt Josy noch“, hatte Nick mir gestern gesagt, „er wusste noch nicht, ob er kann. Ich sag’ erst mal nichts zu Chris, sonst ist er enttäuscht, wenn‘s doch nicht klappt.“
Josy heißt eigentlich Joachim Schmidt, ist von Berufs wegen Gärtner und Nicks bester Freund.
Er ist ganz normal, also Hetero und er und Nick kennen sich mittlerweile fünfzehn Jahre.
Sie lernten sich natürlich beim Fußballspielen kennen, da waren sie noch Kinder. Josy ist mit Abstand der netteste und ruhigste Typ, den ich kenne.
Zwei Meter groß, mindestens hundert Kilo schwer und eine echte Seele von Mensch.
Und er hält zu Nick wie kein anderer.
„Nick ist wie‘n Bruder für mich“, hatte er mir irgendwann am Anfang mal gesagt, „und wer was gegen ihn hat ...“ Das war ein regelrechter Ausbruch von Gesprächigkeit bei ihm.
Josy ist kein Typ, der viele Worte macht.

Meine Kopfschmerzen sind weg. Ich tauche unter und wasche mir die Haare, danach steige ich raus.
‘Essen? Vielleicht ein bisschen Obst’, denke ich.
‘Nick hat uns ganz schön umerzogen.’ Aber es ist anders als Renates damalige Vollkornphase. Bei ihm ist‘s echt. Er isst es einfach total gern und irgendwie hat er uns damit angesteckt.
Morgens gibt‘s jetzt immer ganz viel Obst und abends oft Salat. Rohkost sowieso.
Deswegen nimmt er ja kaum zu.
Aber er ist trotzdem kräftig und durchtrainiert.
„Ich find schlaffe Typen schrecklich unerotisch, also die, die keinen Sport machen!“ Die Bemerkung hatte er im Urlaub gemacht.

Ich spiele wieder Fußball und alle zwei Wochen jetzt auch Tennis. Und laufe, wann immer ich es mir einrichten kann.
Mit Nick natürlich.
Seit dem Sommerurlaub habe ich fast acht Kilo abgenommen.
Ich habe wieder einen richtigen Waschbrettbauch. Sagt er.
„Echt? Acht Kilo hattest du mehr drauf im Urlaub? Ich fand dich da schon umwerfend sexy“, sagte Nick neulich kichernd, als wir uns im Bett wälzten, „aber stimmt, ich kann jetzt wieder atmen, wenn du auf mir liegst!“
Er ist rotzfrech, der Lümmel.
Manchmal bekomme ich direkt Lust, ihn zu züchtigen ...

Unverhofftes Wiedersehen

Jeff Goldblum im Alten Land? – Ein italienischer Schwede – Nudeln mit Pesto

Nick

Ich habe gerade die Cornflakes über meine Grapefruit-Stückchen gestreut, da klingelt's.
Katharina und ich sehen uns augenblicklich genervt an.
Es ist immer unser gemeinsamer Gag, na ja, eher 'ne Horrorvorstellung, dass wer klingelt, wenn die Cornflakes gerade mit Milch getränkt sind oder wie jetzt, in Grapefruitsaft baden. Wir mögen Cornflakes eben nur knackig.
„Grr", knurre ich, „hoffentlich ist's nur die Post!"
Ich gehe zur Tür und öffne.
Der Typ, der da mit dem Rücken zu mir steht, dreht sich jetzt um.
„Äh ... ich glaube, ich habe den Zaun vom Nachbarn ein bisschen gestreift", sagt er.
'Jeff Goldblum', denke ich, 'wie aus 'm Gesicht geschnitten!'
Die Kinder sind plötzlich auf dem Flur und Jan taucht jetzt auch mit Handtuch um die Hüfte aus dem Badezimmer auf.
„Martin?", fragt er verblüfft, „du?"

Martin. Oder Jeff Goldblum?

Jeff Goldblum macht einen Satz auf Jan zu, wobei er den Müll umreißt, den ich vorhin, kurz vorm Joggen, neben die Tür gestellt habe. Leider habe ich vergessen, die Tüte in die Tonne zu schmeißen, als ich vom Bäcker kam.
'Na super', denke ich.

Der angebliche Martin herzt und drückt meinen Jan, dass ich ganz große Augen kriege.
Jan hält verzweifelt sein Handtuch fest.
„Mir bist nur du eingefallen!" Der Fremde, der mir offiziell noch nicht vorgestellt wurde, hat meinen Liebsten bei den Schultern gepackt und schüttelt ihn energisch. „Du hast sicher ein bisschen Zeit!"
'Wofür?', denke ich.
„Dann hol' doch erst mal deine Sachen rein", sagt Jan und Jeff G. nickt eifrig.
„Mach' ich", sagt er und als er sich umdreht, hat sich an seiner Hose, die am Gürtel lauter Gedöns hat, Kette mit Schlüssel, Handytasche, ein Schweizer Taschenmesser, sehe ich auch, Jans Handtuch verklemmt und der steht im nächsten Moment splitterfasernackt da.
„Oh, Pardon", sagt Goldblum verlegen und reicht es ihm zurück.
Beim Rausgehen latscht er übrigens noch in den Haufen Müll, den Christoph gerade wieder zusammengekehrt hat.
Was sind schon labberige Cornflakes dagegen?
Also bitte, ja?

Jan

Hab' ich was vom ruhigen Wochenende geredet?
Da wird nichts draus.
Martin ist da.
Mein guter alter Freund Martin.
Bis zur 10.Klasse saßen wir nebeneinander, dann ging ich ab und machte die Lehre und er sein Abi. Danach studierte er irgendwas

Literaturmäßiges, er war halt schon immer ein Bücherwurm gewesen.
Und tierisch ungeschickt war er offensichtlich immer noch.
Schon in der Schule wurde er in der Sportstunde immer zuletzt gewählt, nicht weil er so unsportlich war – nein! Die Figur hatte er ja, und dumm stellte er sich nicht an.
Es war nur ... also er vergaß manchmal die einfachsten Zusammenhänge.
Zum Beispiel, dass man den Fußball nur ins *gegnerische* Tor schießt.
Oder beim Staffellauf die Staffel mitnimmt, die einem der vorletzte Läufer mit heraushängender Zunge aufzudrängen versucht (Martin war ganz schön schnell).
Lauter unwichtige Dinge eben. Oder die Messbänder vergisst, die man nun einmal braucht, um bei den Bundesjugendspielen die entsprechenden Werte zu ermitteln. (Die ganze Schule musste warten.)
Er war kaum bei uns im Flur, schon herrschte Chaos.
„Oh, nein“, sagt Chris und verzieht sein Gesicht, „wer ist das denn?“ Er kniet neben der matschigen Bescherung.
Martin ist gerade rausgegangen.
„Jeff Goldblum“, sagt Nick und Katharina boxt ihn an die Schulter.
„Dachtest du das auch? Also ehrlich, total ähnlich!“
„Ob der auch gleich den Müll umtritt, wenn er Russell Crowe besucht?“, fragt Nick und bückt sich, um Christoph zu helfen.
„Ich zieh' mich schnell an“, sage ich.
„Ach, Jan, warte mal“, sagt Nick, „du, er sagte was davon, dass er den Zaun vom Nachbarn ‘gestreift’ hätte.“ Er sieht mich mit verzweifeltem Grinsen an.
„Was? Oh, Scheiße, ich beeil' mich!“
Ich habe gerade meine Jeans geschlossen, da klingelt‘s.
Streife hastig mein T-Shirt über und gehe auf den Flur.
Herr Oppermann von nebenan steht vor der Tür und Nick dreht sich nach mir um.
„Herr Grewe ... also ... da ist wohl ein kleines Missgeschick passiert.“

Hübsch untertrieben. Sein Eckpfosten ist gänzlich umgeknickt, der Jägerzaun zu beiden Seiten hängt nun haltlos bei ihm im Garten.
Frau Oppermann steht kopfschüttelnd da.
Martin ist ganz bestürzt und sagt immerzu „oh, wie peinlich ... tut mir wirklich leid ... ich komme natürlich für den Schaden auf!"
Die neugierige Melzer ist natürlich auch schon da und tuschelt mit der alten Frau Oppermann. Ihr Dackel kläfft empört, weil Frauchen ihn im eigenen Garten allein gelassen hat.
„Herr Oppermann", sage ich, „ich hab' bestimmt noch einen Holzkanten da, mit dem ich das Schlimmste wieder beseitigen kann, soll ich mal nachsehen?"
„Ach, Herr Grewe, wär' das möglich? Also mich stört's ja nicht und ich weiß ja auch, dass alles wieder hergestellt wird, aber meine Frau tät sich bestimmt freuen. Edeltraut!", ruft er ihr zu, „Herr Grewe repariert's!"
Ich eile erst mal ins Haus, um mir Strümpfe anzuziehen, ich stand nämlich in Badelatschen draußen. Einen Pulli ziehe ich auch über.
„Was hast 'n vor?", fragt mich Nick bei uns im Flur.
„Jeff Goldblum trinkt gleich Kaffee ... äh, ich würd' auch gern mal was essen", sagt er und hält sich den Bauch.
„Tu' das", sage ich, „ich geh' mal eben in den Schuppen, um nachzugucken, ob ich's für's Erste wieder reparieren kann!"
„Das ist nicht dein Ernst ... warum?"
„Weil sich die alte Edeltraut Oppermann sonst ins Hemd macht heute Nacht. Zaun kaputt, ich bitte dich!"
„Das ist'n Jägerzaun, da pisst sogar der Melzer-Dackel drüber!"
„Egal. Ich kenn' sie. Nick, fang' schon an zu essen, ich glaube, frische Luft tut mir eh gut jetzt."
Er grinst. „Was machen deine Kopfschmerzen?"
Ich küsse ihn kurz. „Sind weg ... dank dir, mein Schatz. Das Aspirin und das Bad taten gut!"
„Ich hätte gern mit dir gebadet", sagt er seufzend, „haben wir schon lange nicht mehr gemacht."
Im Wohnzimmer ein Poltern.
„Du, ich pass lieber auf Martin Goldblum auf, okay?", sagt Nick in komisch gespielter Verzweiflung und wendet sich zur Wohnzimmertür.

„Äh ... wie lange bleibt er?“
„Keine Ahnung“, sage ich.

Nick

Jan repariert also den Zaun, den dieser Volltrottel mit seinem Volvo umgenietet hat. Diese Rieseneinfahrt zu verpassen ...! Der schießt bestimmt auch die Elfmeter am Tor vorbei.
Ich gehe ins Wohnzimmer, um nachzusehen, was da passiert ist.
Bloß die Vase, die auf dem Tresen zur Küche stand.
Ach so, ich dachte, es wär' was Schlimmes.
Katharina taucht mit den Scherben auf und während sie die in den Müll wirft, sagt sie leise:
„Ich hab' deine weichen Cornflakes rausgepult.“
„Danke“, sage ich, „du bist ein Goldschatz, Katharina! Aber auch sehr pfiffig eingefädelt, muss ich zugeben. Auf diese Weise hab' ich bei dir noch 'ne Rechnung offen ...“, schicke ich hinterher, damit sie nicht gleich wieder verlegen wird. Das klappt immer prima, sie funkelt mich sofort übermütig an. „Ich werde mir schon was überlegen“, sagt sie nachdenklich. „Das befürchte ich ja“, gebe ich hilflos zu. Wir grinsen uns an, dann frage ich Martin: „Kaffee? Brötchen?“
„Ja, gern!“, sagt er erfreut und nimmt sich gleich ein Sesambrötchen. Katharina war schon so aufmerksam und hat ihm Tasse und Teller hingestellt.
Endlich kriegt auch mein armer Magen Nahrung.
Jan kommt nach ‘ner Viertelstunde rein.
„So, das langt für‘s Erste“, sagt er und setzt sich neben mich. Martin isst schon das zweite Brötchen (Mohn), ich löffle an den letzten Grapefruit-Stückchen mit knusprigen Cornflakes.
„Ess' ich heute auch“, sagt Jan und schielt in meine Schüssel.
„Ich helf' dir“, sage ich, „dann können wir noch zusammen essen.“
„Danke, du bist ein Engel“, sagt Jan.

„Wie immer, gell?“, frage ich. Er zwinkert mir gutgelaunt zu und kneift mir für die anderen nicht sichtbar hinterm Küchentresen in den Hintern. „Aua“, sage ich . „Was fällt dir ein? Pfoten weg!“
Martin sieht uns freundlich lächelnd an und beißt in sein mittlerweile drittes Brötchen. Eins mit Sonnenblumenkernen.
„Wo ist denn eigentlich Renate?“, fragt er mit vollem Mund. „Die hab' ich ja noch gar nicht gesehen!“
„Wir haben uns getrennt“, sagt Jan heiter und umschneidet Dreieck für Dreieck seine Grapefruit.
„Was?“, ruft der falsche Jeff Goldblum erschüttert. Ich bin erstaunt, dass dabei nichts zu Bruch geht.
„Mein Gott, Jan ... dann geht‘s dir ja wie mir! Mathilde hat mich auch verlassen!“
Jan legt sein Messer hin.
„Mathilde hat dich verlassen?“
Jeff Goldblum sieht auf einmal völlig fertig aus.
„Ja, und das, bevor sie mein neues Manuskript abgetippt hat. Dabei ist das Buch schon so gut wie fertig, ich lese schon das dritte Mal Korrektur!“
Verstehe. Sie hat ihn im unpassenden Moment verlassen, wie rücksichtslos. Sehe rüber zu Jan.
Der guckt auf einmal sehr nachdenklich.

Jan

Mathilde!
Vor zwanzig Jahren war ich mal ganz schön in sie verknallt und habe mir echt Mühe gegeben, sie Martin auszuspannen. Der hatte das natürlich nie mitgekriegt.
Er war halt schon immer etwas weltfremd und wunderlich.
Ich erinnere mich an diese eine Fete da, wo er mit dem Vater des Gastgebers über irgendein grottenlangweiliges neuerschienenes Buch zu diskutieren begann.
Wir wollten eigentlich bloß 'Hallo' zu den Eltern sagen und dann in den Keller gehen, wo die Party stattfand.

Ich hatte Martin und Mathilde abgeholt und schon auf der Fahrt schielte ich immer wieder auf Mathildes lange braune Beine. Sie trug einen unglaublich kurzen Rock und sah umwerfend gut aus.
Sven, der Gastgeber, hatte uns geöffnet und gesagt: "Schön, dass ihr da seid, geht schon mal nach unten!"
Svens Vater ging über den Flur, wir sagten artig 'N'Abend', da sah Martin das Buch in dessen Hand und er sprach ihn darauf an.
Es wäre unhöflich gewesen, sich davon zu stehlen, es ging einfach nicht. Svens Vater war so überrascht, dass Martin dieses Buch kannte und schon legten sie los.
Mathilde sah mich mit ihren großen braunen Augen starr an und ich hob hilflos die Schultern. Während also Martin mit dem Vater redete und redete, standen wir daneben und heuchelten einen interessierten Gesichtsausdruck. Irgendwann klingelte es und Mathilde und ich eilten erlöst zur Tür. Ein paar Freunde kamen und wir nutzten die Gelegenheit, mit in den Keller zu huschen.
„Und Martin?", fragte sie mich unten.
„Kommt sicher bald", tröstete ich sie.
Ich forderte sie pausenlos auf und legte mich ins Zeug, um sie aufzuheitern. Irgendwann ging ich zu Olaf, der die Musik machte und raunte ihm zu: „Ey, spiel doch mal was Langsames ..."
Er grinste und fragte. „Was? Jetzt schon? Na gut, weil du's bist."
Und zu 'Nights in white satin' von den Moody Blues tanzte ich eng umschlungen mit Mathilde.
Zuerst redete sie ganz viel und kicherte so herum, aber dann legte sie ihren Kopf auf meine Schulter und ich zog sie ganz dicht an mich und dachte: 'Spätestens jetzt weiß sie, wie's um mich *steht.*'
Im wahrsten Sinne des Wortes.
Es schien sie nicht abzuschrecken, sie schmiegte sich vielmehr noch dichter ran und ich begann sie zu streicheln und ihr den Hals abzuküssen. Mathilde war ganz schön groß.
„Jan", flüsterte sie, „was machst'n da?"
Aber es war mehr rhetorisch. Außerdem merkte sie ja, was ich tat.
Wir setzten uns dann in eine Ecke und fingen wie wild an zu knutschen.
Ich hätte sie am liebsten sofort mit nach Hause genommen, um da in Ruhe weiterzumachen, aber sie wollte nicht.

„Ich liebe Martin“, flüsterte sie mir immer zwischen den Küssen zu und ich murmelte „schon klar“, und ließ meine Hände weiter auf Erkundungstour gehen.
Zuerst sträubte sie sich, als ich meine Hand vorn in ihren Slip schieben wollte, sie kniff ihre Beine ganz fest zusammen, aber dann ließ sie mich doch machen.
Mann, war ich heiß.
Sie aber auch.
Und wie.
Und wenn wir allein gewesen wären ...
Sie hockte heftig atmend neben mir und ich hatte das Gefühl, eine viel zu enge Hose zu tragen ...
Martin kam dann übrigens auch noch (es waren mittlerweile über zwei Stunden vergangen!) und ich glaube, für den Rest des Abends machte ich dann mit so ‘ner kleinen Blonden rum, deren Namen ich vergessen habe, obwohl wir nach der Fete noch bei ihr waren ...
Mathilde ist mir danach immer aus dem Weg gegangen und es ergab sich leider auch keine Gelegenheit mehr, dieses verbotene Spiel noch weiterzuführen.
Sie zog mit Martin zusammen nach Heidelberg und ich erfuhr später, dass sie tatsächlich geheiratet hatten.
So. Und nun hat sie ihn verlassen.

„Und jetzt?“, frage ich Martin.
„Könnte ich eine Weile hier bleiben?“, fragt er mich, „damit ich in Ruhe mein Manuskript zu Ende tippen kann?“
Ich wechsle einen Blick mit Nick.
‘Scheiße’, denke ich, ‘eigentlich haben wir keinen Platz mehr dafür.’
Das Gästezimmer hat sich Nick eingerichtet. Sein Schreibtisch und seine Klamotten befinden sich jetzt dort. Das Sofa steht nicht mehr drin. Das haben wir erst letzte Woche zu Renate gebracht. Für die Großen, wenn sie bei ihr übernachten.
Nick braucht ohnehin kein Bett in seinem Zimmer, da er sowieso bei mir schläft.
Christophs Besuchermatratze besitzen wir auch nicht mehr, weil wir die für Lilys Hochbett benötigten.

‘Heute fahren Katharina und Lily zu Renate, da könnte er in Katharinas Zimmer schlafen’, denke ich.
Aber wenn sie wieder da ist, haben wir ein Problem.
Was heißt ‘eine Weile’?
Und wie lang ist das Manuskript?

Nick

Er will sich also für die Dauer seines literarischen Werks bei uns einquartieren.
Jans Gesichtsausdruck entnehme ich, dass er sich auch gerade fragt, wo er denn unterkommen soll?
In meinem Zimmer habe ich mich schon ganz gut ausgebreitet. Mein riesiger Schreibtisch passte rein, ein Regal und dann habe ich mir bei IKEA noch einen neuen schmalen Kleiderschrank besorgt.
Das Zimmer in Hamburg habe ich übrigens nach wie vor.
Ursprünglich wollte ich es ja ganz aufgeben, aber Jan meinte, ich sollte es ruhig behalten.
„Hast du Angst, ich bleibe dir auf der Pelle kleben, wenn’s zwischen uns nicht mehr klappt?“, witzelte ich. Er sah mich ganz erschrocken an.
„Nick, um Gottes Willen ... nein! Ich dachte nur, dass es dir vielleicht manchmal zu viel werden könnte bei uns. Die Kinder und das ganze Chaos hier! Du bist schließlich erst fünfundzwanzig und musstest dich bisher nur um deinen eigenen Kram kümmern!“

Wir lagen im Bett und redeten. Wir kommen immer erst im Bett dazu, in Ruhe miteinander zu reden. (Na ja, wie man‘s nimmt ... stundenlange Gespräche führen wir Gott sei Dank noch nicht, ich würde es aber auch als herbe enttäuschend empfinden. Im Bett Probleme wälzen, wie armselig! Dann muss aber die Temperatur auf dem Lustgradmesser schon arg gesunken sein. Ich sollte so‘n Ding vielleicht mal erfinden und zum Patent anmelden. Und die Einheit heißt dann Zeidler, benannt nach ihrem Erfinder. 90 Grad

Zeidler wäre dann das Optimum für eine frische Liebe. Wenn die Leute 70 Grad halten können, ist ihr Liebesleben in Ordnung. Bei 50 Grad Zeidler pendeln sich dann Beziehungen ab 5 Jahre ein, alles unter 30 Grad ist entweder verkalkt oder aber impotent und frigide.
Ob sich so was verkaufen würde? Wär ja nicht mal'n schweinischer Artikel, den nur Frau Uhse vertreiben könnte.
Meinen 'Lustgradmesser' oder einfach nur LGM könnte man durchaus auch bei Aldi verkaufen ...)

Aber ich bin vom Thema abgekommen.
Wir reden also ab und zu im Bett.
Wenn Jan abends von der Arbeit nach Hause kommt, dann geht's meistens um die Belange der Kinder und wir haben keine Zeit für uns. Das ist natürlich schade, aber das ist nun mal 'ne Tatsache und inzwischen habe ich mich auch daran gewöhnt.
„Außerdem", sagte er dann und fing an, mich zu küssen, „ist dein Zimmer mit dem wunderschönen Bett auch für uns beide eine nette kleine Rückzugsmöglichkeit ... wenn's uns hier allzu sehr nervt."
„Stimmt", stöhnte ich, weil er gerade damit begann, mich auf eine besonders nette Art zu verwöhnen.
„Warum hast du denn noch dieses doofe Hemd an?", fragte er ungeduldig, „komm', zieh's aus!"
„Mir war halt kalt vorhin", entschuldigte ich mich.
Unsere Klamotten flogen aus dem Bett.
Mir war mittlerweile ganz schön warm geworden – 90 Grad Zeidler eben!
Es hätte ewig so weitergehen können ...
Stattdessen Schritte auf der Treppe. Jan sah hoch und ich lag da und dachte nur 'Nein! Bitte nicht! Nicht jetzt! Gib' mir noch fünf Minuten ... ach, was, zwei reichen! Oder womöglich nur dreißig Sekunden ...'
„Jan", flüsterte ich gequält, „mach' weiter ... bitte!"
Schritte auf dem Flur und Jan rutschte schnell hoch und zog die Decke über mich.
Lily platzte herein.

„Da ist eine Spinne an meiner Wand!“, jammerte sie, „eine ganz große!“
Jan seufzte.
„Geh’ zu Christoph, der nimmt sie weg“, sagte er. Katharina schlief an dem Abend bei einer Freundin.
„Der hört Musik und hat abgeschlossen! Papa, komm’!“, drängelte sie.
Ich hatte die Augen geschlossen.
„Bis gleich“, murmelte er und sagte: „Geh’ schon mal hoch, Lily, ich komm’ gleich ...“
„Ich hoffe, ich auch ...“ flüsterte ich entnervt und er lachte und zog seine Shorts über.
„Bleib’ so“, sagte er, „und spiel’ nicht an dir rum ... ich schließ’ dann auch ab, ich versprech’s dir!“
Steh ‘n da nicht die Inder drauf, den Akt als solchen so dermaßen in die Länge zu ziehen?
Also mein Ding ist‘s nicht.
Ich hasse Unterbrechungen beim Sex.

Wo war ich gleich? Ach ja, Martin!
Der atmet erleichtert auf, als Jan sagt, es wäre kein Problem erst mal für‘s Wochenende.
„Katharina ... würdest du dein Zimmer zur Verfügung stellen?“
Die sieht ihren Vater bestürzt an, schluckt, dann aber sagt sie: „Ja ... kein Problem.“ Sie sieht mich mit glasigen Augen an und ich kann ihre Gedanken lesen. Gerade eben macht sie im Geist Inventur, welche Teile in ihrem Zimmer besser außer Reichweite von diesem großen ungeschickten Jeff-Goldblum-Double gerückt werden sollten?
Es gibt da so einiges.
„Ich geh’ schon mal hoch“, sagt sie danach, räumt ihr Gedeck in die Küche und geht hastig raus.
„Ich komm’ gleich wieder“, sage ich zu Jan und stehe ebenfalls auf, „ich ess’ dann aber noch weiter!“
Laufe auch nach oben.
Klopfe bei Katharina.
„Ja!“ In ihrer Stimme schwingt ein verzweifelter Unterton mit.
Ich trete ein und schließe die Tür.

„Nick! Er ist furchtbar! Guck' dich um! Was bring' ich zuerst in Sicherheit?"
Sie hat vollkommen recht.
Sie hat eine Menge Kleinkrams herumstehen. Auf ihrer Spiegelkommode z.B. stehen an die zwanzig verschiedenen Lippenstifte und bestimmt genau so viele Nagellackfläschchen und Parfümflakons. Alles säuberlich aufgereiht.
Im Regal daneben ihre Stein- und Muschelsammlung und ihr Schmuck. Musikanlage und CDs darunter.
Und neben dem Regal auf einem Extra-Tischchen ihr Puppenhaus! Man kann es aufklappen, allerdings ist es schon recht alt und die Scharniere können nicht mehr so viel ab. Man muss sehr vorsichtig damit sein und jeder, der im Zimmer ist, wird ermahnt, nicht dagegen zu stoßen.
Eigentlich ist Katharina für eine Puppenstube schon viel zu groß, sollte man annehmen, aber sie spielt ja nicht damit. Sie sammelt Puppenmöbel. Möglichst naturgetreue Miniaturmodelle müssen es sein, nicht diese einfachen Dinger, die man in Spielzeugläden kaufen kann. Sie müssen echt aussehen, filigran und gut gearbeitet.
Auf Flohmärkten und in Antiquitätenläden hat sie die meisten erstanden. Ihr Sortiment ist schon beachtlich.
Eine unbeherrschte Körperdrehung von dem guten Martin würde ausreichen, um eine Schneise der Zerstörung zu legen.
Sie steht verzweifelt in ihrem Zimmer und breitet die Arme aus.
„Wohin mit allem?", fragt sie.
„Ach, lass' gut sein", sage ich, „wir machen was Besseres: Ich schnapp' mir deine Matratze und leg sie unten in mein Zimmer. Bei mir kann er nichts kaputtmachen ... zumindest nicht so viel."
Sie sieht mich erleichtert an.
„Au ja", sagt sie und wirkt gelöst, „das ist gut!"
„Außerdem sind wir dann quitt wegen der rausgepulten Cornflakes," murmele ich für sie gut hörbar. „Solche Schulden belasten mich immer!"
„Idiot!", sagt sie liebevoll.

Unten klingelt's.
Heute ist der Teufel los.

‘Was jetzt?’, denke ich, ‘hat er etwa noch was angestellt? Wer kommt sich nun beschweren?’

Jan

Martin erzählt von seiner Verblüffung, die er empfand, als er Mathildes Brief entdeckte.
‘Sind wir Männer alle so dämlich?’, denke ich. Ich fiel ja schließlich auch aus allen Wolken, als Renate mir vor dem Urlaub ihre Absichten verkündete.
„Sie hat einen Freund“, sagt er und wirkt ganz verwirrt, als ob er sich fragt, wozu sie ihn braucht?
„Einen Studenten ... er ging in ihre Vorlesung!“
Mathilde hat Germanistik und skandinavische Sprachen studiert und arbeitet seit zwei Jahren in Forschung und Lehre. Vorher hatte sie Übersetzungen gemacht.
Ich sehe zwischendurch zur Uhr.
Kurz nach halb zwölf.
Um ein Uhr geht der Zug von Katharina und Lily, halb zwei müssen wir mit Christoph zum Fußballspiel. Heute spielen sie auswärts und das Kaff liegt mindestens ‘ne Dreiviertelstunde entfernt.
„Und warum habt ihr euch getrennt?“, fragt er.
Ich setze gerade zur Antwort an, da klingelt‘s.
‘Die Melzer’, denke ich spontan, ‘er ist mit seinen großen schmutzigen Schuhen über ihren frischgefegten Gartenweg gegangen oder so ...’
Chris öffnet.
„Josy!“, höre ich ihn begeistert ausrufen.
Ich atme auf. ‘Der erste willkommene Gast’, denke ich und habe ein schlechtes Gewissen Martin gegenüber. Aber bei ihm weiß man nie, was einen noch alles erwartet ...

Nick

Von wegen „ich schnapp mir deine Matratze!“ Katharina und ich mühen uns ganz schön ab mit diesem sperrigen Ding, das verdammt schwer ist.
‘Ne Federkernmatratze. Wir haben sie aber immerhin unter Ächzen und Stöhnen schon bis zur Treppe geschafft.
„Josy!“, rufe ich runter, „komm’ mal eben hoch und pack’ mit an, ja?“
Er taucht in der Treppe auf.
„Umzug?“, fragt er.
„Nee, wir haben bloß Besuch gekriegt von ‘nem alten Schulfreund von Papa“, sagt Katharina und leise setzt sie hinzu „der soll nicht bei mir im Zimmer schlafen – der macht alles kaputt.“ Ihr Blick spricht Bände.
Josy sieht mich mit gerunzelter Stirn an.
„So‘n geborenes Trampeltier”, erkläre ich, „verdammt ungeschickt ... zwei linke Hände mit lauter Daumen!“
„Ach so”, sagt Josy, „gib’ mal her und geh’ zur Seite!“
Er klemmt sich die Matratze untern Arm und geht locker damit nach unten.
Ich seufze und sehe Katharina an.
„Manchmal wünschte ich, ich wär’ auch so“, sage ich zu ihr.
„Aber ob du dann Papas Typ wärst ?“
Überrascht sehe ich sie an.
Sie verblüfft mich bisweilen ganz schön.

Jan

Ich kann Katharinas Bedenken verstehen, Martin in ihrem Zimmer schlafen zu lassen.
Jetzt liegt ihre Matratze also in Nicks Zimmer.
Christoph strahlt über‘s ganze Gesicht, weil Josy da ist.
„Na hör’ mal, deine Fan-Kurve lässt dich doch nicht im Stich!“, sagt Josy und trinkt noch eine Tasse Kaffee.

Nick, der sich auch gerade wieder hingesetzt hat, sieht traurig in den leeren Brötchenkorb.
Ich stoße ihn an.
„Hier“, sage ich, „für dich!“
Er isst doch bloß ein Brötchen am Wochenende. Die Sorte mit den vielen Sonnenblumenkernen mag er am liebsten. Ich übrigens auch.
Während mir Martin von seinem Kummer erzählte, was ihn aber nicht hinderte, derweil langsam, aber stetig den Brötchenkorb zu leeren (ich muss Christoph jetzt Brote machen), brachte ich eins von Nicks 'Weltmeisterbrötchen' in Sicherheit, indem ich es auf meinem Teller parkte. Ich selbst war bereits fertig.
Er sieht mich glücklich an.
„Ach, Jan ... danke“, sagt er leise und ich liebe ihn für diesen süßen Blick, den er mir zuwirft! Ein heftiges Bedürfnis überkommt mich, jetzt mit ihm allein sein zu können.

Manchmal habe ich Angst, dass unsere Beziehung durch das Durcheinander, das oft bei uns herrscht, kaputtgehen könnte.
Es fehlt einfach an allen Ecken Zeit.
Mit Renate ist mir das gar nicht so aufgefallen, weil's sich so nach und nach entwickelt hat.
Wir waren beide zweiundzwanzig, als wir uns kennen lernten und zogen ziemlich schnell zusammen.
Renate arbeitete damals in 'nem kleinen Frisörladen, ich war noch bei einer kleinen Holzhandlung, die mein Markt inzwischen geschluckt hat.
Ihr Traum war's, ein eigenes Haus zu haben, Kinder zu kriegen und nicht mehr arbeiten zu müssen.
Als Katharina unterwegs war, heirateten wir. Da waren wir vierundzwanzig. Keine zwei Jahre später kam bereits Christoph. Wir waren eine ganz normale Familie.
Zu der Zeit lebten wir in Hamburg-Wilhelmsburg, weil's einfach billig war, aber das Umfeld war ziemlich mies.
Unsere Katharina da in die Schule zu schicken, ging uns mächtig gegen den Strich.
Wir hatten dann richtig Glück. Meine Eltern bekamen eine Lebensversicherung ausbezahlt, die sie uns quasi als

vorgezogenes Erbe vermachten und unser Haus wurde als Zwangsversteigerung unter seinem echten Wert verkauft, sonst hätten wir's uns nicht leisten können.
Renates Glück war perfekt zu der Zeit, vermute ich. Sie ging völlig darin auf, unser Haus einzurichten und im Garten herum zu pusseln.
Und ich?
Ich machte meinen Job und schob aufkommende Zweifel ganz nach hinten in meinen Kopf.
Dieses Gefühl etwa, dass alles schon geschafft und erledigt war, das schreckte mich ziemlich ab.
Bei mir wollte sich nie diese Zufriedenheit einstellen, die sie zumindest zu dem Zeitpunkt hatte, eigentlich nagte an mir immer dieses ungute Gefühl: 'War's das jetzt schon?'
Ich vermisste eine gesunde Portion Verrücktheit, Mut für Außergewöhnliches.
Manchmal, wenn ich auf langweiligen Elternabenden von Schule oder Kindergarten hockte (gerade da sind mir oft solche Gedanken durch den Kopf gegangen), stellte ich mir vor, dass ich plötzlich aufspringen müsste, um zu schreien, wie's mich ankotzt, hier zu sitzen.

Es gibt eine Stelle in „American Beauty" – ich war mit Renate drin, als er im Kino lief, da schafft es Kevin Spacey fast, seine Gattin herumzukriegen. Er erinnert sie an die beiden, die sie auch einmal waren, als sie noch jung und verrückt nacheinander die chaotischsten Dinge angestellt hatten. Sie geht zuerst darauf ein, aber er bekleckert fast das teure, mit italienischer Seide bezogene, Sofa mit seinem Bier und das bringt sie so dermaßen auf, dass sie einen Riesen-Aufstand veranstaltet.
Daraufhin ist er verständlicherweise ziemlich abgeturnt.

Ich starrte diese Szene im Kino an und mir wurde klar, dass wir nicht einmal auf verrückte Erinnerungen zurückblicken konnten.
Weil es keine gab.
Weil alles immer völlig normal verlaufen war.
Das hieß, alle paar Wochen Sex im dunklen Schlafzimmer unter der Bettdecke.

In Missionarsstellung.
Wir waren ein ganz normales Paar.
Und später wurden dann aus den Wochen Monate.
Mein Gott, Nick!
Lass' es uns nie so weit kommen lassen!

Nick

Ich fahre Katharina und Lily mit meinem Wagen zum Bahnhof und gehe noch mit auf den Bahnsteig.
Manchmal treibt sich hier übles Pack rum.
Es gibt bei uns so ein paar Glatzen in Springerstiefeln, die sich unglaublich cool fühlen, wenn sie reichlich Bier getankt haben und durch's Dorf ziehen.
Ein paar von denen lungern auch heute wieder an der Bushaltestelle vorm Bahnhof rum.

„Ob er noch da ist, wenn wir wiederkommen?", überlegt Katharina.
„Nihick!" Lily zupft an meiner Jacke und tritt auf der Stelle, „ich muss mal!"
„Hättest du nicht zuhause gehen können?", sagt Katharina ärgerlich. Da sie keine Anstalten macht, ihre kleine Schwester zu begleiten, gehe ich seufzend mit Lily in die Halle zurück und ins Männerklo.
Wir gehen an den zwei Typen vorbei, die laut rülpsend an den Urinalen stehen.
Sie findet's komisch.
„Die können aber laut rülpsen", sagt sie in der Kabine und kichert.
Ich find's erstaunlich, dass sie sich die Mühe machen, überhaupt hier reinzugehen.
Ich helfe ihr beim Anziehen. Den Knopf ihrer Hose kriegt sie nie alleine auf oder zu.
Wir gehen wieder raus.

Ein dritter Skinhead ist reingekommen und pisst gerade ins Waschbecken.
Er grinst mich schmierig an und mustert mich aufdringlich von Kopf bis Fuß.
„Guck' nur Kleine", sagt er, „so'n Großen hat dein süßer Papa bestimmt nicht in der Hose!"
„Den nennst du groß?", sage ich beim Rausgehen. Die anderen zwei lachen hämisch und der Waschbeckenpisser guckt mich hasserfüllt an.
Verdammt, ich kann's nie lassen!

Lily sieht mich verstört an.
„Der hat ins Waschbecken gemacht", sagt sie ganz fassungslos zu Katharina.
„Was? Iiih!", sagt die. „Die machen auch immer so blöde Sprüche ... die sind echt eklig."

Der Zug kommt. Lily drückt und küsst mich. Katharina und ich umarmen uns.
„Viel Spaß", sage ich, „grüß' Renate ... und Tati!"
Sie lacht und beide winken.
Als ich zum Auto gehe, sehen die Glatzen zu mir rüber. Der Waschbeckenpisser zeigt mir seinen hochgereckten Mittelfinger und einer der anderen formt einen Kussmund und schmatzt laut in meine Richtung. Die anderen lachen grölend.

Ich hab's schon vergessen, als ich wieder zu Hause bin.

Jan hat in der Zwischenzeit Brote für Christoph geschmiert.
„Soll ich noch den Hefeteig machen für heute Abend?", frage ich ihn. Wir wollten Pizza essen.
„Lass' es", sagt er, „wenn Martin und Josy da sind, reichen zwei Bleche nicht. Wir werden unterwegs auf dem Rückweg welche kaufen. Salat machen wir dann frisch ... Nick", sagt er dann leise, obwohl wir allein in der Küche stehen, „ich hab's mir auch anders vorgestellt, dieses Wochenende ..." Er hat mich an sich gezogen. „Ich möchte mal wieder nur mit dir alleine sein!"
'Ich auch', denke ich, als wir uns küssen.

Jeff Goldblum fährt auch mit.
Ist mir auch lieber so, ich hatte noch keine Zeit, meinen Schreibtisch freizuräumen.
Jan hat eine Bruce-Springsteen-CD laufen.
„Ey, Papa, leg' Eminem rein!", ruft Christoph von hinten. „Das ist Mucke für alte Leute!"
Aber er meint's nicht ernst, er ist gut drauf und freut sich, dass Josy mit dabei ist.
Ich werfe einen Blick rüber zu Jan und er sieht mich auch an und grinst.
„Aber ... ihr denkt dran, ja?", erinnert uns Christoph, als wir aussteigen.

Wir sollen nicht Händchen halten, uns nicht umarmen und uns um Gottes Willen nicht küssen!
„Christoph ... du weißt doch, dass wir das nie in der Öffentlichkeit machen", hatte Jan ihm gesagt, als er uns darum bat.
„Ja, ich weiß ...", er druckste herum, „die wissen das aber auch nicht."
Es weiß noch keiner von Christophs Freunden. Er versucht es hartnäckig zu verleugnen.
„Was denken die denn, wer ich bin?", habe ich ihn mal gefragt.
Er wurde rot. „Ein Cousin", hatte er geantwortet.
„Für'n Onkel siehste zu jung aus", hatte er noch hinterher geschickt.

Katharina hatte keine Probleme mehr damit.
Einmal hörte ich, wie sie ihren Bruder anschiss.
„Das ist Nick gegenüber gemein, weißt du?"
Christoph hatte ausnahmsweise mal nicht zurückgekeift.
„Weiß ich doch", hatte er sogar ziemlich kleinlaut gesagt, „aber wenn die's wissen, dann lachen sie. Das weiß ich ... und das will ich nicht."

Katharinas Freundinnen waren alle ziemlich neugierig am Anfang. Ich fand's lustig.

Sie gingen oft in die Küche oder lungerten im Wohnzimmer rum und warteten nur darauf, dass ich auftauchte. Damals räumte ich gerade mein Zimmer ein.
„Kommt ihr?", hörte ich Katharina genervt fragen, „wir haben doch jetzt alles!"
Sie kocht immer Tee, wenn sie Besuch hat.
An dem Tag hatte sie mir erzählt, dass sie's gesagt hätte.
„Und?", fragte ich.
„Sie finden's cool", sagte sie, „Miriam denkt, du wärst so 'ne Art Drag-Queen. Sie hat mich gefragt, ob du dich schminkst!"
Ich lachte. „Und – soll ich?", fragte ich.
„Hast du das schon mal gemacht?"
Ich überlegte.
„Doch ... wart' mal ... ja, jetzt fällt's mir ein! Ich sah ganz heiß aus ... als Raubkatze ... da war ich, glaub' ich, fünf ... oder doch sechs?"
Sie schubste mich und kicherte. „Ach, du! Immer nur Scheiß erzählen!"
„Soll ich so bleiben?", fragte ich sie dann.
Sie sah mich abschätzend an.
Ich trug meine Jeans (wie immer) und ein T-Shirt, von dem ich die Ärmel abgeschnitten hatte. Es sieht ein bisschen ausgefranst aus, aber ich hänge an dem Teil.
Da war's noch August und ziemlich warm.
„Na ja, siehst halt aus wie immer ... die sollten dich mal sehen, wenn du die Lederhose anhast mit diesem schwarzen engen Shirt ... darin siehst du echt scharf aus!"
Erschrocken hielt sie sich die Hand vor den Mund und wurde rot. Es war förmlich mit ihr durchgegangen und nun war's ihr peinlich.
Ich weiß ja, dass sie ein wenig in mich verschossen ist, weil ich dem Torwart ihres Herzens ähnlich sehe, der Nr. 1 im Stuttgarter Tor.
„Ob Timo Hildebrand auch so scharfe Klamotten hat?", sann ich halblaut, „ach nee, der ist ja total normal ... und Heteros haben meist öde Klamotten!"

Das riss sie schlagartig aus ihrer Verlegenheit und sie holte schon Luft, um verbal zurückzuschießen, aber da klingelte es und ich entwischte schnell in mein Zimmer.
Ich wollt'e dann auch hinter mich bringen und trug die leeren Kartons auf den Flur.
„Hi", sagte ich zu den drei Mädchen, die da auf dem Flur vorm Spiegel standen. Sie beäugten mich sprachlos (mit offenem Mund, die kleine Blonde), abschätzend(von oben nach unten, die große Dunkle) und freundlich grinsend (die blonde Langhaarige).
„Hallo? Kommt ihr?", hörte ich Katharina von oben.
Ich brachte die Kartons nach draußen und hörte, wie sie über mich tuschelten, als sie nach oben gingen.
„... noch so jung!"
„... sieht ja total normal aus!"
„Er ist süß!"

Na ja. Mädchen.

Jan

Wir sind reichlich spät dran, Chris läuft gleich zu seinen Jungs. Es waren mal wieder diverse Rentner mit Hut unterwegs. Außerdem wollte Martin noch unbedingt was mitnehmen aus seinem Auto und er suchte und suchte – ich weiß bis jetzt nicht, was er da eigentlich gesucht hatte – er wahrscheinlich aber auch nicht mehr.
Ich beobachte den Trainer und sehe Christophs angespanntes Gesicht. Dann sieht er enttäuscht auf den Boden.
„Scheiße", höre ich Nick neben mir. „Also doch Kevin!"

Die anderen ziehen sich aus, Chris geht mit gesenktem Kopf an den Spielfeldrand. Nick sieht mich fragend an. Ich schüttle den Kopf.
„Hat keinen Zweck. Ich lass' ihn in Ruhe. Er will mich jetzt nicht sehen."
Josy ist rübergegangen. Beide stehen schweigend nebeneinander.

Martin kommt gutgelaunt an. „Na? Geht‘s los?“
Tut es. Und mein Sohn muss zugucken.
„Kevin ist ein Angeber, der sich bloß in den Vordergrund spielt ... Technik hat er nicht, er staubt bloß ab!“
Nick ist sauer.
Er hat Recht. Ich beobachte Kevin auch schon die ganze Zeit. Er reißt halt ständig das Maul auf und kommandiert die anderen herum. Da, jetzt lässt er sich ganz simpel austricksen! Verflixt noch mal, sieht das der Trainer nicht?
„Hast du das gesehen?“ Nick ist auch auf hundertachtzig.
„So‘n Anfängerfehler!“
Dieser Fehler führt auch gleich zum 1:0. Scheiße.
„Tor!“, jubelt Martin neben mir.
Nick und ich sehen ihn genervt an.
„Das war nicht die richtige Mannschaft“, kläre ich ihn auf.
„Ach so.“ Martin wirkt betreten.

So war er schon immer.
‘Wie hat‘s Mathilde bloß so lange mit ihm ausgehalten?’, denke ich.
‘Er muss Qualitäten haben, von denen ich nichts ahne ...’
Sie und er gemeinsam, das war wie Feuer und Wasser.
Ich hätt’s nie für möglich gehalten, dass sie so lange zusammenbleiben würden.
Na ja, andererseits, wenn ich mir so überlege, dass ich auch sechzehn Jahre mit Renate zusammen war, obwohl wir nur wenig Gemeinsamkeiten hatten ...?
‘Ob Renate mit Tati glücklicher ist?’, denke ich.

Nick friert, ich seh’s ihm an. Ihm fehlt ganz einfach die wärmende Speckschicht.
Es gibt immer wieder diese Momente, so wie jetzt, wo ich‘s unglaublich finde, dass ich einen Mann liebe.
Der noch wie ein Junge aussieht.
Wahrscheinlich wird er erst Ende dreißig wie Mitte zwanzig aussehen.
Wie alt bin ich denn dann?
Ich denke besser nicht darüber nach.

Unsere Zeit ist jetzt und ich genieße jeden Tag mit ihm.
Und jede Nacht.

Nick

Jan wirkt heute ungewohnt still und nachdenklich.
Er sieht mich an, ich spür's.
„Na? Ist dir kalt?“, fragt er mich zärtlich.
„Ja“, schlottere ich, „in der Halbzeitpause setz' ich mich erst mal ins Auto!“
Er kommt einen Schritt näher.
„Denk' an Chris!“, warne ich ihn.
„Mir ist warm”, sagt er, „ich würde dich gern mit unter meine Jacke nehmen!“
„Weiß ich doch“, bibbere ich.
„Willste noch meinen Pulli?“, fragt er, „mir reichen das T-Shirt und die Jacke!“
Dieses Angebot schlag' ich nicht aus.
Wir ziehen unsere Jacken aus und er streift sein Sweatshirt ab.
Es ist total warm und riecht so toll nach ihm. Darüber noch die Jacke – jetzt ist's okay.
„Ich danke dir“, sage ich, „und dir ist wirklich nicht zu kalt jetzt?“
„Ach, wo“, sagt er.
Martin hat uns verwundert angeguckt und ein paar Eltern haben auch rübergesehen.
Eine spitznasige Blonde spricht Jan an.
„Ich hab' ihre Frau schon lange nicht mehr gesehen!“, sagt sie und lacht affektiert, „sonst war sie doch auch gerne dabei!“
Und zwischendurch mustert sie mich immer wieder neugierig.
Jan sieht stur an ihr vorbei auf's Feld und sagt nichts.
2:0.
Und wer hatte den Fehlpass gegeben?
Richtig.
„Also dieser Kevin ist echt 'ne Pfeife“, sage ich wütend zu Jan, „wird Zeit, dass der Trainer mal auswechselt!“
Die Blonde guckt mich pikiert an.

„Stimmt“, sagt Jan, „Kevin ist ‘ne Flasche!“
Die Blonde dreht sich um und stapft davon.
„Wieder für die Falschen?“, fragt Martin unsicher. Wir können nur unwillig schnaufen.
Halbzeit.
Josy kommt angeschlendert und stellt sich neben mich.
„Chris ist hundertmal besser als dieser Kevin“, sagt er.
„Wenn der Trainer den jetzt nicht rausnimmt, sollte er den Verein wechseln!“

Chris spielt in der zweiten Halbzeit. Kevin geht mürrisch an uns vorbei zu seiner Mutter.
Es ist die spitznasige Blonde mit der affektierten Lache.
Wer sonst?
Josy macht Stimmung.
„Christoph – Christoph!“ Sein Organ ist meilenweit zu hören. Ich glaube, den Jungs von St. Pauli würde es glatt auffallen, wenn Josy während eines Heimspiels nicht da wäre.
Es scheint Christoph anzuspornen.
Er entwischt seinem dicklichen Verteidiger und verkürzt zum 2:1.
Begeistert sieht er zu uns rüber. Wir jubeln stürmisch.
Auch Martin, nachdem er sich vergewissert hat, dass er‘s darf.
Die anderen legen sich jetzt auch noch mal ganz schön ins Zeug.
Der Torwart von Chris’ Mannschaft kommt jetzt richtig ins Schwitzen.
Ich zucke bei jedem Torschuss zusammen, aber der Bursche ist richtig klasse.
„Mensch, der hält ja fast so gut wie du“, Josy rempelt mich liebevoll an.
Noch zwei Minuten.
Chris hat den Ball und er ist ungeheuer flink. Jan und Josy schreien sich die Kehlen aus dem Leib.
„Ja! Das schaffst du!“
„Mach’ ihn rein!“
„Niet’ ihn um!“
Chris gibt eine Flanke rein und Dennis erwischt den Ball tatsächlich – ey, das sieht ja richtig nach Fußball aus! – er ist drin!

„Ja!“, schreien wir alle – selbst Kevin und Mutter. Josy zieht mich in seinen Arm. Mit der anderen Hand schlägt er Jan kräftig auf den Rücken, so dass der nach vorn stolpert.
„Super! Dein Sohn kommt ganz nach dir!“
Jan und ich grinsen uns glücklich an.
Abpfiff.
Josy rennt auf‘s Feld. Er und Christoph schlagen die Hände zusammen wie zwei echte Kerle.
Chris ist noch ganz rot im Gesicht vor Aufregung und strahlt uns an.
Jan hält seinen rechten Daumen hoch.
„Starke Leistung, Rex!“, sage ich.

Verschwitzt sitzt Chris im VW-Bus. Jan dreht die Heizung hoch.
„Boah, mach‘s nicht so warm, Papa!“, sagt Christoph und beißt hungrig in seine erste Schnitte Brot, „mir ist noch total heiß!“
Mit vierzehn duscht man noch nicht mit den anderen.
Das macht man erst später.
„Du holst dir sonst ‘ne Erkältung“, sagt Jan und grinst zu mir rüber. Ich liebe ihn.

Unterwegs kaufen wir Pizza.
Endlich Feierabend.
„Ich spring’ auch noch eben unter die Dusche”, sage ich zu Jan, als der in unsere Straße einbiegt.
Er will auf‘s Grundstück fahren, aber da ist kein Platz mehr. Hinter dem Volvo und meinem kleinen Golf steht eine Mercedes A-Klasse und gerade steigen zwei Personen aus.
„Mathilde!“, sagen Jan und Martin wie aus einem Mund.
‘Das ist doch ... Mats!’, denke ich fassungslos.

Jan

Mathilde hat sich ganz schön verändert.
Sie ist zwar noch genauso schlank und trägt die Haare immer noch ganz lang und in der Mitte gescheitelt, aber grell geschminkt

ist sie jetzt. Früher sah sie echt besser aus. Da hat sie noch nicht mal Lippenstift benutzt.
Neben ihr ein großer junger Mann mit dunklen schulterlangen Haaren und 3-Tage-Bart. Wohl ihr Student.
'Was gibt das jetzt?', frage ich mich, als wir aussteigen. Martin ist sofort zu Mathilde hin und die beiden nehmen sich erst mal in den Arm.
Also, getrennte Leute benehmen sich anders.
„Wer ist'n das?", fragt mich Christoph leise.
„Die Frau von Martin", gebe ich zur Antwort, „und so'n Freund."
Mathilde weint und küsst Martin.

Nick ist auf einmal ganz blass und starrt den jungen Typen an, der ihn wiederum auch ansieht und leicht irritiert wirkt.
Ich hole tief Luft und gehe zur Tür.
„Woll'n wir nicht erst mal reingehen?"
Mathilde löst sich von Martin und kommt auf mich zu.
„Jan", flüstert sie unter Schluchzern, „schön, dich zu sehen!"
Und schon hat sie mich umarmt und ich verschwinde in einer Wolke von einem Parfüm, das furchtbar aufdringlich riecht (ich halte unwillkürlich die Luft an). Sie sieht mich an und gibt mir einen kleinen Kuss auf den Mund.
„Hoffentlich kommen wir nicht ungelegen?", fragt sie.
Ach, wo.
Wir hatten ja eh nichts vor dieses Wochenende.
Als wir reingehen, wische ich mir unauffällig ihren klebrigen Lippenstift ab.

Nick

Mats hat mich noch nicht erkannt, ist vielleicht auch besser so. Verdammt gut sieht er aus, ich beobachte ihn unauffällig, als er reingeht.
Die langen Haare stehen ihm einfach toll!
'Er sieht gar nicht wie'n Schwede aus, eher wie'n Italiener', denke ich.

Braungebrannt ist er, als käme er gerade aus dem Urlaub.
Was waren das damals für verrückte Wochen!
Wir waren füreinander die 'Ersten' und entjungferten uns gegenseitig.
Ich hab' nie damit gerechnet, ihn noch einmal wiederzusehen.
Und jetzt war er der Liebhaber von Mathilde.
Er hatte also die Seiten gewechselt.
Oder trieb beides.
Erhöht ja bekanntlich die Auswahl.

Chris geht nach oben zum Duschen, ich beschließe, es zu lassen, käme mir jetzt albern vor.
Josy bringt die Pizzen rein.
„Soll ich noch zwei holen?", fragt er.
„Ja, tu' das", sage ich und trage die Salatzutaten zusammen.
Auch Schauspieler eines Dramas müssen hin und wieder etwas essen.
Fetzen des Gesprächs zwischen Mathilde und Martin, die immer noch auf dem Flur stehen, dringen an mein Ohr.
„... dir doch gesagt, dass ich wiederkomme ..."
„... aber du bist nicht allein gefahren!"
„... ist doch nichts zwischen uns, ich bitte dich, du kennst mich doch!"
„... wirkte aber diesmal so ..."
„Ach, Martin!"

Mats steht am Bücherregal, die Hände in den Taschen seiner weiten Hose.
Er trägt diesen Anzug so lässig, als würde er immer so teuer gekleidet gehen. Unter der Jackettjacke ein T-Shirt, das bestimmt auch eine anständige Summe gekostet hat.
Ich bin ganz schön verwirrt.
'Mats', denke ich, 'weißt du wirklich nicht mehr, wer *ich* bin?'
Er schlendert heran.
„Soll ich was helfen?", fragt er. Seine Stimme hätte ich auch sofort wiedererkannt, obwohl er jetzt fast ohne Akzent spricht. Damals haben wir uns sowieso mehr in der Körpersprache verständigt ... mein Gott, fast zehn Jahre ist es her.

Ich räuspere mich und schüttle den Kopf.
„Lass' man ... sonst kriegt der feine Anzug noch Flecken."
Er betrachtet mich prüfend.
„Du kommst mir irgendwie bekannt vor", sagt er, „kennen wir uns?"
Meint er das jetzt ernst? Oder ist das die doofste und langweiligste Anmache der Welt?
Er muss es ernst meinen, weil er nicht der Typ ist, der so 'ne Anmache nötig hat.
Der braucht keine, weil er nämlich selbst immer angebaggert wird.
Bei seinem Aussehen.
'Wo ist eigentlich Jan?', denke ich.

Der kommt jetzt gerade mit Christophs Sporttasche herein und bringt sie in den Raum hinter der Küche, wo die Waschmaschine und der Trockner stehen.
„Josy ist noch mal los?", fragt er. Ich nicke.
„Noch mehr Pizza holen!"
Mats ist wieder in die Wohnzimmerecke geschlendert.
„Was läuft denn jetzt?", frage ich ihn leise. „Wie geht's weiter?"
Jan zuckt mit den Achseln und zieht eine Grimasse.
„Keine Ahnung", sagt er auch mit gedämpfter Stimme und linst zu Mats rüber.
„Vor allem – wo wollen alle pennen?"
Ich rühre die Salatsoße an.
„Chris passt nicht mehr in Lilys Bett, oder?", frage ich mehr so im Scherz.
„Der würde sich bedanken", sagt Jan.
Lily hat ein kleines Himmelbett mit Kindermatratze.
„Ich mach' auf jeden Fall erst mal 'n Wein auf", sagt er, „das beruhigt meine Nerven! Komisch", setzt er hinzu, „ich hab' mich schon wieder erholt von gestern Abend ..."
„Da haste ja auch Bier getrunken", sage ich, „aber ich hab' jetzt auch einen nötig!"
Spätestens aber dann, wenn Mats Synapsen die richtige Anbindungsstelle in seiner Gedächtnisecke gefunden haben.

Jan

Also ich steig' da nicht mehr durch.
Es geht nur noch um Martins Manuskript, soweit ich das mitkriege.
Sie scheinen ein eingespieltes Arbeitsteam zu sein.
Mathilde steht mit ihm in Nicks Zimmer und hält einen Packen Papier in der Hand.
„... dann schreibst du Kapitel vier um? Wirklich?"
„Ja ... du hattest recht ... und Goethe zum Schluss."
„Martin! Also ehrlich, das ist ja'n Ding ... aber es war nur eine Anregung, keine Kritik..."
„Nein, nein, du hattest vollkommen recht ...es ist viel besser so ... du liest es doch?"
„Natürlich!"
Josy ist schon zurück mit den zwei fehlenden Pizzen.
Nick hat die anderen in der Zwischenzeit noch mal in den Ofen geschoben.
Alles fertig.
„Mathilde? Martin? Kommt ihr? Wir können essen!"

Nick

Immer wieder sieht er mich nachdenklich an.
Habe ich mich so verändert?
Natürlich.
Erstmal bin ich noch gewachsen, natürlich nicht so viel wie er, aber immerhin. Dann waren damals meine Haare noch dunkler und viel länger, er dagegen hatte einen kurzen Raspelschnitt.
Gut für Christoph, dass Josy da ist. Seine Anwesenheit verhindert, dass sein heutiges Spiel nicht völlig in Vergessenheit gerät. Alle anderen am Tisch denken nämlich an die unterschiedlichsten Sachen ...
„Was hat der Trainer gesagt?", fragt er ihn.
„Das nächste Mal spiel' ich von Anfang an", sagt Chris zufrieden.
„Gut." Josy nickt ihm anerkennend zu.

„Und denk' dran, Dennis immer von rechts anspielen, wenn du willst, dass er den Ball richtig annimmt und trifft", rät er ihm.
„Schon klar."
Nach dem Essen legt Mathilde eine Schachtel Zigaretten auf den Tisch.
„Ich darf doch, oder?", fragt sie und steckt sich eine in den Mund, ohne die Antwort abzuwarten.
Ich sehe zu Jan rüber, der zögert, dann
„Ja, mach' nur!"
Chris guckt genauso überrascht wie ich.
Im Haus rauchen?
Das machen wir doch nie! Immer gehen wir raus!
Wegen der Kinder und überhaupt, weil kalter Rauch am nächsten Tag einfach eklig stinkt.
Mats hat ihr Feuer gegeben und ich denke: 'Ne Rolex?' War er früher auch so betucht?
Ach was, wir hatten keinen Sinn für solchen Kram.
Er steckt sich auch eine an und als er den Rauch wegbläst, sieht er mich wieder nachdenklich an.
Das dauert ja ganz schön lange.
Aber wenn er erst mal sämtliche Bettgenossen durchgehen muss, die er so hatte, wird er noch 'ne Weile brauchen, bis er drauf kommt, fürchte ich.
„Schön isses hier", sagt Mathilde, „und so 'nen großen Sohn hast du schon?"
Sie lächelt mich an dabei.
Jan wird knallrot.
'Oh, oh', denke ich', der berühmte Griff ins Klo ...'
„Er ist nicht mein Sohn", sagt Jan und wirkt verständlicherweise gekränkt. Ich find's auch nicht gerade witzig.
„Nick ist ... mein Freund."
Klar doch, wir sind zwei alte Kumpel, die sich gegenseitig jovial auf die Schulter hauen, wenn sie sich begegnen!
„Ach, so", sagt sie lächelnd, „verstehe."
Eben nicht. Und Martin erst recht nicht.
Aber Mats.
Der hat's jetzt.

Bei der Erwähnung meines Namens ist er förmlich zusammengezuckt. Die gegenseitige Vorstellung ist vorhin durch Martins und Mathildes tränenreicher Wiedersehensfreude unterblieben.
Er starrt mich ungläubig an.
Die Asche an seiner Zigarette wird immer länger.
Ich schiebe ihm den Aschenbecher hin, den Jan zwischendurch geholt hat.
Er reißt sich nur kurz los von meinem Anblick, um die Zigarette auszudrücken. Danach sieht er mich fassungslos und durchdringend an. Ich weiß gar nicht, wohin ich sehen soll.
„Wär‘s möglich, dass wir dieses Wochenende hier bleiben?“, fragt Mathilde.
„Tja, also ... es ist nur – es sind nicht viele Schlafplätze da”, sagt Jan, „also ein Bett fehlt!“
„Ach, Mats kann auch auf der Couch schlafen, nicht wahr?“, fragt sie den liebevoll.
Martin scheint‘s nicht zu stören.
Mats fixiert mich ununterbrochen.
Er zieht gerade das volle Erinnerungsprogramm durch und seine Augen leuchten.
Ich sehe weg, sonst denkt er noch, ich krieg’ Appetit.
Den hab ich schon, seitdem ich ihn vor der Tür stehen sah ...

Mats, der italienisch aussehende Schwede!

Jan

Sie wollen also das Wochenende hier bleiben und das langhaarige Armani-Model soll auf dem Sofa nächtigen. Irgendwie passt's mir nicht, wie der Nick angafft. Die ganze Zeit schon, es macht mich echt nervös. Ob der bi ist? Und hat er nun was mit Mathilde oder nicht?
Bescheuert auch, dass sie uns jetzt die Bude vollqualmen! Aber das ist meine Schuld.
Ich hätte gleich was sagen sollen, aber in dem Moment kam's mir so spießig vor, zu sagen: 'Nein, wir gehen zum Rauchen raus!'
Dabei wär's bloß ehrlich gewesen.
Ich selbst rauche jetzt keine. Nick auch nicht.
Sollen sie doch ... der Schönling muss ja hier pennen! Ob ich mir doch eine anstecke?
Josy verabschiedet sich und macht mit Christoph aus, ihn das nächste Mal zum Millerntor mitzunehmen, wenn St.Pauli spielt.
„Ich geh' hoch", sagt Chris, „gute Nacht!"
„Nacht", sagen Nick und ich. Wir stehen auf dem Flur.
„Du, ich leg 'mich auch schon hin", sagt er, „ich bin müde."
Er weicht meinem Blick aus und geht ins Bad.
Mir gibt's einen Stich.
'Wär' Martin heute nicht gekommen', denke ich, 'dann hätten wir jetzt Zeit ...'
Verärgert gehe ich ins Wohnzimmer zurück.

Nick

Ich bin ganz schön frustriert.
Das ist echt ein Wochenende wie's mieser nicht laufen kann.
Müde bin ich überhaupt noch nicht, aber ich will nicht Mats gegenübersitzen und seine hungrigen Blicke ertragen müssen.
Er macht mich ganz schön nervös.
Als ich aus dem Bad komme, macht er gerade die Wohnzimmertür hinter sich zu.
Wir starren uns an. Ich spüre mein Herz ziemlich heftig.

„Nick", sagt er leise und kommt sofort auf mich zu, „*du* bist es!" Und ehe ich was sagen kann, hat er mich umarmt und küsst mich. Er schmeckt nach Rotwein und Zigarette, ich nach Zahnpasta.
„Hey", sage ich atemlos und schiebe ihn weg, „du ... Jan ist mein Freund!"
Mats sieht mich überrascht an.
„Was? Ein schwuler Vater? Ist ja heiß!"
Er hat schon wieder seine Hände auf meinem Rücken und zieht mich an sich ran. Halbherzig mache ich mich von ihm los.
„Und du? Was bist du? Bist du jetzt beides?"
Er winkt ab.
„Ach, was! Mathilde und ich haben nichts miteinander ... sie weiß, dass ich schwul bin. Sie findet's bloß gut, mich um sich zu haben. Mensch, Nick, du siehst toll aus!", sagt er begeistert und zieht mich schon wieder in seinen Arm.
„Du auch", gestehe ich widerwillig und winde mich erneut aus seiner Umarmung, „aber es geht nicht ... ich liebe Jan."
Er sieht mich unbeeindruckt an.
„Ach, Nick, komm schon, du weißt doch, wie's läuft ... er braucht's nicht zu erfahren!"
Und wieder küsst er mich und ich ertappe mich dabei, ihn ebenso heftig zurückzuküssen.
Himmel, ist das irre! Mats noch einmal zu spüren ... nach diesen langen Jahren ... und er kann noch besser küssen als damals!
Erschrocken reiße ich mich los.
Bin ich bescheuert?
Hier auf 'm Flur?
Wenn Chris nun noch mal runterkommt oder noch schlimmer – Jan!
„Nein, Mats ... es geht nicht", sage ich und gehe rückwärts, „ich hätt' auch Lust, aber ... nein!"
Er sieht mich enttäuscht mit seinen braunen Augen an.
„Schade", sagt er, „verdammt schade."

Im Bett boxe ich ärgerlich ins Kissen und wünsche mir, Jan würde kommen.

Ich versuche noch zu lesen, aber es gelingt nicht. Zwischen den Zeilen lese ich nur ‘Mats’! Voller Sehnsucht und Frust schlafe ich schließlich gänzlich unbefriedigt ein.

Um halb vier werde ich wach, weil unser Fenster zuschlägt.
Ich stehe auf und mache es zu.
Beschließe, gleich pinkeln zu gehen.
Danach gehe ich in die Küche, um mir ‘ne Flasche Wasser zu holen.
Zuviel Wein gestern Abend.
Ich trinke gleich in der Küche und will zurück, da steht Mats plötzlich neben mir.
Herr im Himmel, hab’ ich mich erschrocken!
Im Halbschlaf hatte ich total vergessen, dass er ja auf der Couch schläft.
Jetzt bin ich dank des Adrenalinstoßes hellwach.
„Krieg’ ich auch was?“, murmelt er und ich reiche ihm die Flasche.
Er trinkt und ich kann ihn dabei ungestört betrachten.
Wahnsinn.
Das ist mein Mats?
Er trägt bloß Boxershorts.
Na, ‘n T-Shirt braucht er nicht bei der Behaarung.
Ich muss schlucken.
Früher sah er anders aus.
Da fand ich ihn übrigens auch schon sexy.
Aber jetzt ... mein lieber Mann ...
‘Bloß raus hier’, denke ich, ‘sonst übernimmt mein bester Freund im Untergeschoss das Denken und das geht in den allermeisten Fällen schief ...’
Ich will mich davonmachen, doch er hält mich fest.
„Bleib’ hier“, sagt er, „Nick ... weißt du noch? Als deine Oma plötzlich auf ‘m Flur stand?“
Klar weiß ich das.
„Und das allererste Mal? Wir waren so ungeschickt ... aber ungeheuer geil ... du hattest die Idee mit dem Olivenöl, nicht?“
Himmel noch mal, das ...!
Ich sehe zu ihm hoch.

„Ja, es war toll“, sage ich und plötzlich taucht vor meinem geistigen Auge so ein kleiner fieser Gnom in ‘ner langen Kutte auf, der mit schnarrender Stimme sagt:
„Aber es kann und darf keine Fortsetzung geben, meine Damen und Herren, und deshalb fordere ich lebenslänglich für den Angeklagten!“ Wohl so ‘ne Art letztes Plädoyer meines Anstandes und Gerechtigkeitsempfindens ...
Mats hat jedoch nur gehört, dass ich gesagt habe, dass es toll war und es als Aufforderung interpretiert.
Er reißt mich so wild an sich, dass ich keine Luft mehr kriege und seine Hände sind schneller als die Polizei erlaubt in meiner Shorts.
Die besten Freunde stellen sich doch immer als die Verräter heraus, oder?

Jan

Ich werde wach.
Nick ist nicht da.
‘Auf ‘m Klo’,denke ich.
Ich müsste auch mal.
Müde erhebe ich mich und gehe zum Bad.
Erwarte, ihn zu sehen.
Das Bad ist leer.
Ich pinkle, wasche mir anschließend die Hände und betrachte mich im Spiegel.
Endlich setzt mein Denkapparat ein.
Ich gehe zum Wohnzimmer und hole tief Luft, bevor ich die Tür öffne.
Zwei Gestalten fahren auseinander.
Das Model und mein Nick.
„Oh Gott”, sagt er atemlos und voller Panik, „Jan!“

Nick

So eine verdammte Scheiße aber auch!
Was bitte soll er jetzt von mir denken?
Er starrt mich an, als wäre ich ein Fremder, dann dreht er sich um und geht.
„Jan!“, rufe ich und will hinterher. Mats hält mich fest.
„Nick, das hat jetzt keinen Zweck!“
„Lass’ mich“, sage ich und mache mich energisch los, „und ob!“
Wehre seinen Arm ab und laufe hinterher.

Jan steht am Schlafzimmerfenster.
Mein Herz klopft wie verrückt. Sein entgeisterter Blick eben ....
‘Ich liebe ihn’,denke ich und bin wahnsinnig aufgeregt, ‘ich will doch bloß Jan ...’
„Können wir reden?“, frage ich und meine Stimme klingt ängstlich.
Er dreht sich nicht um und sagt auch nichts.
Ich gehe langsam auf ihn zu.
„Du wirst mir nicht glauben, aber ... ich wollte nichts mit ihm anfangen ... es waren ein paar Küsse, weiter nichts ... wir waren beide so überrascht, uns wiederzusehen“, sage ich leise zu seinem Rücken.
‘Jan!’, schreie ich innerlich.
Er dreht sich um.
„Du kennst ihn?“, fragt er erstaunt.
„Ja“, sage ich, „er ist doch der schwedische Junge von damals ... meine erste Liebe.“ Ich sehe Jan sehnsüchtig an.
„Er hat mich erst nicht erkannt ... Jan, da ist nichts! Von meiner Seite ist da nichts ... ich wollte was trinken und hab’ total vergessen, dass er im Wohnzimmer ist ... ich hatte keine Absichten, ehrlich!“
Sein Gesichtsausdruck macht mir Hoffnung.
„Er stand plötzlich neben mir und wir redeten ... und dann ... dann hat er mich geküsst und du kamst rein ... Jan! Bitte glaub’ mir!“

Jan

'Er ist noch so jung', denke ich und verspüre Bitterkeit, 'es ist nicht gut, wenn ich ihn hier einsperre ...'
Aber es tat verdammt weh, ihn mit diesem Beau zu sehen.
Und wo der seine Hände hatte ...
Wenn ich eine Viertelstunde später reingegangen wär' ...
Nick kommt sofort hinter mir her und beteuert, dass er keine Absichten mit dem Typen gehabt hätte. Sie wären so überrascht gewesen, sich wieder zu sehen.
Das also ist Mats, seine erste Liebe?
Im Urlaub, als wir ganz frisch zusammen waren, hatte er mir alles über ihn erzählt.
In meiner Vorstellung war er immer so blond wie Nick gewesen. Ein Schwede eben!
Nick sieht mich beinahe flehend an.
'Ich liebe ihn', denke ich, 'Scheiß-Wochenende!'
Ich ziehe ihn in meinen Arm und ich höre ihn erleichtert aufatmen.
Wir küssen uns und stolpern dabei zum Bett.
Er zieht sich hastig T-Shirt und Shorts aus und kriecht unter die Decke. Ich entledige mich ebenfalls meiner Klamotten. Lege mich auf ihn.
„Ich liebe dich", seufzt er, „nur dich, Jan!"

„Du hattest'n Ständer, ich hab's genau gesehen", sage ich hinterher zu ihm.
Er liegt in meinem Arm.
„Den hättest du auch gehabt, wenn er dir gleich an die Wäsche gegangen wäre!"
„Die Wäsche ist gut! Unter der Wäsche war er mit seinen Fingern!"
Nick schiebt sich auf mich.
„Man darf seinen Lustknaben auch nicht so einsam ins Bett gehen lassen ..." Er kichert, „oder seinen Au-pair-Jungen!"
„Meinen was?", frage ich verblüfft.
Er küsst meinen Hals und beißt mir ins Ohr.
„Au! Was soll das? Au-Pair-Junge? Erzähl' doch!"

„Das hab' ich beim Bäcker gehört … zwei alte Tanten tratschten über uns ... die Melzer hat das wohl verbreitet ... seh' ich echt so jung aus?“
Ich müsste lügen, wenn ich jetzt verneine.
„Leider ja ... hoffentlich kriege ich keine Klage an den Hals wegen Unzucht mit Minderjährigen“, sage ich , „mein Gott, weißt du, wie spät es ist?“
Er schüttelt den Kopf.
„Oh nein, wir sind wach ... jetzt wird nicht gekniffen ... wann bist du überhaupt ins Bett gekommen?“
„Spät“, murmele ich, „sie mussten mir noch ihre ganzen Missverständnisse haarklein auseinandersetzen.“
Ich muss gähnen bei der Erinnerung.
„Na, da hab' ich ja nichts verpasst. Reisen sie morgen wieder ab?“
„Ich hoffe es ... auf jeden Fall reist dieser italienisch aussehende Schwede ab!“, sage ich aufgebracht.
„Du bist eifersüchtig!“
„Natürlich bin ich das! Ich bin mindestens drei Jahre gealtert, als ich dich da mit ihm knutschen sah!“
„Er findet dich geil”, sagt Nick, „also tu' nicht so ... ey, du bist doch jetzt nicht etwa müde, oder? Ich wär' bereit für die zweite Runde!“
Uff. Junge Männer sind anstrengend.

Nick

Als ich aufwache und Jan neben mir schlafen sehe, kommt die Erinnerung zurück.
Mann, bin ich froh, wie‘s gelaufen ist!
Mats ist schon ein echter Hingucker, aber ... er ist eben nicht Jan.
Vor ein paar Jahren wär‘s mir egal gewesen. Da hätte ich‘s sofort mit Mats getrieben ... noch in der Küche!
‘Ob ich reifer werde?’, frage ich mich, ‘oder liegt‘s daran, dass ich Jan liebe?’
Es war so toll mit ihm!

Ich könnt' schon wieder ...
Krieche an ihn ran und beginne ihn zu streicheln.
Er seufzt im Schlaf und langsam wird er wach.
Sieht mich und grinst.
„Lüstling", flüstert er, „ kriegst du nie genug?"
Nö.

Jan

Der Hammer kommt nach dem Frühstück.
Hamburg wäre so günstig, weil er mit einem neuen Verlag verhandeln würde, sagt Mathilde.
Das heißt, *sie* verhandelt.
„Könnten wir noch bis übermorgen bleiben? Also bis Dienstag?"
Ich spüre Nicks Oberschenkel an meinem.
'Und der Schwede?', denke ich misstrauisch, 'der wartet doch bloß auf 'ne günstige Gelegenheit, um Nick auf's Sofa zu zerren!'
Den ganzen Vormittag flirtet er schon schamlos mit meinem Lustknaben ...!
„Das Problem ist, wo schlaft ihr dann? Katharina und Lily kommen heute zurück. Das war Katharinas Matratze."
„Habt ihr Luftmatratzen?", fragt Mathilde, „ihr seid doch im Zelturlaub gewesen, oder?"

Nick

Also bis Dienstag noch. Jan ist sauer wegen Mats.
Nicht auf mich. Sondern auf Mats.
Der checkt's aber auch nicht.
Unaufhörlich baggert er mich an.
Beim Frühstück spür' ich sein Bein unterm Tisch und er versucht die ganze Zeit, mir tief in die Augen zu sehen.
'Mats, um Gottes Willen, lass' gut sein!' denke ich amüsiert.
Christoph guckt auch schon irritiert.

Mathilde und Martin verschwinden gleich nach dem Essen in meinem Zimmer.
Jan und ich räumen ab und machen die Küche.
„Spielste Fußball?“, fragt Christoph Mats.
„Klar doch“, sagt der, „soll ich mich umziehen?“
Na, das ist ja wohl angesagt. Wäre schade um den Armani - Anzug.
„Au ja!“, ruft Chris begeistert.
Russell guckt so grimmig wie vor der Schlacht im Teutoburger Wald.
Ich tu' so, als merkte ich nichts.

Mats kommt in Jeans und Sweatshirt wieder und ehrlich gesagt, das steht ihm viel besser. Jetzt erinnert er mich an den Mats, den ich mal kannte. Ich werde mich aber schwer hüten, ihm das zu sagen. Wir grinsen uns an.
„Spielste mit?“, fragt er.
„Nick geht ins Tor”, sagt Christoph.
„Papa, du auch?“
„Natürlich“, antworte ich für ihn. Der soll sich jetzt nicht grollend verziehen.

Wir sind mal wieder herrlich albern und Jan taut endlich auf.
Mats packt sich ein paar Mal richtig anständig in den Dreck, doch es ist ihm total egal.
Er und Jan spielen so gut zusammen, als würden sie sich schon ewig kennen und nach einer gelungenen Doppelpass-Aktion schießt Jan ein Tor. Mats läuft auf ihn zu und nimmt ihn spontan in den Arm.
Jan guckt ziemlich verwirrt, Mats grinst mich an mit Augenzwinkern.
'Du raffiniertes Luder', denke ich.
Im besten Einvernehmen trotten wir zurück.
Zuhause steht Mathilde am Herd.
„Ihr mögt doch Nudeln mit Pesto?“, fragt sie.
Eigentlich ist sie ganz nett.

Schlechte Nachrichten

Eiszeit in Eckernförde – Schwedische Belagerung – Wo ist der Sunset Boulevard?

Jan

Wenn er Fußball spielt, sieht er gar nicht mehr so affig aus. Aber in diesem schicken Anzug bringt er mich auf die Palme. Mathilde hat gekocht und nach dem Duschen essen wir. Diesmal bitte ich Mathilde und Mats, draußen zu rauchen.
„Ja, klar, kein Problem", sagt sie und holt ihre Jacke. Wir stehen zu viert auf der Terrasse und Mathilde flirtet schamlos mit Mats.
„Ich wusste ja gar nicht, dass du so sportlich bist", sagt sie kokett.
'Bei der Figur?' denke ich.
Er trägt jetzt wieder seinen Anzug.
Grinst sie an, dann schielt er schnell zu Nick rüber.
'Ich bin froh, wenn er am Dienstag wieder verschwindet', denke ich genervt.

Das Telefon klingelt.
„Ist bestimmt Katharina", sage ich zu Nick und gehe ran.
„Jan?" Mein Vater.
„Deine Mutter hatte einen Schlaganfall ... sie ist im Krankenhaus ... liegt auf der Intensivstation ... kannst du kommen?" Seine Stimme zittert.
Oh mein Gott.
„Ja ... natürlich", sage ich, „ich mach' mich gleich auf den Weg!"
Nick sieht mir sofort an, dass was ist, als ich wieder auf die Terrasse komme.
„Was ist passiert?", fragt er und guckt ganz erschreckt. Ich muss wohl ziemlich blass geworden sein.
„Meine Mutter ist auf der Intensivstation. Schlaganfall!", sage ich erschüttert.
„Ich fahr' gleich los!" Zweieinhalb Stunden dauert's ungefähr bis Eckernförde.
„Oh, nein!", sagt Nick verzweifelt.

Nick

Jan ist ziemlich fertig. Kann ich verstehen, ich mag seine Mutter gern.
„Bestimmt ist es nicht so schlimm", versuche ich zu trösten.
„Wenn's gleich erkannt wurde, dann sieht's meist gut aus!"
Das weiß ich von Franziska, meiner Mutter.
Jan nickt abwesend und stopft wahllos irgendwelche Klamotten in seine Tasche.
Wir sind im Schlafzimmer.
Er macht die Tasche zu und sieht mich an.
Wir nehmen uns in den Arm.
„Ich drück ' dir die Daumen", flüstere ich.
Er sieht mich noch mal an, will was sagen, aber er lässt es.
„Bis hoffentlich bald", sagt er an der Tür.

Als er weg ist, ruft Katharina an.
„Könnt ihr uns um sechs Uhr am Bahnhof abholen?", fragt sie.
„Ja", sage ich.
Von ihrer Oma werde ich ihr erst erzählen, wenn ich sie sehe.
Welches Auto?
Mats sieht mich fragend an.
„Ich fahr' dich eben", sagt er.
„Gib' mir die Schlüssel, ich kann auch fahren", sage ich.
Er tut so, als hätte er nichts gehört.
Na gut.
Wir sitzen nebeneinander und schnallen uns an.
„Hoffentlich ist es nichts Ernstes", sagt er, als wir unterwegs sind.
Ich sehe ihn dankbar an und bin froh, dass er jetzt keine Annäherungsversuche startet.
Wir bleiben im Auto sitzen. Es ist noch ein bisschen Zeit. Draußen regnet's.
„Mein Vater ist an 'nem Schlaganfall gestorben", sagt er.
Er hatte ziemlich alte Eltern, das hatte er mir damals erzählt. Seine Mutter hatte ihn erst Mitte vierzig bekommen und sein Vater war fast siebzig, als er sechzehn war. Er war ganz überrascht, als er Franziska kennen lernte, die mit ihren sechsunddreißig Jahren unheimlich jung auf ihn wirkte.

‘Hoffentlich geht‘s gut’, denke ich.
„Ich geh’ dann mal“, sage ich und steige aus.
Er kommt mit.
„Nick, warte“, sagt er und hält mich am Ärmel fest.
„Wegen heute Nacht ... es tut mir leid, dass ich dich so in Verlegenheit gebracht habe, aber ... du bist echt‘n Süßer geworden, weißt du? Aber ich hab’ schon kapiert, wie‘s zwischen dir und Jan läuft ... er ist echt klasse, dein Jan.“
Wir grinsen uns an.
„Schon okay“, sage ich, „du bist übrigens aber auch rattenscharf geworden!“
„Das war ich schon immer!“, sagt er.
„Das ja ... ich meine optisch“, sage ich, „du siehst echt toll aus, weißt du?“
Wir stehen voreinander.
„Ach, Nick“, sagt Mats leise und da bin ich es, der ihn umarmt und küsst. Zum Abschied sozusagen.
Ein Schwall Nasses trifft uns.
Bier.
Wir hören grölendes Gelächter.
„Diese Schwuchteln!“
„Arschficker!“
„Im dritten Reich wärt ihr in die Gaskammer gekommen!“
„Genau ... da wär‘s ihnen das letzte Mal gekommen!“
Die Skinheads!
„Was soll das denn?“, schreit Mats aufgebracht, „Ihr Schweine! Macht euch vom Acker!“
Er sieht bedrohlich aus in seiner Wut, will auf sie losgehen.
Ich halte ihn am Ärmel zurück.
„Lass’“, sage ich leise, „die sind zu fünft ...“
Ein paar Leute drehen sich nach uns um.
Mats atmet schwer und steht mit geballten Fäusten da.
„Miese Wichser“, sagt er verächtlich und spuckt vor ihnen aus.
Es sind zu viele Leute da, die Skins haben sich verzogen und beobachten uns aus sicherer Entfernung.
Der Waschbeckenpisser hat sich eine kleine schmächtige Glatze gegriffen und sich hinter die gestellt.
Unter dreckigem Lachen macht er obszöne Bewegungen.

„Scheiße“, sagt Mats wütend auf dem Bahnsteig, „solche Widerlinge gibt‘s überall, was?“
Mein Herz klopft wild. Vor Aufregung und Zorn.

Jan

Ich lasse meine gesamte Kindheit ablaufen auf der Fahrt und sehe meine Mutter vor mir.
Sie war immer geduldig und hat fast nie mit mir geschimpft – dafür war mein Vater zuständig.
Aber im Grunde war ich ein netter kleiner Junge, glaube ich.
Ein bisschen schüchtern.
Ein Einzelkind.
Als Kind war ich oft einsam, ich taute erst so mit vierzehn, fünfzehn auf, als ich merkte, dass mich die Mädchen gut fanden. Das gab mir Selbstbewusstsein.
Martin und ich kamen ganz gut an. Er war damals schon so groß und auffällig, dafür aber zurückhaltender.
Ich traf immer die Verabredungen mit den Mädels.
Lief gut.
Meine Mutter klopfte auch immer an, wenn sie in mein Zimmer kam, auch wenn ich allein war.
Hätte mein Vater nie gemacht.
Einmal hatte ich mich tagsüber eingeschlossen – na, warum wohl?
Er machte einen Riesen Herrmann.
„In meinem Haus gibt es keine verschlossenen Türen!“, schrie er mich an, „das machst du nicht noch mal!“
Heute denke ich, er hat was anderes gemeint...

Wie verflixt verklemmt er doch war!
Würde Christoph sich einschließen, würde ich‘s respektieren. Er hat ein Recht darauf, mal für sich zu sein.
Auch am Tag.

Früher (damit meine ich die Zeit vor Nick) war ich auch noch gehemmter, aber ich hätte niemals so was gesagt, wie mein Vater damals.
Nick hat mich freier werden lassen.
Auch den Kindern gegenüber.
Vorletztes Wochenende saßen wir zu viert vorm Fernsehen. Das „Sportstudio" war gerade vorbei und Katharina und Christoph beschlossen, den anschließenden Gruselfilm noch zu gucken.
„Willst du den auch sehen?", fragte ich Nick.
„Och, muss nicht sein, den kenn' ich schon", gab er als Antwort.
„Dann lass' uns ins Bett gehen", schlug ich vor, „ich habe Bock auf dich."
Katharina und Christoph sahen sich an und grinsten.
Da ist es mir erst bewusst geworden, was ich gesagt hatte.
Es hatte mir nichts ausgemacht.
Im Gegenteil – ich find's gut, dass ich mich so verändert habe.

'Ob Nick mit ihm schlafen wird?', denke ich.
Das ist ja *die* Gelegenheit für Mats.
Und? Würde ich mich deshalb von ihm trennen?
Nein.

Um halb neun fahre ich mit meinem Vater ins Krankenhaus.
An der Tür zur Intensivstation muss man klingeln.
„Herr Grewe", sagt die Schwester freundlich, „Ihrer Frau geht's schon besser!"

Sie ist zwar müde, aber sie erkennt mich und sagt „Jan ... wie schön!"
Also das Sprachzentrum ist schon mal nicht betroffen.
Mein Vater sitzt erschüttert am Bett und hält ihre Hand.
„Ach, Heidrun", sagt er immer wieder.
„Du machst Sachen", sage ich und streichle ihr über's Gesicht, „wir haben einen ganz schönen Schreck gekriegt!"
„Wie geht's den Kindern?", fragt sie leise. Sie wirkt erschöpft.
„Gut", sage ich, „weißt du, wer gerade zu Besuch ist? Martin und Mathilde!"
Mats muss ich nicht erwähnen.

„Ach, wirklich?“, fragt sie erstaunt, „haben die auch Kinder?“
„Nein“, sage ich.

Sie schläft wieder ein.
Wir gehen leise raus.

Zuhause trinkt mein Vater einen Schnaps, ich will keinen.
Wir sitzen im Wohnzimmer, er erzählt, wie sie am Nachmittag umgekippt ist.
„Vom Sofa ... hier runter“, sagt er, „und dann lag sie da und guckte mich an und konnte nichts sagen!“
Er gießt sich noch einen ein, trinkt ihn, lehnt sich im Sessel zurück und schließt die Augen.
„So schnell kann‘s gehen“, murmelt er.
„Hast du schon was gegessen?“, frage ich ihn.
Er sieht mich trübe an und schüttelt den Kopf.
„Ich mach’ dir was“, sage ich und gehe in die Küche.
Ich brate ihm zwei Spiegeleier, die ich auf zwei Toasts mit Schinken packe. Nehme mir selbst einen Apfel mit. Mehr krieg’ ich jetzt nicht runter.
„Iss erst mal, du hilfst ihr auch nicht, wenn du dich besäufst“, rate ich ihm und stelle ihm den Teller hin.
Die Schnapsflasche lasse ich unauffällig auf den Boden verschwinden.
Er beginnt zu essen.
„Das hat sie nicht verkraftet“, sagt er.
„Was?“, frage ich und beiße in meinen Apfel.
Aber ich kann‘s mir schon denken.
„Dass du so was machen kannst“, sagt er vorwurfsvoll, „das ist schlimm. Mit ‘nem Schwulen ...“

Also Nick ist schuld. Logisch.

Ich sage nichts. Denn wenn ich was sagen würde, verlöre ich die Beherrschung.

„Es ist widernatürlich.“ Er isst langsam weiter.
„Mir tun deine Kinder leid.“

Ich zähle innerlich, um mich abzuregen.
„Was soll bloß mal aus Christoph werden?“
„Hör’ auf“, sage ich leise.
Er holt ein Taschentuch aus seiner Hosentasche und wischt sich den Mund damit ab.
„Weißt du, was sie im Dritten Reich mit solchen ...“
„Hör’ auf, verdammt noch mal!“, brülle ich ihn an.
„Die Zeiten haben sich geändert! Es ist auch keine Krankheit! Warum soll nicht jeder Mensch so leben, wie er möchte? Und lieben, wen er möchte? Ich liebe Nick und ich bleibe mit ihm zusammen! Und übrigens ... Mutter mag ihn, das weiß ich! Komm’ mir also nicht damit, sie hätte es nicht verkraftet! Sie verkraftet es nicht, dass du es nicht packst! Das ist es!“
„Raus“, sagt er.„Und lass’ dich nicht mehr hier blicken!“
„Sei nicht albern“, sage ich müde, „ich bleibe hier, solange es Mutter so schlecht geht, also finde dich damit ab.“

Nick

Wir telefonieren spät am Abend .
„Sie kann sprechen“, sagt er.
„Gott sei Dank“, sage ich.
„Mein Vater benimmt sich wie ‘n Idiot ... ich bin gleich mit ihm aneinandergerasselt.“
„Tut mir leid“, sage ich.
„Nein, mir tut‘s leid ... für dich ... du hör’ mal, Nick, wegen Mats...“
„Da ist nichts, Jan!“
„Selbst wenn was wäre ... ich liebe dich trotzdem, hörst du?“

Wow!
Ich fühl’ mich richtig klein neben seiner Größe.
Er sagt mir: Tu‘s ruhig, ich liebe dich trotzdem!
Ist er nicht wahnsinnig?
Ich liebe ihn so sehr, dass ich fast Magendrücken bekomme.

Jan

Eisiges Schweigen zwischen ihm und mir.
Bei den Mahlzeiten, die ich zubereite, mein Vater hat's nie gelernt, dafür war immer meine Mutter zuständig, sitzen wir uns gegenüber und reden kein Wort.
Heute ist Mittwoch und meine Mutter wird in ein normales Zimmer verlegt. Als die Krankengymnastin am Nachmittag kommt, gehen wir wieder.
Mathilde und Mats sind seit gestern wieder weg.
Aber Martin ist immer noch da.
„Er sagt, nur noch bis nächstes Wochenende", sagte Nick leicht genervt, als ich gestern Abend mit ihm telefonierte, „was sollte ich denn machen? Ihn rausschmeißen?"
Martin hat kein Gespür für solche Situationen.
„Wie liegen deine Veranstaltungen?", fragte ich ihn.
Seit Montag geht er wieder zur Uni.
„Och, ganz gut", sagte er, „ich hab' bloß einmal vormittags was, ansonsten alles am Nachmittag bis abends."
Er wird dann also Lily vom Kindergarten abholen können, mit den Großen essen und die Kleine dann nach Hamburg zu Renate bringen, wenn er zur Uni fährt.
So hatten wir's uns gedacht.
Und abends mit Lily wieder zurückkommen.
„Zweimal hab' ich allerdings bis nach einundzwanzig Uhr Seminar", sagte er, „wie machen wir's dann mit Lily?"
Ich werde mit Renate darüber sprechen müssen. Es wird schon eine Lösung geben.
Mir brannte eine Frage auf der Seele, aber ich traute mich nicht...
„Ich vermiss' dich", sagte ich ihm stattdessen.
„Ich dich auch", sagte er, „ganz doll ... und übrigens ... ich war dir treu."
Mir fiel ein Stein vom Herzen.

Nick

Am Montag Morgen fahre ich mit Mats und Mathilde nach Hamburg, nachdem wir Lily in den Kindergarten gebracht haben.
Ich glaube, die Kindergärtnerin wundert sich bald über nichts mehr.
Mats und ich bringen Lily in ihre Gruppe. Sie geht zwischen uns, hält sich an unseren Händen fest und lässt sich alle paar Schritte von uns hochreißen.
Ich registriere die überraschten Gesichter und zähle insgesamt sieben offene Mutter-Münder (geiles Wortspiel!). Von den verstohlenen Blicken mal ganz abgesehen.
Mats hat echt Chancen. Ich stelle mir vor, welche Auswirkungen sein Anblick bei einigen hat und wie‘s in der Mittagspause rundgeht, wenn der Gemahl vom Trecker steigt und seine Gattin ihn anstelle des deftigen Mittagessens mit dem Negligé erschreckt (bei Hennes und Mauritz erstanden beim letzten Einkaufsbummel in Hamburg - für nur 29,90!), weil ihr Appetit durch den hübschen Mats angeregt wurde.
„Sollen wir sie schocken?“, fragt er, als wir wieder zum Auto zurückgehen. „Komm’, wir halten Händchen!“
„Untersteh’ dich“, fauche ich ihn an, „die wissen doch sowieso schon nicht, was bei uns abläuft!“
Er lacht und dann tätschelt er mir doch den Hintern, dieser freche Kerl!

Gestern Abend hatte ich echt Mühe, ihn mir vom Hals zu halten.
Um zwölf Uhr nachts startete er seinen Überraschungsangriff.
Ich war gerade am Eindösen, da stand er plötzlich vorm Bett.
„Ich kann nicht schlafen“, sagte er und setzte sich auf die Bettkante.
„Guck’ dir das an!“
Er zog seine Shorts runter, um mich zu beeindrucken.
Als wenn so was ohne Zutun entsteht ...! Er hatte sich gut vorbereitet nebenan.
Innerlich musste ich ihm Beifall zollen ... Donnerwetter!
Ein starkes Stück! Der war ja so gebaut wie Josy! Gut, dass

er damals noch nicht ausgewachsen war! Ich hätte sonst Komplexe für's Leben gekriegt!
„Mats, pack' deinen aufrechten Gesellen wieder ein", sagte ich und versuchte meiner Stimme einen unbeteiligten und gleichgültigen Ton zu geben, damit er nicht merkte, wie's wirklich in mir aussah, „dann gehst du nach nebenan und tust das, was anständige kleine Jungs dann auch machen ... Tempos sind in der Küche ... versau' nicht die Ledercouch!"
Ich nahm mir übrigens vor, dasselbe zu tun, sobald er mich von seiner erregenden Präsenz erlöst haben würde. An unschuldigen Schlaf war jetzt sowieso nicht mehr zu denken.
„Ich bin nicht mehr klein", schmollte er.
„Ich seh's ... Und anständig sowieso nicht", sagte ich.
Er packte seinen Zauberstab wieder ein und verzog schmerzhaft das Gesicht. Die Shorts drückte wahrscheinlich unangenehm.
„Nick ... was ist bloß mit dir los? Früher ..."
Ich fiel ihm ins Wort.
„Hör' auf, Mats, gib's auf! Ich bin quasi verheiratet!"
„Du bist noch viel zu jung!"
„Na und? Jung gefreit hat nie gereut ... Mats, nimm' deine Hand da weg, sonst schreie ich!"
„Nur einmal." Hatte er schon immer so treue Dackelaugen?
„Einmal ist keinmal ... is nich ... ab auf's Sofa!"
Er seufzte.
„Okay, aber 'n Gutenachtkuss krieg' ich noch", beschloss er und begann mich lang und ausgiebig abzuküssen.
Schon lag er neben mir.
„Mats, ich warne dich!"
„Nick ..."
Auf mir drauf.
„Raus!"
Er ist mindestens 1,95 m, der elende Schwede.
Damals war er zwar auch schon größer als ich, aber eindeutig schmächtiger. So wie ich. Allerdings bin ich's immer noch.
Ich war froh, dass sich wenigstens noch die Bettdecke zwischen uns befand und an die klammerte ich mich jetzt mit letzter Kraft.

„Mats, geh' runter, ich werde echt sauer!"

„Spielverderber“, murrte er und setzte sich wieder auf.
Ich konnte ein erleichtertes Aufatmen nicht unterdrücken.
„Wir hätten ‘ne Menge Spaß haben können“, sagte er maulig an der Tür.
„Viel Spaß mit dir selbst!“, rief ich ihm fröhlich hinterher. Er winkte genervt ab.
‘Och, kann doch auch mal ganz nett sein’, dachte ich und schritt energisch zur Tat.

Sie lassen mich an der WG aussteigen. Ich habe beschlossen, mal nach dem Rechten zu sehen und außerdem brauch’ ich mein Fahrrad.

Uli und Dietlinde frühstücken gerade.
„Sieh ‘einer an, der Untermieter ist auch mal wieder da“, frozzelt Uli.
Er vermisst mich, ich weiß das, er will‘s bloß nicht zugeben.
„Na? Noch kein Baileys? Was ist denn los mit euch? Ein Kater von gestern? Oder habt ihr bloß eure Tage?“
„Erzähl’ du‘s ihm“, sagt Uli und tut ganz schwach. „Ich schaff‘s nicht.“ Er winkt ab.
‘Er sollte sich einen Fächer anschaffen wie Karl Lagerfeld,’ denke ich. ‘Das würde sich gut machen.’
Ich notiere es innerlich auf meiner privaten Geschenkeliste.
Uli würde natürlich nicht so dynamisch wedeln wie der Modezar, bei ihm würde es mehr wollüstig erschöpft wirken.
Doch, das hätte was! Ich werd’ mich beizeiten mal umsehen in der Stadt!
Dietlinde hat ganz rote Haare und sie stehen stachlig ab.
„Ey, deine neue Frisur ist gut“, sage ich lobend, „siehst jetzt viel jünger aus! Wie vierzig!“
Dieter ist, glaube ich, so alt wie ich.
Er verzieht seinen Schmollmund zu einem winzigen Lächeln und erinnert mich an Tony Curtis als ‘Josephine’ in ‘Some like it hot’.
Er setzt sich geziert auf und sagt nur:
„Josy.“
Ich sehe auf meine Uhr. Na ja, heute erster Tag, da läuft ohnehin noch nicht viel in der Uni.

Jetzt beginnt das vertraute Spielchen des Nachrichtens-aus-der-Nase-ziehen.
Ich schlucke den Köder und frage artig:
„Was ist mit Josy?"
Sie sehen sich beide groß an.
„Er weiß es noch nicht!", quiekt Uli. Er ist richtig euphorisch. Endlich hat er mir mal was voraus!
„Redet schon! Was ist mit Josy?", hake ich nach.
Dietlinde lehnt sich vor und legt seine manikürte Hand auf meinen Arm.
„Er ist nicht mehr allein", sagt er dramatisch.
„Was? Josy hat 'ne Freundin?", rufe ich begeistert, „das ist ja'n Ding! Wie ist sie?"
„Was ist sie, täte ich an deiner Stelle fragen", sagt Uli gequält und sieht theatralisch zur Decke.
Ich seufze.
„Also gut: Was ist sie?", frage ich ergeben.
Sie sehen sich wieder an und sagen beide gleichzeitig: „Schwanger!"
„Was? Von Josy?", frage ich blöd.
„Na ja, also die Kirche ist sich da oftmals auch nicht einig von wegen Jungfrauengeburt und unbefleckter Empfängnis ..."
Uli faltet demütig die Hände.
„Ach, red' keinen Scheiß! Hat Josy gesagt, dass das Kind von ihm ist?"
„Ach wo, mit keinem Wort", sagt Dietlinde, dann aber lehnt er sich wieder vor und sieht mich beschwörend an.
„Allerdings hörte ich genau, wie sie auf dem Flur fragte, also ich zitiere wortwörtlich: 'Freust du dich über unser Kind?' Und er antwortete, Zitat: 'Ja.' Zitat Ende. Das ist die Wahrheit, die volle Wahrheit und nichts als die Wahrheit."
„Amen", sage ich.
Na, das ist ja wirklich 'ne Neuigkeit!
Und Josy hat mir noch nichts erzählt!
„Sieht man's schon?", frage ich. Sie gucken verständnislos.
„Na, ihren Bauch, ihr Trottel!", sage ich.
„Ach so. Nein, sie ist noch ganz dünn."
„Weißt du, wie sie aussieht?", fragt Uli, „wie Winona Ryder!"

Ich fühle mich wie auf dem Sunset Boulevard.
Russell Crowe, Jeff Goldblum und jetzt auch noch Winona Ryder.
Ich vergaß meine Mutter, Meryl Streep. Na ja, und Tati ist ja mehr in Frankreich angesiedelt.
Nur ich passe da nicht rein.
Aber Timo Hildebrand und ich sind schließlich Sportler.

Jan

Am Freitag kommt meine Mutter schon raus. Sie hat echt noch mal Glück gehabt. Es war nur ein leichter Schlaganfall.
Ich denke, ich werde trotzdem bis Sonntag bleiben, ich tu's für sie, nicht für meinen Vater.
Der stellt sich auch weiterhin stur.
Wenn wir sie besuchen, tun wir ganz normal und reden miteinander, aber sobald wir das Zimmer verlassen, gucken wir uns nicht mehr an.
War er schon immer so engstirnig und kleinkariert?
Warum blockt er so ab? Als würde es ihm eine Heidenangst machen ...
Was hab' ich mal gelesen? Die Leute, die Homosexualität am ärgsten verteufeln, sind selbst gefährdet.
Mein Vater ein heimlicher Schwuler?
Wenn's nicht so traurig wäre, könnte ich mir echt auf die Schenkel klopfen.
Ich freu' mich auf zu Hause.
Auf Nick.

Nick

Montag Abend ist Mats ganz brav und ich gehe zu ihm rüber und plaudere noch mit ihm.
Er erzählt mir, dass er gern in Deutschland arbeiten möchte.

„Am liebsten Übersetzungen vom Schwedischen ins Deutsche“, sagt er. „oder umgekehrt ... ich spreche ja beides.“
Er spricht wirklich perfekt und nahezu akzentfrei.
„Damals hast du noch nicht so viele Vokabeln gekannt“, sage ich.
„Ein paar schon! Geil, scharf, rattig, spitz, heiß, schneller, mach’ weiter, mein Süßer, mein Liebster ... Das waren die ersten deutschen wichtigen Vokabeln für mich“, zählt er grinsend auf, „die hab’ ich nie vergessen!“
Ich schmunzele. „Stimmt“, sage ich, „wir waren ganz schön wild, was?“
„Es war klasse! Ich bin total glücklich nach Hause gefahren und hab’ mich gleich an Ole rangeschmissen, auf den ich vorher schon ein Auge geworfen hatte.“
„Und?“, frage ich.
„Na wunderbar war‘s“, sagt er, „er zog dann leider bald nach Stockholm und ich musste mir Ersatz suchen.“
„Was dir todsicher schon bald gelang“, vermute ich.
Er lächelt.
„Es war echt toll mit dir, Nick...Ehrlich gesagt, ich war ganz schön traurig die erste Zeit und Ole war zwar nett, aber die Sache mit dir ...“ Er seufzt.
„Ging mir auch so“, sage ich „„und lange Zeit lief erst mal nichts...“

Wir hängen beide unseren Erinnerungen nach.
Ich hielt‘s irgendwann nicht mehr aus und bin auf so ‘ne schwule Veranstaltung im Magnus-Hirschfeld-Zentrum gegangen.
Na ja. Dann ging‘s halt los mit diversen Typen und ich sammelte Erfahrungen.
Ein paar waren so richtig fiese Stecher, die mich danach ganz schön auflaufen ließen. Ich war halt damals noch ganz jung und naiv und habe an Liebe geglaubt. Meine Illusionen wurden ziemlich zerstört.
Irgendwie habe ich aber den Traum von ‘Liebe’ nie aufgegeben.
Hoffnungslos romantisch, was?
Ein paar Mal dachte ich schon, ‘das ist es jetzt’, aber die Typen hatten spätestens nach ein paar Wochen genug und machten mit anderen rum.

Tom fiel mir ein.
Er kam aus ‘nem piekfeinen Haus, sein Vater war Rechtsanwalt oder so. Die hatten ‘ne Villa mit ‘nem Swimming-Pool im Keller, das war voll der Wahnsinn! Sein Bruder hatte uns da mal erwischt ... peinlich. Allerdings wär‘s schlimmer gewesen, wenn‘s sein Vater gewesen wäre. Der durfte es nämlich nicht wissen.
Das war gleich nach dem Abi. Wir wollten zusammen Grafik-Design studieren, aber sein Alter erwischte ihn mit seinem Gitarrenlehrer und setzte ihm die Pistole auf die Brust: Entweder Jura und Unterstützung satt oder aber brotlose Kunst und arm wie ‘ne Kirchenmaus.
Er ist, glaube ich, nach Göttingen gegangen.
Was wohl aus ihm geworden ist? Mit dem war ich fast vier Wochen zusammen! Auch so‘n geiles Luder, das nicht treu sein konnte!
Während dieser ganzen Zeit der leidvollen Wechselbeziehungen war ich froh, in Josy einen echten Freund zu haben.
Total normal und einfach nur anständig und nett.
Einmal hab’ ich sogar bei ihm im Bett geschlafen.
Ich hatte gerade mal wieder eine böse Enttäuschung erlebt – der Typ, mit dem ich aus war, machte auf dem Klo in der Disco mit so ‘nem jungen Pickelgesicht rum. Das nahm ich ihm richtig übel, weil ich gegen echte Schönheit noch nicht mal was gehabt hätte, aber
1. Auf ‘m Klo (wie notgeil muss man sein, oder?) und
2. So‘n hässlicher Knabe. Dagegen war ich Gold.
Ich saß also bei Josy im Zimmer und heulte Rotz und Wasser und er reichte mir wortlos ein Tempo nach dem anderen. Wir hockten nebeneinander und irgendwann wurde ich total müde von der ganzen Heulerei – es war ja auch schon zwei oder drei Uhr nachts oder so und er sagte: „Pack’ dich hier mit hin, dann biste nicht so allein.“
Ich war echt dankbar und zog mich aus bis auf Unterhose und T-Shirt. Dann lagen wir nebeneinander im Bett und er sagte:
„Nimm‘s nicht so schwer. Der Typ war ein Schwein ... irgendwann hast du auch mal Glück und findest ‘nen Netten ... so einen, wie du‘s bist. Schlaf gut.“
Es war einfach nur schön, neben ihm zu liegen.

Uli platzte am nächsten Vormittag herein und ich dachte, ihm fallen die Augen raus, als er uns sah.
„Was?“, schrie er schrill, „Josy und du?“
„Na ja“, sagte ich und tat verlegen – ich musste es einfach tun! –
„Wir haben uns im Grunde schon immer geliebt und letzte Nacht ...“
„Er redet dummes Zeug”, gähnte Josy und setzte sich auf, „ich bin nicht schwul und ich werde es auch nicht ... eher werde ich HSV-Fan.“
Das überzeugte Uli.
Josy und der HSV?
Nie im Leben.

„Ist spät“, gähne ich, „Nacht, Mats!“
„Nacht, Nick“, sagt er und ich bin fast ein wenig enttäuscht, dass er heute gar nicht versucht, mich ein kleines bisschen anzumachen.
„Hast ‘ne Superfigur gekriegt“, sagt er, als ich schon fast an der Tür bin.
„Ja? Findste?“, frage ich geschmeichelt.
„Hm ... komm’ noch ‘mal her“, sagt er zärtlich, „nur ‘n Gutenachtkuss! Ganz ehrlich, ich schwöre!“
Dagegen ist ja auch nichts einzuwenden.
Und Mats küsst wirklich fantastisch ...

Nach dem Frühstück am nächsten Morgen, ich habe gerade Lily zum Kindergarten gebracht, da höre ich Mathilde und Martin.
„Das geht bestimmt ... Jan ist doch nicht da und Nick ist doch ganz nett ... wer ist er eigentlich?“, fragt sie ihn. Ich betrete das Wohnzimmer.
„Na?“, frage ich.
„Ach, hallo, Nick“, sagt sie. „Du, sag’ mal ... kann Martin noch bis zum Wochenende bleiben? Er hat ausgerechnet am Freitag noch einen Termin in Hamburg und am Samstag würde er dann wieder zurückfahren!“
Was soll ich schon sagen? Nee, passt mir nicht?

Schlepp' ich halt diese Woche noch die Lebensmitteltüten, um ihn mitzuversorgen.
Jeff Goldblum frisst nämlich ganz schön viel.

Mathilde herzt und küsst ihren Martin, dann auch mich, was ich tapfer über mich ergehen lasse. Wenn sie bloß nicht so viel Lippenstift nehmen würde ... widerwärtig!
Mats und ich nehmen uns in den Arm.
„Mach's gut", sagt er, „ich hoffe, es bleibt so für dich!"
„Dir auch alles Gute", sage ich, „auf dass dir 'n netter Ole über den Weg läuft!"
Sie fahren.
Ich gehe einkaufen, bereite das Mittagessen vor, hole Lily vom Kindergarten – das Übliche eben. Und immer wenn ich mit Lily auf dem Rad vom Kindergarten komme, verlässt die Melzer gerade das Haus, um mit ihrem Dackel Gassi zu gehen.
Ob sie irgendwann mal zurückgrüßt?

Schwarzer Freitag

Meryl Streep und Nicolas Cage? – Keine Chance gegen vier – Ein Dackel zur rechten Zeit

Jan

Ich mache am Donnerstagabend noch einen Versuch.
„Papa, ich bin jetzt seit Sonntag hier und du sprichst nicht. Habe ich mich verändert? Ich bin genau derselbe wie vorher, ich trage keine Frauenkleider“, (er zuckt etwas zusammen), „und schminke mich nicht. Nick macht das übrigens auch nicht. Er ist ein ganz normaler Mann. Und ich bin‘s auch. Wir haben uns bloß gern, das ist alles. Renate mag ihn, obwohl sie‘s weiß und die Kinder sowieso. Warum machst du‘s mir so schwer?“
Er schweigt.
Irgendwann gehe ich nach oben in mein altes Zimmer.
Ich find‘s ziemlich traurig.

Mit Nick telefoniert. Wie jeden Abend.
„Na, wie war‘s Training?“, frage ich ihn.
„Nur halb so schön, unser Rechtsaußen war nicht da ... schade, ich find’ den echt nett.“
„Nur nett?“
„Jan, um mich herum tobt das Familienleben, wenn du mich stöhnen hören willst am Telefon, musst du später anrufen! Du, ich hab’ aber ‘ne echt heiße Neuigkeit“, sagt er lebhaft und ich sehe ihn vor mir, wie er das Telefon am Ohr hat und hin und her geht, weil er nicht lange still sitzen kann. Immer in Bewegung ... ich liebe ihn.
„Na – was?“
„Josy wird Vater!“
„Was?“ Ich bin wirklich ziemlich von den Socken. Natürlich weiß ich, dass er ‘normal’ ist, aber ihn sich mit ‘ner Freundin vorzustellen?
„Ob sie auch miteinander reden?“, frage ich Nick.
Der lacht.

„Das hab ‘ich mich auch schon gefragt ... obwohl, was mir gar nicht aus dem Kopf geht ... also, sie hat’s überlebt!“
„Was?“, frage ich.
„Na, das Vögeln! Du weißt doch, wie Josy gebaut ist!“
Typisch Nick.
„Frauen können ‘ne Menge ab“, sage ich.
„Hört, hört, der Frauenkenner“, lästert er.
Ich grinse.
„Ich freu’ mich auf Sonntag“, sage ich.
„Ich mich auch“, seufzt er, „ich bin‘s leid, Hand an mich zu legen ...“
„Dann lass‘ es doch!“
„Och, nö ...“

Nick

Es passt ganz gut, dass Martin den Termin am Freitagnachmittag in Hamburg hat, Renate und ich haben nämlich ausgemacht, dass sie die Kinder am Wochenende nimmt.
„Michael und ich bringen sie am Sonntagabend wieder.“
Ich hatte ihr erzählt, dass Jan bis nach dem Frühstück am Sonntag in Eckernförde bleiben wolle.
„Dann habt ihr noch ein bisschen Zeit für euch ...“
Sie ist echt nett.
Wir fahren also alle gemeinsam kurz nach zwei los (ich hab’ nur für Lily was zu essen gemacht, die Großen werden bei Renate Mittag bekommen) und ich bin froh, dass Martin mich seinen Volvo fahren lässt.
Irgendwie trau’ ich ihm da nicht. Wer so ‘ne große Einfahrt wie unsere verpasst, der rammt womöglich noch‘n Pfeiler der Köhlbrand-Brücke.
Ich setze zuerst die Kinder ab, dann ihn vorm Verlagshaus und fahre zu Franziska. Wir haben uns schon lange nicht mehr gesehen.
Sie macht sich gerade ‘Frühstück’.
„Na, Großer?“, sagt sie.

„Wieso ‘Großer’? Bist du schwanger?“, frage ich sie, „erwartest du noch was Kleines?“
Sie lacht fröhlich. „Ach wo, aber ... ich hab’ tatsächlich jemanden kennen gelernt.“
„Ach nee! Erzähl’!“, sage ich und gieße uns beiden Kaffee ein.
„Du kennst doch den alten Herrn Lose“, sagt sie.
„Natürlich!“ Seine Bettpfanne habe ich als Zivi damals doch am liebsten entsorgt. Wir hatten immer ‘ne Menge Spaß! Er war so‘n richtig lustiger Alter und überhaupt nicht spießig. Dass ich schwul war, wusste er natürlich auch.
„Na? Schon den neuen Pfleger gesehen?“, feixte er, „wär ‘der nichts für Sie?“
Er spielte auf Giovanni an, einen kleinen knackigen Italiener. Natürlich hatte ich den schon erspäht! Der wär’ mal direkt kleiner gewesen als ich, aber er hatte ‘ne Freundin, die ihn jeden Abend abholte.
„Nee, ich bin doch Hamburger. Fisch mit Nudeln, das passt nicht!“
Er lachte zahnlos.
(„Mein Gebiss wird geschont – das trage ich nur bei festlichen Anlässen – bei Beerdigungen!“)
Herr Lose. Leider hatte er dann einen Schlaganfall, von dem er sich nie wieder richtig erholte. Sprechen konnte er seitdem auch nicht mehr.
Wenn ich mal Franziska zur Arbeit bringe, weil ich gerade wieder Taxi fahre, dann besuche ich ihn aber immer noch.
Er erkennt mich, ich weiß es.
Ich erzähle ihm dann von mir und er drückt meine Hand.
Irgendwie bin ich froh, dass ich ihm noch von Jan erzählen konnte ... Ich erzählte also unsere Liebesgeschichte und als ich fertig war, dachte ich erst, er wäre eingeschlafen. Aber dann öffnete er seine kleinen alten Augen und sah mich an. Sie glänzten und eine Träne lief ihm aus dem Auge. Ich wischte sie vorsichtig weg und küsste ihn auf die runzlige Wange. Ich musste selbst ganz schön schlucken.

„Also der Enkel von Herrn Lose“, beginnt sie.
„Der Enkel? Stehst du jetzt auf Jüngere?“, unterbrech’ ich sie.

„Der Enkel ist achtundvierzig, Herr Lose ist schließlich schon Asbach, über neunzig, ja?"
„Ach so", tue ich erleichtert, „ich dachte schon, ich müsste mich jetzt mit irgendwelchen Halbstarken rumärgern!"
„Kannst du nicht mal ernst bleiben?", fragt sie.
„Wieso? Du hast mich doch Nick genannt!"
„Nicolas!", sagt sie drohend.
„Bitte nicht", sage ich, „alles, nur nicht Nicolas ... meinetwegen auch Ernst."
Also dreimal war sie schon mit ihm aus.
„Zweimal italienisch essen und einmal ins Kino."
„Was für'n Film?", frage ich.
„Three hours", sagt sie.
„Oh", sage ich, „er gibt sich Mühe ..."
„Wieso?", fragt sie kratzbürstig.
„Das ist'n echter Frauenfilm!", sage ich.
„Ed Harris spielt 'n Aids-Kranken!"
„Na, sag' ich doch – ein Frauenfilm!"
„Ach, du und deine Gewaltfilme!"
„'Gladiator' ist'n Epos, ja? Ein Monumentalfilm, ein ..."
"Ist dir völlig schnurz, weil du bloß auf Russell Crowe stehst!"
„Na und?"
„Wie geht's euch beiden?", fragt sie dann.
„Gut", sage ich, „ich bin froh, wenn er wieder da ist! Ach, du glaubst nicht, wie klein die Welt ist ... weißt du, mit wem ich drei Tage lang von morgens bis abends zusammen war? Mit Mats. Du weißt doch noch, wer das war, oder?"
Sie sieht mich seltsam an.
„Der kleine Schwede ...", sagt sie.
„Genau! Bloß ist er jetzt mindestens 1,95m. Lange Haare hat er und er ist braungebrannt wie 'n Spanier – er sieht irre gut aus!"
„So ... und?", fragt sie kühl.
„Na, was – und?", frage ich zurück.
„War's schön mit ihm?"
Jetzt tick' ich's erst.
„Nee, da lief nichts ... Martins Frau hatte ihn als Anhängsel mitgebracht", sage ich.
„Oh, ist er nicht mehr schwul?", fragt sie.

„Doch ... und wie! Er hat mich pausenlos angemacht, aber außer ein paar Küsschen ist nichts gewesen ... obwohl mir Jan sogar durch die Blume zu verstehen gab, dass er mich trotzdem noch lieben würde, selbst wenn ich was Unanständiges mit ihm gemacht hätte ..." Ich fläze mich gemütlich auf ihrem kleinen Sofa.

„Was? Das hat er gesagt?"

„Ja! Mir wurde ganz anders ... und natürlich hab ich's nicht getan, obwohl Mats mich ganz schön in Versuchung geführt hat ... er ist tierisch behaart!", schwärme ich.

Franziska rührt gedankenverloren in ihrem Kaffee.

„Du wirst reifer, mein Sohn", sagt sie.

Was, ich?

„Och, weißt du, der Verzicht war gar nicht so schwer ... ich liebe Jan", sage ich und betrachte interessiert meine Fingernägel. „Seine Mutter ist übrigens seit heute wieder zu Hause!"

„Schön", sagt sie erleichtert, „das freut mich!"

Nach 'ner Weile komm' ich noch mal auf das andere Thema zurück.

„Hat dein loser Enkel eigentlich bemerkt, dass du wie Meryl Streep aussiehst?"

Sie lächelt in sich rein.

„Ja", sagt sie, „er hat übrigens Ähnlichkeit mit Nicolas Cage!"

„Was? Lad' ihn ein! Den will ich sehen!" Nicolas Cage ist auch nicht schlecht.

„Morgen Abend bin ich bei ihm", sagt sie und ist ein bisschen verlegen.

„So ... hast du Kondome?"

Sie starrt mich an. „Ich?"

„Na hör' mal, du bist doch emanzipiert! Vielleicht sieht er ja aus wie Nicolas Cage, aber ist'n netter, vergesslicher Schwachkopf! Pack' welche ein, kann auf keinen Fall schaden ... Apropos Schwachkopf, da fällt mir doch gleich Martin ein! Ich muss los - ihn abholen!"

Wir fahren zurück.

Es dämmert zwar schon als wir zuhause ankommen, aber trotzdem beschließe ich noch zu laufen.

Ziehe lange Trainingshosen und mein Kapuzenshirt an.
Martin sitzt in meinem Zimmer an seinem Laptop.
Jetzt hat er auch noch eine Brille auf und als er mich über deren Rand ansieht, denke ich: ‘Echt, wie Jeff Goldblum.’
„Ich lauf’ noch“, sage ich.
Er sieht geistesabwesend durch mich hindurch.
Besser, ich deponiere meinen Schlüssel unter der Matte, vielleicht hört er nachher mein Klingeln nicht.
Frau Melzer geht mit ihrem Waldi durch den Vorgarten.
„ N’ Abend!“, grüße ich. Sie nickt.
Sie hat genickt! Es geschehen doch noch Zeichen und Wunder!
Ich biege auf den Feldweg, der zum Wäldchen führt. Wenn ich mich beeile, schaff’ ich das Wäldchen, bevor es zu dunkel ist.
‘Ob ich immer die gleiche Schrittlänge habe?’ denke ich, ‘oder variiert das ständig?’
Ich denke an Mats und seine Versuche, mich rumzukriegen und bin froh, dass ich mich nicht drauf eingelassen habe, obwohl‘s nicht leicht war ...
‘Jan’, denke ich, ‘ich freu’ mich auf dich!’
Ich überlege, was ich uns Sonntagnachmittag kulinarisch vorbereiten könnte, da höre ich ein Knacken.
Mittlerweile bin ich im Wald.
Mein Herz klopft schneller. Ich muss ehrlich gestehen, ich habe beim Laufen Schiss vor großen Hunden. Dann aber höre ich nichts mehr und bin erleichtert. Nur das regelmäßige Tappen meiner Laufschuhe auf dem Waldboden und mein Atmen. Im Wald gibt‘s einen Rundweg, der dauert so ca. zwanzig Minuten. Es ist schon ganz schön dunkel, demnächst sollte ich mir ‘ne beleuchtetere Strecke ausgucken. Auf dem Feldweg wird‘s heller sein.
Ich sehe den Waldausgang und erst im letzten Augenblick die drei Typen, die da stehen und Bier trinken ...

Jan

Sie ist noch ein bisschen schwach, aber ansonsten wieder ganz die Alte.
Ich habe Kuchen gebacken (was man nicht alles lernt ...?) und sie freut sich riesig.
„Jan hat mich prima versorgt", sagt mein Vater, als wir Kaffee trinken und lächelt mir zu. Erstaunt sehe ich ihn an. Sollte meine Rede von gestern Abend doch etwas bei ihm bewirkt haben? Plötzlich habe ich das Gefühl, dass die zugefallene Tür einen Spalt breit geöffnet ist …
„Wusstest du, dass er kochen kann?"
Meine Mutter strahlt mich an. „Wirklich?", fragt sie.
„Ich versorge drei Kinder", sage ich, „sie wollen eben was essen!" Ich gebe mir einen Ruck und spreche weiter.
„In der Woche muss ich nicht kochen, das macht Nick, ich bin eigentlich nur am Wochenende dran, wenn die Kinder bei uns sind."
„Isst er immer noch soviel Obst und Gemüse?", fragt sie.
„Wir mittlerweile auch", sage ich. „Er hat sogar Lily zur Obstesserin gemacht."
„Was? Lily hat sich doch nie was aus Obst gemacht!"
Stimmt. Nur Kirschen waren die Ausnahme ... ich denke an Frankreich und wie's begann.

Nach dem Kaffeetrinken gehen wir spazieren.
Sie hat so einen Rollwagen, auf den sie sich stützt.
Erschöpft setzt sie sich danach auf die Couch und lässt sich von mir eine Decke überlegen.
„Danke, mein Junge", sagt sie , „schön, dass du da bist!"
Ich gehe zum Klo und danach beschließe ich, bei Nick anzurufen.
Martin nimmt ab.
„Nick? Der läuft", sagt er.
„Seit wann?"
„Seit 'ner halben Stunde", sagt er.
„Okay ... ich ruf' in 'ner Stunde noch mal an!"

Nick

Es sind die Glatzen.
Der Waschbeckenpisser stellt sich mitten in den Weg.
'Scheiße', denke ich, 'ich muss an denen vorbei ...'
„Na, da haben wir aber Glück", sagt er und sieht mich widerlich grinsend an, „da kommt ja unser Süßer!"
Die anderen lachen.
Ich gehe jetzt, werde langsamer. Zurück hat's keinen Zweck. Es gibt nur diesen Rundweg und dahinter kommt ewig kein Ort.
Ich sehe die Lichter im Dorf. Es ist nur noch zwanzig Minuten entfernt.
Mein Herz schlägt bis in den Hals.
Die drei hier sind schlimmer als große Hunde.
'Links an ihm vorbei', denke ich und kann förmlich spüren, wie Adrenalin in meine Adern strömt, 'die haben keine Kondition, denen sprinte ich mühelos davon.'
Rechts stehen seine beiden Kumpels. Ich bin bis auf zwei Meter heran, da knackt's von links und noch einer kommt aus dem Gebüsch und packt mich.
Den hatte ich überhaupt nicht gesehen! Sie sind also zu viert!
Ich wehre mich, trete und schlage um mich, aber jetzt kommen die anderen und halten mich fest.
Ihr Anführer stellt sich breitbeinig vor mich hin, greift mir brutal ins Haar und reißt meinen Kopf mit einem Ruck nach hinten.
„So, du kleines schwules Luder, jetzt kannst du dich auf was Anständiges gefasst machen!" Er ist mir ganz nahe gekommen und ich nehme seinen säuerlichen Geruch wahr, der von mangelnder Körperpflege herrührt. Sehe sein breites Gesicht dicht vor mir, seine unreine Haut. Sein Atem stinkt nach Bier und Zigarettenrauch. Er grinst mich lüstern an. Seine Zähne sind gelb. Ein Schneidezahn fehlt. Ich ekele mich vor ihm und verziehe angewidert mein Gesicht.
Seine Augen funkeln voller Hass.
„Jetzt kann dir dein hübscher, langhaariger Freund nicht beistehen!"
Dann lässt er mich abrupt los.

„Zieht ihm die Hosen runter!“, befiehlt er kalt und er fängt an, seinen Gürtel zu öffnen.
Es ist wie ein Reflex. Ich reiße ihnen für einen Moment meine Arme weg und schubse den einen von mir, da boxt mich der Waschbeckenpisser mit seiner Faust in den Magen und einer tritt mich von hinten und ich gehe in die Knie.
Verdammt, der Schlag hat grausam weh getan und mir wird sofort sauschlecht.
‘Die machen mich fertig’, denke ich verzweifelt und bin wie gelähmt vor Angst, ‘hoffentlich vergewaltigen sie mich nur und bringen mich danach nicht um ... Jan!’, schreie ich innerlich, ‘ich will dich wiedersehen, unser gemeinsames Leben hat doch erst begonnen! Was hast du letzte Woche gesagt? Du freust dich auf deine zweite Halbzeit mit mir nach deinem Seitenwechsel ... Ach, Scheiße ... Wär’ ich doch heute bloß nicht gelaufen!’
Ich knie auf dem Boden. Ihr Anführer ist bereits hinter mir, die anderen stehen um mich rum und feuern ihn an.
„Los! Besorg’s ihm!“
„Der findet das toll!“
Ich beiße fest die Zähne zusammen, aber mir schießen die Tränen in die Augen, weil‘s so verdammt weh tut.
Weil er‘s drauf anlegt.
Ich höre ihn keuchen und er reißt brutal an meinem Haar. Ein früherer Studienkollege, der in die Schweiz gegangen ist, fällt mir ein. Der hatte sichdie Haare fast glatzenkurz schneiden lassen, „damit einem bei ‘ner Schlägerei keiner in die Haare greifen kann!“ Michael.
Eigentlich wollte er nach Australien auswandern.
„Mut zur Lücke!“, war unser launiger Standardspruch zur Vordiplomsvorbereitung.
Dass man in solchen Momenten an so was denkt ...
Einer der anderen hat sich vor mich hingekniet.
„Ey .. er k... k... kann mir doch einen b... bl… blasen“, höre ich ihn aufgeregt stottern und ich sehe ihn mit seinen schmutzigen Fingern an seinem Reißverschluss herumnesteln.
Mir kommt‘s hoch in dem Moment, was mich aufrichtig dankbar macht und ich kotze ihm in einem Schwall die Hose voll.

„Iih!“, schreit er, „d…d…du Sau!“ und springt auf. Sein Dankeschön ist ein Tritt an die Schulter, die augenblicklich total weh tut. Es hat auch ein fieses Geräusch gegeben und ich kann mich nur noch auf dem linken Arm abstützen.
„Mach’ hin, ich will auch mal!“, höre ich den zweiten, „ich halt‘s kaum noch aus!“
„Wisch‘ doch deine Hose an seinem Gesicht ab“, sagt ein anderer.
Er macht‘s und ich knie da und denke nur: ‘Bitte, lieber Gott, lass’ mich noch nicht sterben ... ich will noch nicht sterben ...’

Jan

‘Jetzt müsste er zurück und fertig geduscht sein’, denke ich und rufe erneut an.
„Nick? Nee ... der ist noch nicht da“, sagt Martin, „warte mal, ich guck’ mal nach, vielleicht hab’ ich ihn nicht gehört, die Tür war zu.“
Ich warte und denke ‘natürlich ist er schon zurück.’ Mittlerweile sind eineinhalb Stunden vergangen.
Schritte. Na also. Ich freue mich bereits auf seine vertraute Stimme.
Es ist aber nur Martin.
„Nee, doch nicht. Er ist nicht da!“
‘Was?’, denke ich. Plötzlich habe ich ein komisches Gefühl und werde total unruhig.
„Martin! Um Gottes Willen ... ihm ist bestimmt was passiert“, sage ich.
Er lacht auf.
„Was du aber auch denkst! Was soll ihm denn passiert sein? Du benimmst dich aber seltsam!“
„Seltsam? Na hör’ mal, ich mach’ mir Sorgen um ihn! Er läuft immer nur maximal ‘ne Stunde!“
„Vielleicht läuft er heute länger ...“
„In der Dunkelheit, ja? Martin, nimm’ dir ‘n Rad und fahr den Weg entlang, der zum Wald hochführt. Der geht gleich am Ende der Straße ab.“

„Was? Jetzt?“, fragt er.
Ich werde langsam sauer.
„Martin ... wenn Nick was passiert ...“
„Du tust ja so, als ob du in ihn verliebt wärst“, kichert er.
Er hat‘s tatsächlich noch nicht mitgekriegt. Allerdings hatten wir bisher auch keine Gelegenheit gehabt, darüber zu reden. Jetzt ist aber erst recht nicht der Augenblick, um ihn schonend darauf vorzubereiten.
„Martin, sag’ mal, hast du das noch nicht mitgekriegt, dass Nick und ich im Schlafzimmer übernachten?“, fahre ich ihn rüde an. „Er ist tatsächlich mein Freund – mein Geliebter – mein Mann, verstehst du? Ich bin mit ihm zusammen, ich liebe ihn! Und jetzt zieh’ dir deine Jacke an, vergiss’ den Hausschlüssel nicht und hol’ dir ein Rad aus dem Schuppen und fahr’ bitte den Weg ab! Ich mein‘s ernst!“, mittlerweile schreie ich ihn fast an.
„Schon gut, schon gut ... mach’ ich ... Jacke, Hausschlüssel“, höre ich ihn erschreckt murmeln.
„Der Schuppenschlüssel ist der kleine, die Räder sind nicht abgeschlossen“, sage ich.
„Ja ... mach’ ich“, sagt er gehorsam.
„Und ruf‘ mich gleich an, wenn was ist!“, sage ich ihm noch.
Verdammtes Gefühl.
Ich kann nichts machen.
Außer Angst haben um Nick.

Nick

Der Zweite ...
Der Dritte ...
Und der Vierte auch noch ...
„Halt‘s Maul, du feige Schwuchtel!“, grölt ihr Anführer und tritt mich um, als der letzte gerade von mir abgelassen hat.
Ich hab ‘gar nicht bemerkt, dass ich wimmere, weil ich total benommen bin und mir alles so wehtut. Ich liege gekrümmt im Dreck. Ich kann nicht mehr ... fühl’ mich schon wie tot.

Eiskalt ist mir, ich bin ja halbnackt und nassgeschwitzt. Der Waldboden riecht würzig und angenehm. Es ist ein Geruch, den ich mit Spaziergängen in der Kindheit verbinde. Mit meiner Oma und meiner Mutter ... 'Franziska', denke ich, 'du hast dir immer Sorgen gemacht, wenn ich nicht angerufen habe ...'
„Was machen wir jetzt mit ihm?", fragt einer.
„D... d... der geht zur P... p... polizei", höre ich den Stotterer.
„Mach' ihn fertig", eine andere Stimme.
'Jetzt', denke ich, 'jetzt ist's gleich soweit, gleich ist alles aus ... Jan ...'
Das leise Lachen ihres Anführers ist zu hören, was mir eine Gänsehaut verursacht und kurz darauf ein metallisches Klicken.
'Oh Gott', denke ich voller Panik und im selben Moment fang' ich an zu zittern. Am ganzen Körper. Ich habe keine Kontrolle mehr über mich, meine Zähne schlagen aufeinander und ich spüre meinen eigenen warmen Urin über meine Schenkel laufen.
So fühlt sich also Todesangst an.
Eine Hand in meinem Haar.
'Der will mir die Kehle durchschneiden!' Mein Herz hämmert, meine Nerven sind auf's äußerste gespannt. Instinktiv versuche ich meinen Kopf fest auf die Brust zu drücken, damit er nicht drankommt ... ein lächerlicher und unbeholfener kleiner Versuch, mein Leben zu retten, ich weiß ...
Hundegebell. Ganz dicht.
Ein vertrautes Kläffen.
Ich habe noch nie etwas Schöneres vernommen.
Mittlerweile hat mich die Hand wieder losgelassen.
„Was ist denn hier los?" Eine energische keifende Frauenstimme.
„Scheiße! Los – abhauen!", höre ich den Waschbeckenpisser und gleich darauf die stampfenden Schritte ihrer schweren Springerstiefel.
Sie sind weg...
Sie sind weg!
Schritte nähern sich, das Hecheln eines Hundes ist zu hören und schon spüre ich eine kalte feuchte Hundeschnauze im Gesicht.
Dann ein hohler Schrei.
„Um Gottes Willen!"
Ich öffne die Augen.

Frau Melzer kommt mir plötzlich wie der Erzengel Gabriel persönlich vor.
Ich schicke ein Dankgebet nach oben.

Jan

„Was ist los?“, fragt meine Mutter, die mir ansieht, dass was ist.
„Nick ist noch nicht vom Laufen zurück“, sage ich nervös,
„Martin fährt jetzt mit dem Fahrrad die Strecke entlang.“
Wir schweigen.

Nick

„Soll ich zurückgehen und einen Krankenwagen rufen?“, fragt sie mich.
„Nein“, stöhne ich, „bitte lassen Sie mich nicht allein!“
Ich versuche, mir die Hosen hochzuziehen. Es geht nur mit der linken Hand, der rechte Arm tut höllisch weh.
„Kommen Sie, ich helfe Ihnen ... ach, Gott, Junge ... Sie sehen ja schlimm aus! Können Sie aufstehen?“
Sie ist erstaunlich kräftig und zieht mich mit einem Ruck hoch.
Meine Beine zittern.
Ich stinke widerwärtig.
Nach Erbrochenem, nach Urin und den vier Schweinen ...
Aber ich lebe.
Frau Melzer stützt meinen linken Arm. Ich bin noch total wackelig.
„Die sind Ihnen hinterhergegangen, als Sie gerade zum Wald gelaufen sind“, sagt sie und hilft mir, meine Hose hochzuziehen, „und als Sie nicht wiederkamen ... mein Gott, ist die Welt schlecht geworden!“, sagt sie kopfschüttelnd.
‘Na ja’, denke ich, ‘in deiner Jugend hätten sie das mit solchen wie mir doch auch getan ...’

Ein Radfahrer kommt. Ich bin froh, dass jetzt offensichtlich nur ganz normale Leute unterwegs sind.
Es ist Martin.
„Nick! Oh Gott, was ist denn mit dir passiert?“, fragt er entsetzt und springt vom Rad.
„Der Junge wurde … missbraucht“, sagt Frau Melzer nach einem kleinen Zögern, „wie viele waren es?“
„Vier“, sage ich leise.
Sie tätschelt liebevoll meinen Arm.
„Hauptsache, Sie leben“, sagt sie.

Ich will mich nicht auf‘s Rad setzen. Ich weiß überhaupt nicht, ob ich jemals wieder sitzen kann.
Mein Arsch tut wahnsinnig weh. Und meine rechte Schulter und der ganze Brustkorb ... und mein linkes Auge krieg’ ich gar nicht mehr auf ...
‘Ich hab’ noch alle Zähne im Mund’, stelle ich überrascht fest, als ich mir mit der Zunge das Blut von der Lippe lecke.

Frau Melzer will erst nicht mit reinkommen, dann macht sie‘s aber doch.
„Rufen Sie gleich die Polizei“, rät sie, als wir auf dem Flur sind. „Ich stelle mich gern als Zeugin zur Verfügung.“
„Die Polizei?“, sage ich, „ob das was bringt?“
„Sie haben die doch gesehen!“, sagt sie. „Sie wissen doch, wer‘s war!“
„Ja ... aber wissen Sie, die lachen sich doch nur eins ins Fäustchen, wenn sie hören, dass ein ... Schwuler vergewaltigt wurde ...“
Ich sehe sie an. Sie schluckt.
„Glauben Sie?“, fragt sie.
Ich zucke mit den Schultern – au, verdammt, das tut weh!
„Es tut mir leid für Sie“, sagt sie, „aber Sie müssen wissen, was Sie tun ...“
„Frau Melzer, ich danke Ihnen“, sage ich, „wenn Sie nicht gekommen wären, dann wär ich jetzt vermutlich tot.“
„Das wäre aber schlimm für Herrn Grewe gewesen, nicht?“, fragt sie leise und ich bin ziemlich verblüfft, muss ich sagen.

„Komm, Rudi“, sagt sie zu ihrem netten Hund, dann dreht sie sich noch mal um.
„Aber zu ‘nem Arzt müssen Sie!“
Das auf jeden Fall. Aber vorher in die Wanne. Und als allererstes mit Jan reden.

Jan

Als das Telefon klingelt, springe ich auf.
Es ist Nick.
„Himmel, wo hast du gesteckt, ich hab mir schon Sorgen um dich gemacht – bist du umgeknickt?“
Er zögert. „So ungefähr ...“. Ich höre ihn atmen, seine Stimme klingt so fremd, als würde er weinen.
„Jan, ich bin froh, dass ich noch lebe ... da waren vier Skinheads am Waldrand ... die haben auf mich gewartet ...“
Er weint tatsächlich.
„Nick, um Gottes Willen! Haben sie dich verprügelt?“
„Ja“, sagt er und schluchzt jetzt heftig, „aber nicht nur das ... sie haben mich ... haben mich ... oh Jan, alle vier!“
Mein Gott. Nick ist vergewaltigt worden.
„Und wenn die Frau Melzer nicht mit ihrem Dackel gekommen wäre ...“ Er atmet zitternd, „dann wär‘s jetzt aus mit mir.“
„Hast du schon bei der Polizei angerufen?“, frage ich.
„Nein ... und ich will‘s auch nicht. Ich hab’ keinen Bock auf rektale Untersuchungen und dumme Sprüche ... ich leg’ mich jetzt in die Wanne und Josy fährt mich dann noch zum Arzt. Ich glaube, mein rechter Arm ist ausgerenkt.“
Ich bin total geschockt..
„Ich komm’ zurück“, sage ich, „ich fahr’ gleich los.“
„Ja? Ach ja, bitte...“, höre ich ihn schluchzend aufseufzen.

Ich gehe ins Wohnzimmer.
„Jan! Was ist los?“, fragt meine Mutter.
Mein Vater sieht auch hoch.

„Nick ist beim Laufen überfallen worden“, sage ich, „von vier rechtsradikalen Typen ...“ Ich zögere einen Augenblick. „Er ist von allen vergewaltigt worden.“
Meine Mutter presst erschrocken ihre Hand vor den Mund und sieht mich mit weit aufgerissenen Augen an und mein Vater steht auf.
„Du willst sicher gleich fahren“, meint er, „das kriegen wir hier schon hin ... ist schon die Polizei da?“
„Er will keine Polizei. Er sagt, er will keine dummen Sprüche hören ...“
Ich gehe nach oben, um meine Tasche zu holen, mein Vater ist mitgekommen.
„Es tut mir leid, Jan“, sagt er leise. Ich stehe mit dem Rücken zu ihm und fummle am Reißverschluss der Tasche.
„Und dieser Spruch neulich mit dem dritten Reich ... der war daneben.“ Er macht eine Pause, dann räuspert er sich.
„Ich werde versuchen, damit klarzukommen … mit dir und … deinem Nick!“
Ich drehe mich um. Das muss ihm ‘ne Menge Überwindung gekostet haben.
„Danke“, sage ich nur.
Wir nehmen uns kurz in den Arm.
Aber musste mein Nick dafür so was durchmachen?

Nick

Martin ist ganz rührend. Er lässt mir ein Bad ein und hilft mir beim Ausziehen, weil ich meinen rechten Arm überhaupt nicht bewegen kann.
„Mein Gott“, sagt er schockiert, „du bist voller Blutergüsse!“
Deshalb tut mir auch alles weh.
Ich war vorhin fast wie in Trance, als sie mich misshandelten.
Sie traten und schlugen nach mir und ...

„Piss’ ihn an! Ja, los, du auch!“
Der vierte wollte, dass ich dabei rede.

„Los, sag‘s ...“
„Fick mich“, flüsterte ich angewidert und total gedemütigt.
„Ich hab‘s nicht gehört, lauter, du Sau!“
Irgendwann werde ich‘s bestimmt verdrängt haben ...

Ich liege in der Wanne und möchte nie wieder raus, da kommt Josy schon. Er muss wie ‘n Henker gefahren sein.
Kniet sich neben mich.
Ich hab’ ihn noch nie so gucken sehen.
„Mein Gott, Nick“, sagt er erschüttert.
„Kannst du mir die Haare waschen?“ frage ich ihn. „Ich glaub’, mein rechter Arm ist ausgekugelt ... die Schweine haben mich angepisst!“
Er ist so behutsam, als wären meine Haare seine kleinen Setzlinge. Vorsichtig spült er‘s ab.
Hilft mir raus und schlingt ein Badetuch um mich.
Zieht mich sanft an sich, wiegt mich in seinem Arm, als wäre ich ein Kind.
„Mensch, Nick“, sagt er zärtlich und seine Stimme klingt ganz belegt, „du bist doch wie ‘n kleiner Bruder für mich.“
Weiß ich doch.

Ein Typ zum Pferde stehlen: Josy!

Der Arzt hört wahrscheinlich nicht zum ersten Mal die Geschichte vom Treppensturz.
Der arme Josy kriegt misstrauische Blicke zugeworfen, aber das stört ihn nicht weiter.
Der Arm war wirklich ausgekugelt.
Beim Einrenken bin ich trotz Betäubung fast ohnmächtig geworden.

Als wir in unser Dorf zurück fahren, beginnt endlich die Tablette zu wirken, die ich beim Arzt bekam und alles fühlt sich so an, als wäre ich in Watte gepackt.
Jan's VW-Bus ist bereits da.
"Na, Gott sei Dank!", höre ich Josy.
Die Tür geht auf und Jan kommt angelaufen. Er hat noch seine Jacke an, er muss gerade erst angekommen sein.
„Nick! Mein armer Liebling! Komm' ich helf dir!"
Sie verfrachten mich gleich ins Schlafzimmer.
Ich werde ausgezogen und ins Bett gesteckt.
„Schön, dass du wieder da bist", murmele ich noch und ich denke 'Jan heult ja ...', dann bin ich auch schon eingeschlafen.

Jan

Ich wische mir die Tränen weg. Josy legt seine Hand auf meine Schulter.
„Sie haben ihn übel zugerichtet, diese Dreckschweine! Ich fahr' jetzt noch mal zum Bahnhof", sagt er grimmig und zieht seine Jacke an.
„Da treiben sie sich nämlich sonst immer rum, hat er gesagt."
Wir sehen uns an.
„Ich komme mit", sage ich.

„Wir sind bald wieder zurück", sage ich zu Martin, „wenn Nick aufwacht und irgendwas braucht ..."
„Ja, ich bin da", sagt Martin hastig, „ich lass' die Türen auf!" Seit unserem Telefonat ist er ganz kleinlaut.

„Er hat sie mir beschrieben“, sagt Josy unterwegs, „die würd’ ich im Traum erkennen!“

‘Ich hab’ mich noch nie geprügelt’, denke ich, ‘aber ich hatte auch noch nie so eine Wut im Bauch wie jetzt.’
Mein Adrenalinspiegel ist unglaublich hoch und Josy treibt ihn noch höher, als er erzählt, was sie alles mit Nick gemacht haben.
Wir stellen das Auto nicht direkt vor den Bahnhof.
Besser, man wird hinterher nicht gesehen.
In der Bushaltestelle hören wir sie.
Josy hält mich zurück, legt den Finger auf den Mund.
„... ich wette mit dir, der hat‘s genossen! So hat‘s ihm noch keiner besorgt!“ Lautes Rülpsen.
„Genau ... anständig durchgenagelt haben wir ihn!“
„Er hat m… m… mich angek... k… kotzt, das Schwein!“
„Dafür hast du ihn angepisst!“
„Ob er was sagt?“
„Die schwule Sau! Dem glaubt doch keiner!“
Dreckiges Gelächter.
Die reden über meinen Nick.

Josy sieht mich an.
„Es sind alle vier“, sagt er leise, „traust du‘s dir zu?“
Er lässt seine Fingerknöchel knacken.
Ich sehe Nick vor mir, sein zugeschwollenes linkes Auge, seine aufgeplatzte Lippe, seinen schmalen Körper voller blauer Flecken...
„Ja“, sage ich atemlos vor Hass, „und wie!“

Winter in Dänemark

Tierische Verstärkung – Trikots als Nachthemden? – Auf uns!

Nick

„Guck' mal hier, die ist auch groß", sage ich zu Jan.
„Für zwölf Personen. Vier Doppelzimmer und eins mit zwei Doppelstockbetten!"
„Hat die 'ne Sauna?", fragt er.
„Natürlich – alle großen Hütten haben 'ne Sauna! Und Tiere kann man auch mitnehmen."
Wir haben seit vier Wochen einen Hund.
„Und 'n Pool!", ruft Lily, „ich will 'n Pool!"
„Auch das, meine Süße", sagt Jan, „du kriegst 'n Pool, ich die Sauna, und was willst du?", fragt er mich und zwinkert mir zu.
Ich grinse ihn an.
„Ich will immer nur das Eine, weißt du doch ... ich bin bescheiden, ich will bloß dich!"
Er legt den Arm um mich.
„Ich bin glücklich, unverschämt glücklich, weißt du das?", flüstert er und küsst mich.
Ich höre die Tür aufgehen.

„Ey, knutscht nicht schon wieder! Gibt's bald mal was zu essen?"
Chris steht neben uns. Arnie, unsere Promenadenmischung aus dem Tierheim, legt seinen Kopf auf den Tisch und sieht uns bettelnd an. Sämtliche großen Rassen haben sich in ihm ausgetobt, er sieht aus wie 'ne Kreuzung zwischen Rottweiler und Windhund mit der Größe einer Dogge.
„Haben wir jetzt 'ne Hütte?", fragt Chris.
„Ich ruf 'morgen an", sage ich und stehe auf, „aber viel Hoffnung mach' ich mir nicht. Wir sind ganz schön naiv – es wird keine frei sein! Weihnachten ist Saison – aber das Glück ist mit den Doofen!"

Weihnachten woll 'n wir alle nach Dänemark.
Die ganze Familie. Und die ist verdammt groß.

Jan und ich, die Kinder, Renate und Tati, Oma und Opa und auch Franziska und Norbert (Nicolas Cage) Lose. Eigentlich gehören ja auch Josy und seine Klara dazu, aber irgendwann sprengt's den Rahmen.
Es wird bestimmt lustig, vorrausgesetzt, wir kriegen überhaupt noch 'ne Hütte.
Ende November für Weihnachten gleichen Jahres buchen – echt, so blauäugig können nur wir sein!

Fünf Wochen ist es jetzt her.
Das hat noch 'ne ganze Weile gedauert, bis ich wieder so richtig auf 'm Damm war. Jan war so lieb zu mir, er hat sich nach der Geschichte noch 'ne Woche Urlaub genommen.
Ich glaube, das mit uns wissen jetzt fast alle im Dorf. Wir haben Lily morgens immer zusammen zum Kindergarten gebracht und sind dann Arm in Arm zurückspaziert.
Nach wie vor laufe ich die Strecke, aber nicht mehr allein. Arnie begleitet mich und seitdem habe ich noch nicht einmal mehr Angst vor großen Hunden.
Vermutlich würde Arnie jeden potentiellen Verbrecher begeistert umschwänzeln, weil er so herzensgut ist, aber das weiß ja keiner.
Echt, unser Arnie ist auch so'n Typ mit dem Herz auf dem rechten Fleck. Als Mensch würde er Josy heißen.
Arnie und Frau Melzers Rudi sind übrigens die besten Freunde.
Und Frau Melzer und ich?
Wir halten gerne mal ein Schwätzchen. Guter Kontakt unter Nachbarn ist wichtig.

Jan

Also dass das geklappt hat!
Ich kann's immer noch nicht glauben.
Nick fiel mir an jenem Montagabend um den Hals.
„Wir haben die Hütte – stell' dir vor – erst lachte sie sich fast schlapp, als ich ihr sagte, ich wolle sie für *dieses* Jahr buchen, da

bekam ihre Kollegin die Stornierung herein und sie war ganz fassungslos!“

Norbert, Franziskas Freund und ich haben den Weihnachtsbaum organisiert.
Wir schütteln ihn halbwegs trocken – es regnet - bevor wir ihn mit reinnehmen. Na, man darf nicht zuviel erwarten, wir haben sowieso schon mehr Dusel als erlaubt.
In der Hütte ist es warm. Der Kaminofen knackt und glüht.
„Na – wollt ihr‘n Grog?“, fragt mein Vater, der schon verdächtig glitzernde Augen hat.
Er übt wohl schon den ganzen Abend die korrekte Zubereitung.
„Au ja“, sagt Norbert und reibt sich die Hände, „das ist ‘ne gute Idee!“
Na gut, einen nehm’ ich auch.
Lily rast in Badeanzug mit ihren Schwimmflügeln zu Nick, der mit ‘nem Buch auf dem Sofa liegt und hopst auf seinen Bauch.
„Uff! Lily!“, ruft er und zuckt zusammen, „bist du wahnsinnig? Untersteh’ dich!“ Aber er grinst und zieht sie an sich. Küsst sie auf den Hals.
„Das kitzelt!“, kichert sie. Sie klettert von ihm runter und stellt sich vor ihn hin.
„Mach’ ma’ dran!“, ruft sie und tänzelt von einem Bein auf‘s andere, während sie ihm die Schwimmflügel entgegenstreckt, „Chris und Katharina sind schon im Wasser!“
Nick setzt sich auf und sieht sie prüfend an.
„Geh’ erst mal auf‘s Klo“, sagt er.
Sie sieht ihn verblüfft an. „Woher weißt ‘n das?“ fragt sie.
„Ich kenn’ dich doch“, sagt er. Sie rennt zur Toilette.

Ich sehe Franziska an, die Nick beobachtet hat. Sie schüttelt lächelnd den Kopf und sieht mich an. Mein Vater und Norbert sitzen am großen Esstisch. Ich nehme mein Glas und gehe zu Franziska. Lasse mich neben sie auf‘s Polster sinken..
„Na?“, frage ich.
Sie lächelt.
„Ich staune über meinen Sohn“, sagt sie.
Nick sieht sie an.

„Wieso?“, fragt er seine Mutter.
„Ach, nur so ...“, sagt sie, „es ist übrigens schön hier!“

Ein guter Jahresausklang. Und kein Geschenkestress.
Jeder hat ‘n Namen gezogen, für den er ‘ne Kleinigkeit besorgen soll. Jul-Klap. Wir sind schließlich in Dänemark.
Na gut, die Kinder kriegen ein bisschen mehr.
Lily die Super-Spezial-Märchen-Verwandlungsbarbie oder wie auch immer, Chris unter anderem ein Trikot von Takahara, neue Fußballschuhe und was Jungs sich so wünschen, und Katharina die Eintrittskarten für den HSV gegen den VFB Stuttgart und ‘n Trikot von Timo Hildebrand.
„Das zieht sie nicht an“, sagte ich zu Nick, der‘s für sie organisierte, „nie und nimmer!“
„Wetten doch?“, sagte er, „als Nachthemd!“

Die Skinheads sind übrigens wegen Einbruchs in ‘nem Kiosk verknackt worden. Die nächste Zeit sehen wir sie erst mal nicht mehr.
Aber ich glaube, die lassen Nick jetzt auch in Ruhe.
Josy und ich haben ganze Arbeit geleistet. Die fiese Fresse von dem Anführer ist nicht unbedingt schöner geworden.
Ich glaube, ich hätte sie alle vier allein geschafft, so ‘ne Wut hatte ich. Josy musste mich direkt zurückhalten.
„Mensch, Jan ... du bist hier nicht im Circus Maximus ... das reicht, die haben genug.“ Ich hatte Blutergüsse auf den Händen.
Selbstjustiz ist Mist, weiß ich auch, aber ich hatte immer Nick vor Augen und ihre missachtenden Sprüche über ihn im Ohr.

Norbert, Franziska und Tati kümmern sich um den Weihnachtsbaum. Renate, Nick und ich stehen in der Küche. Wir sind heute dran mit Kochen.
Nick schneidet schon mal Tomaten für die Vorspeise.
Mein Vater entkorkt einen Rotwein und schenkt uns drei Gläser ein.
„Für die fleißigen Köche“, sagt er und reicht das erste Glas meinem Partner.
„Da, mein Junge“, sagt er und Nick nimmt es lächelnd entgegen.

„Macht mal 'ne Pause", sage ich zu den anderen, „und kommt her, sonst ist der gute Burgunder gleich weg!"
Als wir alle ein Glas in der Hand haben, entsteht plötzlich ein feierliches Schweigen.
Mein Vater räuspert sich.
„Na dann ... trinken wir doch auf das vergangene Jahr, das so viele Veränderungen mit sich brachte ... und unsere neue große Familie!"
'Und ganz besonders auf uns beide', denke ich und sehe Nick an.
„An was denkst du?", fragt er mich leise und wir müssen grinsen.
So hatte es im Sommer angefangen.
„Ich denke an die zweite Halbzeit", sage ich.
„Geht's schon wieder um Fußball?", fragt Renate.
„Ist jetzt nicht Winterpause?"
Wir sehen uns an und lachen.
„Hoffentlich nicht", sagt Nick, „wir spielen durch, oder?"
„Na, das ist doch wohl klar! Bei unserer Kondition ..."
„Meine ist tadellos ... aber du solltest noch ein bisschen an deiner arbeiten", stichelt Nick und sieht mich provozierend an.
Renate versteht kein Wort von dem, was wir reden.
„Och, ich bin eigentlich ganz zufrieden ..." sage ich, „ weißt du, ich spiele immer am besten, wenn ich richtig warm bin. Also in der zweiten Halbzeit ... und die hat doch erst angefangen. Wart's ab! Lass' dich überraschen!"
Es war doch ein verdammt gutes Jahr.
Bis auf diese eine Geschichte natürlich.
Na gut, Josy würde jetzt sagen, zwei Sachen waren nicht in Ordnung.
Die Sache mit Nick ist klar.
Die zweite Sache allerdings ... aber vielleicht steigt St. Pauli ja doch wieder auf?

...und bald geht's weiter mit neuen Geschichten von Nick und Jan!

Simon Rhys Beck
Jungs sind auch Mädchen
112 Seiten, ISBN 3-934825-31-1, Euro 12,50

Robbie ist 15 und schwul. Aber das ist nicht sein Problem. Er hat einen tollen Bruder, nette Freunde und verständnisvolle Eltern. Sein Problem ist Yan. Der neue Junge in seiner Klasse. Denn wenn Yan in der Nähe ist, hat Robbie Herzrasen und weiche Knie. Zu allem Überfluß traut er sich nicht, Yan anzusprechen und es passieren eine ganze Menge größere und kleinere Katastrophen.
Als Yan schließlich erfährt, wie Robbie für ihn empfindet, verstrickt er ihn in ein merkwürdiges Spiel, in dem offensichtlich nur er die Spielregeln kennt. Und erst als Robbie alles auf eine Karte setzt, versteht er, was mit Yan los ist.
Der hat nämlich Angst ...

www.himmelstuermer-verlag.de

citizen_b
DER SEXBOMBER oder Wer sprengt den CSD?
224 Seiten, ISBN 3-934825-29-X, EURO 13,00

Mit einer ohrenbetäubenden Explosion fliegt die gerade erst eröffnete Frankfurter Schwulenkneipe Cucumber in die Luft.
Sofort machen sich der jugendliche Nachwuchsdetektiv Benjamin, sein brummiger Boss Max Finger und die bildhübsche Kim Prinz auf die Suche nach dem Täter.
Wer hat die tödliche Bombe gelegt? Vielleicht der Cucumber-Wirt Philippe selbst, um die exorbitant hohe Versicherungsprämie zu kassieren? Oder hat sein erbitterter Konkurrent Thilo seine schmutzigen Finger im Spiel? Was ist mit Benjamins attraktivem Liebhaber Carlos? der behauptet, der Sohn eines berühmten Terroristen zu sein? Hat der Anschlag einen religiös-fanatischen Hintergrund oder waren es möglicherweise sogar Neo-Nazis?
Weitere Bomben detonieren in der Szene und alles deutet darauf hin, dass die Terrorwelle ihren Höhepunkt beim Frankfurter CSD erreichen wird, der schon in wenigen Tagen stattfindet.

www.himmelstuermer-verlag.de

Niels Amberge
Tiefes Wasser
300 Seiten , ISBN 3-934825-25-7, EURO 14,50

Pascal, der Inbegriff eines Traumprinzen, taucht in dem Leben von Jan auf. Zwei Weltanschauungen und zwei Charaktere prallen aufeinander. Eine explosive Mischung entsteht. Momente tiefgreifender Zärtlichkeit, hingebungsvoller Leidenschaft und purer Sex finden Einzug in ihr Leben. Verwirrung über die noch unbekannten Gefühle breiten sich in Jan aus. Halt durch seine Umwelt findet er nicht. Durch sein Coming-out droht seine Welt zu zerbrechen. Der einzige Anker scheint seine Liebe zu Pascal zu sein. Dieser an ihm gestellte Anspruch zwingt ihn dazu, seine bisherigen Liebschaften zu hinterfragen. Dies reißt ihn aus seiner bisherigen Oberflächlichkeit heraus. Zum ersten Mal versucht er, eine Person in den Mittelpunkt seines Lebens zu stellen.
Beide geraten in für sie unbekanntes tiefes Wasser.